JN056543

ベヒトルスハイム侯爵領
領主
ジークフリート

「お初にお目にかかります、ベヒトルスハイム侯爵閣下。
国王陛下より、ケーニッツ子爵領の西に領地を賜っております、
ノエイン・アールクヴィストと申します」

3

エノキスルメ

Illust. 高嶋しょあ

ひねくれ領主の幸福譚

性格が悪くても辺境開拓できますうぅ！

「――だからこそ、我が娘がアールクヴィスト士爵と夫婦となり、
両家に決して切れることのない縁が生まれたことを心より嬉しく思う。
ノエイン・アールクヴィスト士爵と、彼の妻となったクラーラが、
神の祝福を受けて末永く幸福たらんことを願って……乾杯」
ケーニッツ子爵家 三女
クラーラ

アールクヴィスト士爵領 領主
ノエイン
ノエインの従者
マチルダ

「君に贈る指輪だよ、マチルダ」

ひねくれ領主の幸福譚

性格が悪くても辺境開拓できますぅぅ！

エノキスルメ

Illust. 高嶋しょあ

HINEKURE RYOSHU
NO KOFUKU-TAN

CONTENTS

一章　落とし前 …… 003
二章　北西部閥 …… 036
三章　年明けの変化 …… 094
四章　貴族の義務 …… 124
五章　これから共に …… 163
六章　備え …… 210
七章　進展 …… 246
八章　結実 …… 277
終章　願わくば平和であらんことを …… 313

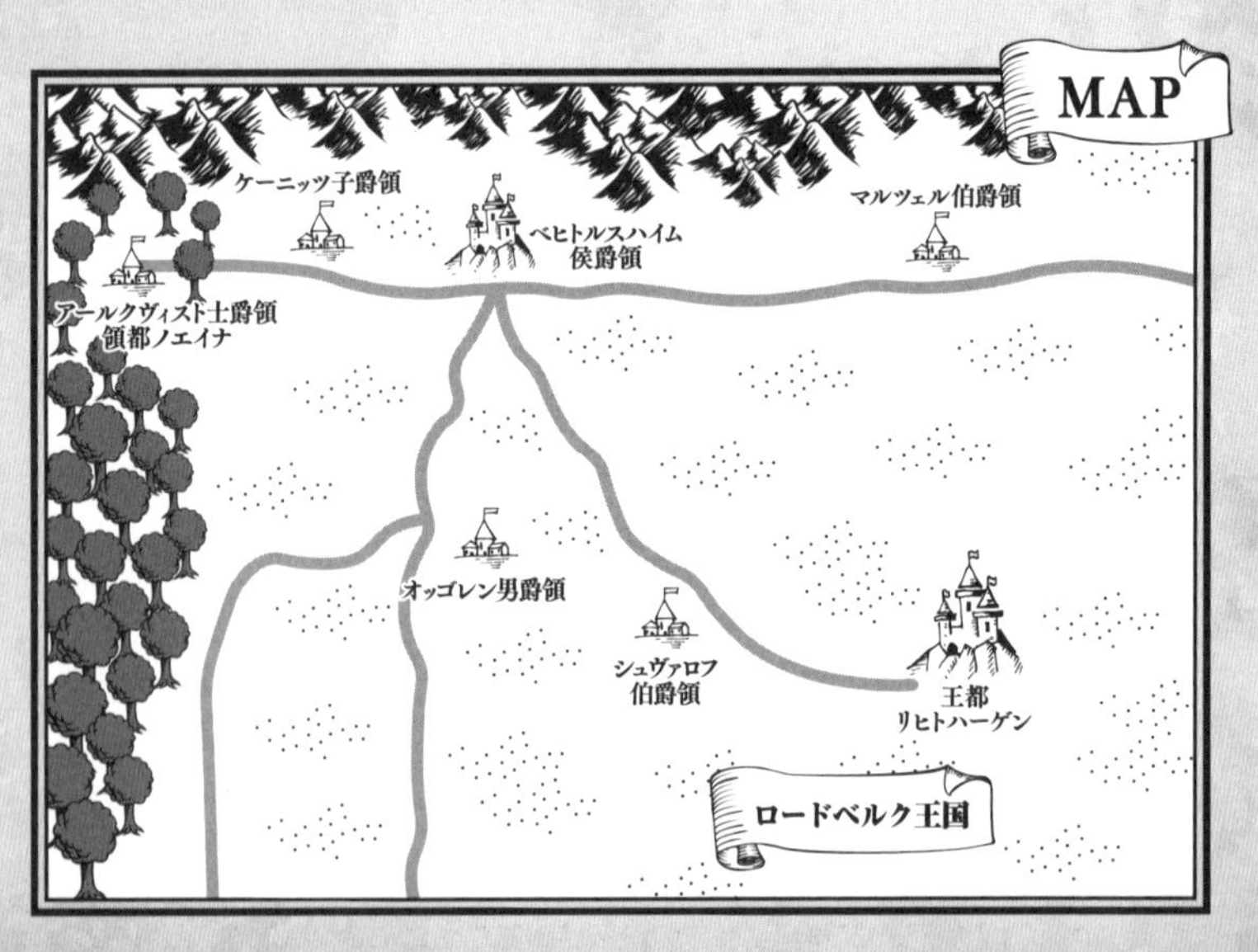

一章　落とし前

HINEKURE RYOSHU NO KOFUKU-TAN

王国西部を荒らしまわった盗賊団が、アールクヴィスト士爵領にて討伐された。

その情報は、討伐の直後からアールクヴィスト領の東隣のケーニッツ子爵領にて急速に広まり始めた。

まず、ケーニッツ子爵領に拠点を置く行商人の情報網の中で。そこから子爵領の領都レトヴィクの市井に。さらには領内の各地と周辺の貴族領に。情報というものの広まり方を知っている者から見れば、辺境の小領地の情報にしては、その広まる早さは異常だった。

そして、盗賊団討伐から一週間後。王暦二一二年の十月中旬。盗賊団討伐の情報を拡散した張本人である商人フィリップが、ケーニッツ子爵領からアールクヴィスト領へと移住してきた。

「思ったよりも早く来れたみたいでよかったよ、フィリップ」

「ありがとうございます、アールクヴィスト閣下」

移住の挨拶のために領主家の屋敷まで足を運んだ彼を応接室に招き、ノエインは笑顔で言う。それにフィリップも照れくさそうな笑みを返した。

「ふふっ、君はもう僕の領民で、おまけに大切な御用商人なんだ。公的な場以外では、気軽に『ノエイン様』と呼んでほしいな。お互いの共栄のためにも、気を遣わず率直に言葉を交わせる仲になっていこう」

「かしこまりました。それでは以後そのようにお呼びさせていただきます……それにしても、御用商人、ですか。何度聞いても良い響きです。自分の出世ぶりを感じます」

恍惚とした表情で呟くフィリップに、ノエインは思わず苦笑した。そんなノエインの後ろではマチルダがいつものように無表情を保ち、もう一人護衛として立つ従士ペンスは少しばかり呆れた表情を浮かべている。

「こうして重用いただいた御恩は、末代まで忘れることはありません。これからこの地の経済的な発展のために尽くしてまいります。どうぞよろしくお願い申し上げます、ノエイン様」

「うん、よろしくね。君がアールクヴィスト領に商人としての人生を賭けてくれた覚悟に応えられるよう、僕も領主として励むよ。これで僕たちは、栄えるも衰退するも一緒……まさに運命共同体だね」

これからアールクヴィスト家とフィリップは運命共同体。いたずらっぽく笑いながらノエインが発した言葉は、今後は他の貴族家に与するような行動をとるな、という警告でもあった。

「まさしく仰る通りですね。私もそのような心持ちで行動いたします」

ノエインの言葉の意図を理解したフィリップは、少しばかり強張った笑顔を返す。

「この点で共通認識を持つことができているのなら大丈夫だね。それじゃあ、これからの話をしようか」

そう言って、ノエインはフィリップの今後の待遇などを説明する。

まず、現在建設が終わっている空き家のひとつを、彼の当面の仮住まいとしてあてがう。同時に、彼が商会の拠点とするための店舗と、そこに隣接させるかたちで生活用の家を、彼自身の要望も取り入れながら建設する。

それらの建設費用は全てアールクヴィスト士爵家が出し、さらに商会立ち上げのための支度金も融資する。これが、ノエインがフィリップに与える待遇だった。

「店舗については、今後の商会の発展を見越して大きめに作っておこう。ケーニッツ子爵領のマイルズ商会みたいに、倉庫と小売店と事務所を合わせたものにして……フィリップ、大丈夫？」

フィリップが呆けた表情をしているのを見たノエインは、説明を中断して尋ねる。

「……ああ、失礼いたしました。あらためて私のいただける待遇を聞くと、感慨深くなりまして」

「君はうちの領に移住してきた最初の商人になるわけだからね。一番乗りの特権だと思って受け取ってほしい。それに、御用商人にするからには商会をしっかり発展させてもらわないといけないし……期待してるからね」

「はい、必ずやご期待に応えてみせます」

フィリップは真摯な表情で答え、それを受けてノエインは慈愛に満ちた笑顔を見せる。

桁外れの好待遇と大きな慈愛を与えることで、相手の心を摑んで敬愛を引き出す。ノエインが領民たちに用いてきたこの常套手段に、フィリップもまた搦めとられた一人となった。

「それじゃあ後は、ケーニッツ子爵の策略について、報告を聞いてもいいかな？」

ノエインはフィリップに、アルノルド・ケーニッツ子爵が盗賊団をアールクヴィスト領へと受け流した策略について、移住前に調べられるだけ調べるよう頼んでもいた。

「かしこまりました。それでは……」

フィリップはレトヴィクでの行商人仲間から聞き出した、より詳細な情報――アールクヴィスト領に関する噂が流されていた村々の具体的な名前や、噂の細かな内容をノエインに伝える。

さらに、ケーニッツ子爵の配下の中に、子爵が命じた情報工作について酒場で食事をしながら話し合っている者がいたという証言を得たことも語る。

「そっか……ありがとうフィリップ。さすがは行商人の情報網だね。それだけの情報があれば、ケーニッツ子爵の醜聞に添える説得力は十分だよ」

ノエインは不敵な笑みを浮かべた。

アルノルドの策略について決定的な証拠はないが、情報工作を受けた村々の名前と噂の詳細、そして情報工作について耳にしたという証言があれば、状況証拠としては足りる。

仮に、ノエインがこれらの状況証拠と共に「ケーニッツ子爵は卑劣にも情報工作を働き、盗賊団を西隣の小さな貴族領へと意図的に受け流した」という話を広めたらどうなるか。それを聞いた貴族や商人は、ある程度筋の通った噂だと判断するだろう。

今までアールクヴィスト士爵家と直接的に関わり、アールクヴィスト領の実状を詳しく知っていたのがケーニッツ子爵家のみであることも、この噂に説得力を持たせてくれる。

噂はそれが事実であるかどうかより、それが事実に聞こえるかどうかがより重視される。この噂に説得力ありと世間が判断すれば、それだけでアルノルドの評価は大きく落ちる。

「まあ、ケーニッツ子爵の事情や気持ちも分からないわけじゃないけど……一応、最後は軍を出してくれるつもりではいたみたいだし」

「畏れながらノエイン様、どのような事情があろうと、どのような行動をとろうと、結果をもって全てを判断されるのが人の世というものかと思います」

「あはは、確かにそうだね。フィリップはかつての領主様になかなか手厳しいね」

フィリップの言葉を聞いたノエインは、楽しげに笑った。

アルノルドとしては、盗賊団を逸らさなければケーニッツ子爵領もまた大きな被害を受けていたので、やむを得ない策略だったのだ、と言い訳したいところだろう。そして、アールクヴィスト領に自身の抱える領軍を差し向けていたことを考えても、最終的には自領の武力をもって盗賊団を討伐する腹積もりではあったと考えられる。

しかし、世間が見るのは事情や過程ではなく結果だ。盗賊団の規模が手に余るものだったという事情も、王国の行き止まりの位置にあるケーニッツ子爵領の地理的事情も、おそらくは顧みられない。たとえアルノルドがケーニッツ子爵領軍を動かしていたとしても、それが盗賊団討伐において何の働きも示さなかったという結果は変わらない。

　アルノルドの行為は何かの法に反していたわけではない。彼の策略が成功し、盗賊団討伐の手柄がケーニッツ子爵家のものになっていれば、討伐の前に多少姑息（こそく）な策略を巡らせていたとしても、その醜聞は功績と相殺されて、まだ功績の方が上回っていただろう。

　しかし、ノエインが独力で盗賊団討伐を成したことで、アルノルドには姑息な策略をはたらいたという事実だけが残った。彼は他の貴族領の農村を勝手に利用し、自分よりはるかに格下の隣人貴族に盗賊騒動の被害を押しつけようとした上、それに大失敗したことになった。

　ノエインがアルノルドの策略に関する噂を広めてしまえば、彼は卑怯者（ひきょうもの）の誹（そし）りを、さらには腰抜けの誹りを免れない。その事実はもう変わらない。

　そして、ノエインはまだこの噂を広めていない。

　これはアルノルドに対する最強の切り札だ。ノエインは「お前の噂を広めるぞ」と脅しかけるだけでアルノルドを大いに怖がらせ、和解してやると言って大きな利益を引き出すことができる。

「できるだけ早く、ケーニッツ閣下にお会いする予定を立てないとな……」

　どんな話をしよう。どんな言葉を選び、どんな表情を作り、どのようにして落とし前をつけさせてやろう。アルノルド・ケーニッツ子爵との会談を、ノエインは今から楽しみにしていた。


　それからさらに一週間後。ノエインはアルノルドと面会、もとい対峙（たいじ）するため、レトヴィクに入った。

市壁の西門を潜(くぐ)って市街地に足を踏み入れ、まずは先にレトヴィク入りして情報収集にあたっていた外務担当の従士バートと合流する。

「バート、お疲れさま。どうだった？」

「ご期待通りの情報が集まりましたよ。早速ご報告します」

ノエインたちアールクヴィスト領の人間が、レトヴィクでの定宿にしている宿屋の一室。廊下や隣室で聞き耳を立てている者がいないか、兎人(うさぎ)で聴覚の優れるマチルダが警戒する中で、ノエインはバートの報告を聞く。

それによると、盗賊団討伐の後にレトヴィクへと一旦帰ったフィリップは、ノエインの指示通り、熱心に噂の拡散や情報収集をしていたようだった。レトヴィクの商人たちから、フィリップが色々と動いていたと確認が取れた。

また、先週にフィリップがアールクヴィスト領へと移住した後になって、ケーニッツ子爵家の人間がフィリップの行方を捜していたという情報もバートは入手していた。

「ってことは、フィリップは本当にケーニッツ子爵家を切ってアールクヴィスト士爵家の側についたと考えていいのかな？」

「そうだな。ケーニッツ子爵がフィリップの行方を捜していた、という情報のおかげで説得力が増した。フィリップがまだケーニッツ子爵と繋(つな)がっているなら、わざわざ表立って捜す理由がないからな」

ノエインの言葉にユーリが頷く。

これで、フィリップはほぼ間違いなくアールクヴィスト士爵家の味方と考えていい。それでも念のため、当分は彼が不審な動きをしていないか見張ることになるが。

フィリップの件をそう結論づけたノエインは、室内にいる臣下たちを見回した。

「それじゃあ、次はいよいよケーニッツ閣下との話し合いだね。想定してるそれぞれの展開に備えて、各自よろしく頼むよ」

・・・・・

盗賊団討伐の報は二週間ほどでロードベルク王国北西部のほぼ全域に広まり、多くの貴族が朗報に喜んだ。特に、盗賊団の被害を受けた貴族領や、明日は我が身かと不安を抱えていた周辺領地の領主たちの喜びは大きかった。

そんな中で例外的に、苦々しい気持ちを抱きながら朗報の広まりを聞いていたのがアルノルド・ケーニッツだ。

アルノルドが小金を握らせて、アールクヴィスト領の発展度合いを観察させていた行商人フィリップ。盗賊団討伐の報が異常な速さで広まったことに彼が関与していると考えたアルノルドは、彼の行方を捜した。

　しかし、そのときには彼はレトヴィクを去り、アールクヴィスト領へと移住してしまっていた。おまけにその直前まで、アルノルドの策略の痕跡を摑もうと何やら嗅ぎ回っていたという。

　レトヴィクの行商人たちの中で、策略について多少の情報が漏れたことはまだいい。ケーニッツ子爵領に拠点を置いている以上、彼らも安易に領主家の不興を買う真似はしまい。そこから噂が洩れる可能性は低いし、洩れたとしても広がり方は限定的だろう。何なら、行商人たちに金を握らせて黙らせてもいい。

　問題は、フィリップがケーニッツ子爵家を切ってアールクヴィスト士爵家の側についたことだ。おそらく、ノエイン・アールクヴィストはフィリップを介して、こちらの策略の状況証拠くらいは摑んでいる。その状況証拠と共に、ノエインがアルノルドの今回の策略について吹聴し出したらどうなるか。

「ケーニッツ子爵は大規模な盗賊団の接近に恐れをなし、姑息な策略を用いて盗賊団を私の領地へと逸らしました。しかし、私は総人口わずか二百人の領地で盗賊団を迎え撃ち、これを壊滅させてみせました」

　アールクヴィスト領の経済や人口の状況を把握していたのは隣領の領主であるアルノルドくらいで、盗賊団をアールクヴィスト領へと逸らして得をするのはやはりアルノルドくらいだ。そのような状況の中で、賊を見事に討伐した英雄が自信たっぷりにそう語るのだ。

現実には状況証拠しかないとしても、ノエインの主張は十分に信ずるに値すると世間に見られるだろう。そして、アルノルドの間抜けな失敗はノエインの英雄譚と共に、楽しい噂話として貴族社会を駆け巡るだろう。

そうなれば、領主としての職務に堅実に励んで生涯を過ごし、有能な貴族だったと後世で語られたいアルノルドの思惑はご破算だ。ノエインの父マクシミリアンの黒歴史ならぬ、アルノルドの黒歴史が新たに生まれてしまう。

このままではまずい。非常にまずい。

ここ最近、アルノルドの頭の中ではこのような思考が堂々巡りしている。精神衛生上、褒められた行いではないと分かっていても、このようなことばかり考えてしまう。そのせいで執務もろくに手につかない。

そして今日は、ノエイン・アールクヴィストとの会談の日だ。できれば永遠に来てほしくなかった憂鬱な日だ。

「閣下。アールクヴィスト士爵が到着されました。応接室の方でお待ちいただいております」

進まない書類仕事に臨んでいたアルノルドのもとへ、屋敷内のことを取り仕切る家令がそう告げに来る。

「……そうか。ご苦労」

嫌な報せを持ってこられたとはいえ、職務に忠実な家令を恨むのはお門違いだ。アルノルドはこう答えるしかなかった。

ノエイン・アールクヴィストの待つ応接室へと、アルノルドは重い足取りで向かった。

そして、扉の前で呼吸を整えると、意を決して室内に入った。

アルノルドも伊達に貴族家当主を長年やっていない。ノエインと顔を合わせたときには、内心の憂鬱を完璧に隠して仕事用の穏やかな微笑を作っていた。

ノエインの方も、おそらくは作り笑顔だろうが完璧な笑みを浮かべ、立ち上がって丁寧に頭を下げてくる。

「お久しぶりです、ケーニッツ子爵閣下」

「ああ。息災そうで何よりだ、アールクヴィスト卿」

「おかげさまで、この通り健在です」

おかげさまで。その言葉を若干強調しながら、ノエインは好青年ぶった笑みを一瞬だけ崩した。

ほんの一瞬だけ、ニヤリと邪悪な笑みを見せた。

アルノルドはそれを見逃さず、そして慄いた。

まるで懐に隠し持つ刃物をちらつかせるかのように、僅かに発露させた凶悪さ。それを垣間見てしまったアルノルドは、こいつは本来はこんな顔をするのかと恐怖を覚えながら、その恐怖を表情に出さないよう堪える。

表面上は平静を保ってノエインと握手を交わし、座って楽にするよう促し、使用人にお茶を出させる。

貴族同士が会談するときは、来訪した側が出されたお茶のカップから好きな方を選ぶのが慣わしだ。毒を盛られることのないようにと定められたこの慣わしに沿って、二つ並ぶカップのうち片方を自ら選んで手に取ったノエインだが、お茶に口はつけない。

毒など入れていないことを示すため、アルノルドはもう一方のカップを取って口をつけてみせるが、それでもノエインはお茶を飲まない。

当然と言えば当然だが、あからさまに警戒されている。そうアルノルドは理解した。

「……それにしても、最近は卿の話で市井が持ちきりだな。初めて聞いたときは私も大層驚いたが、いやはや素晴らしい活躍だ。まだ人口も少ない小領で、二百人もの盗賊を壊滅させるとは」

どうにかして会話の流れをこちらが握らなければ。先手を打たなければ。少しでもノエインの意表を突かなければ。アルノルドはそう考え、自分からこの一件を話題に出した。

「はははは。目立つのはあまり得意ではありませんから、こうして自分のことが大きな話題になるのは照れてしまいますね……どうやら何者かが姑息な策略を巡らせて盗賊団を我が領へと受け流したようで、一時はどうなることかと思いました。盗賊団と策略からどうにか自領を守ることが叶い、今は安堵しています」

「っ、そうか。大変だったな。卿の心労は察するに余りある」

逆効果だった。アルノルドは自身の最初の一手をさっそく後悔する。盗賊団の襲来と自身の策略について同列に語られるのは予想外だった。いきなりここまで露骨に、強気で返してくるとは思わなかった。

「姑息な策略については得体が知れず不気味に感じるところもありましたが、つい先日我がアールクヴィスト士爵家の御用商人として迎え入れた元行商人のフィリップが、その点は良く調べてくれました。悪い噂の出所も判明してほっとしました。さすがは貴族の情報屋として動くことに慣れている男でした」

ノエインは強気な態度をそのまま隠そうともせず、攻めた言動を見せる。先ほど僅かに覗かせた凶悪な笑みを、今度は思いきりくり出してくる。

その尋常でない笑顔を見て、アルノルドは思わず表情を強張らせた。平静を保っていられなかった。背筋がぞっと冷えた。

さらに、ノエインの後ろに護衛として控える兎人の奴隷と、ノエインの従士たち――頭を剃り上げた従士長と、見るからに武闘派であることが分かる醜男だ――までもが、殺気立った顔を向けてくる。その様相も、アルノルドの恐怖心を煽る。

アルノルドの護衛についている領軍兵士たちも、ノエインたちのそんな態度を警戒しているので、応接室の中には凄まじい緊張感が漂っている。

「……なるほどな。にしても、二百人もの盗賊団を相手に、よくぞ勝利できたものだ。しかも死者

を一人も出していないというから驚いた。ああいや、すまない、これは決してアールクヴィスト士爵領に犠牲者が出てほしかったなどというわけではなく――」

動揺のあまり失言したか。アルノルドがそう思って狼狽えると、ノエインは凶悪な笑みを隠し、また穏やかな笑顔に戻った。

「いえ、お気になさらず。我が領が盗賊団を打ち倒すことができたのも、アールクヴィスト士爵家の抱える優秀な鍛冶師が開発した新兵器のおかげです」

「し、新兵器？」

「ええ……この場でご覧に入れましょう。ラドレー」

「へい」

ノエインが後ろを振り向くと、護衛の従士のうち醜男の方がガラの悪い口調で答え、担いでいた革袋を応接室のテーブルに置いた。ガシャン、と何やら金属音が響き、アルノルドは小さく身を竦める。

ノエインが革袋に手を伸ばし、袋の口を広げて中に手を突っ込むと、アルノルドの護衛たちが警戒して剣の柄に手を触れた。

それを見てノエインの護衛たちがさらに殺気立ち、さすがにまずいと思ったアルノルドは警戒を解くよう自身の護衛たちに手振りで指示する。いくらノエインが怒っているとはいえ、この場でいきなりこちらを攻撃したりはしないはずだ。そう信じながら。

「こちらです。これを開発した鍛冶師は、クロスボウという名をつけています」

アルノルドの信じた通り、ノエインは攻撃を仕掛けてくることもなく、何か道具を取り出しただけだった。その道具――ノエインの言うところの新兵器を前に、アルノルドはしばし考えて口を開いた。

「……なるほど。弓を引き続ける筋力や、狙いを定める技術を補う道具か」

「さすがはケーニッツ閣下。まさに仰る通りです」

「これでも上級貴族家の当主をそれなりに長くやっているからな。馬鹿ではないつもりだ。『アレクサンドル戦記』は私も知っている。クロスボウという名を聞き、この作りを見れば分かった……これを使って、領民たちを即席の弓兵に変えたというわけか？」

「はい。わずかな訓練で誰でも弓兵に変えることのできるこのクロスボウを用いることで、人口の少ない我が領でもそれなりの戦力を用立てることができました。我が領が盗賊団に勝利できたのは、これが百挺以上と、私の操る二体のゴーレムがあったからこそ。ゴーレムで盗賊たちを蹴散らし、矢の雨で射貫き……二百人の盗賊団とて、私たちにとって敵ではありませんでした」

盗賊団の討伐について市井に流れた噂は「アールクヴィスト領が果敢に戦って盗賊団を見事に撃滅した」というだけのもの。このクロスボウの話は出ておらず、アルノルドはその存在を今初めて知った。

なので、たとえノエインの言葉にはったりが含まれていたとしても、アルノルドにはそれに気づく術がない。これが百挺以上もあると言われれば、そうなのかと思うしかない。

そして、ノエインが手練れの傀儡魔法使いであることはアルノルドも知っている。それもただの手練れではなく、王国中、いや下手をすれば大陸中を見ても有数の実力を持っているらしいと噂に聞いている。

民をいとも簡単に弓兵へと変える新兵器。そしてゴーレムによって一騎当千の破壊力を発揮する領主ノエイン。その活躍を聞かされたアルノルドは――これがノエインの脅しだと気づいた。

アールクヴィスト領が本気を出せば、訓練を受けた二百人の軍勢も敵ではない。すなわち、もしケーニッツ子爵領軍が全軍でアールクヴィスト領に攻め入ったとしても勝てないということだ。領民から徴兵して兵力を増強すれば勝てるかもしれないが、それでも損害は甚大だろう。

そもそも、多少の脅しや小競り合い程度ならともかく、領の全力を投入しての大侵攻など、同じ王国貴族を相手にできるわけがない。王国がもっと不安定で、貴族同士の殺し合いが珍しくなかった大昔ならともかく、この安定の時代にそんなことをすれば頭がおかしくなったと思われる。

ケーニッツ子爵領軍の全軍に対抗できる戦力をアールクヴィスト領が得てしまった時点で、アールクヴィスト領にとって、ケーニッツ子爵領はもはや軍事的な脅威になり得ない。今後、もし軍事的圧力をかけようとしてきても無駄だと、ノエインは暗に言っているのだ。

ノエインの言葉が大言壮語などではないことは、盗賊団を撃滅したというその揺るぎない実績が証明している。

だから、ノエインはこの会談の最初からこれほど強気でいられるのだ。いざとなればケーニッツ子爵領と本気で殴り合える力を得たからこそ、そもそもこちらが下級貴族領を相手にそのような不毛な戦いに臨むはずもないと分かっているからこそ、このような態度をとれるのだ。

「ケーニッツ閣下？　顔色がよろしくないようですが、もしやご気分が優れないのでは？」

「……いや、大丈夫だ」

わざとらしく心配そうな顔をしたノエインに、アルノルドは額の汗を拭いながらそう返す。会話の流れを摑むなどとんでもない。自分は目の前の小僧に完全にこけにされている。こけにされているのに、有効な反撃の手立てがない。

つくづく思うが、当初はこんなはずではなかったのだ。

普通は、二百人の盗賊団ともなれば大きな脅威だ。村の一つ二つ、下手をすれば小都市の一つを失ってもおかしくない。

これが他の貴族領ならば、多少の被害を許容して盗賊団が通り過ぎるのを待つか、領軍と徴集兵で適当に追い払うかして済ませることも叶っただろう。

しかしケーニッツ子爵領は、アールクヴィスト領を除けば王国北西の果ての地だ。そこへ流れてきた賊は、他に行き場がないために苛烈に暴れることがままある。それはケーニッツ子爵領の歴史が証明している。

だからこそ、アルノルドは苦肉の策として盗賊団をアールクヴィスト領へと逸らしたのだ。それとて、逸らすだけ逸らして無関係を決め込むつもりではなかった。西へと逸れていった盗賊団を後ろから奇襲し、アールクヴィスト領と挟撃することで討伐を成すつもりだった。

自分とて腰抜けではない。ちゃんと自ら領軍の先頭に立ち、剣を振るい、血を流して戦うつもりだった。そのために領軍のほぼ全軍を集結させ、本気で盗賊団を討つために動いたのだ。

アルノルドの計画通りにことが進み、ケーニッツ子爵領軍がアールクヴィスト領を救うかたちになっていれば、「結果的に私の救援のおかげで盗賊団に打ち勝てたのだから、それで良しとしようではないか」と主張することができた。それでノエインを納得させ、策略については力ずくで誤魔化すことができた。

他の貴族たちに向けても、「大規模な盗賊団を討伐した」という大戦果を示して、その前に行った小さな策略の姑息さには目を瞑ってもらうことができた。貴族社会は結果が全てだ。

しかし、ノエインは全てを自力で解決し、アルノルドの策略の有力な証拠まで握り、それによってアルノルドはただの間抜けと化した。こうなってはアルノルドの主張は通らない。

「私にも事情があったのだ」と主張できるのは、主張するに足る力や実績を示したものだけ。今回それだけの力と実績を示したのはノエインの方だ。

「…………」

アルノルドは青い顔で考える。テーブルを挟んだ正面では、ノエインがアルノルドの思考がまとまるのを待つかのように、わざとらしい微笑みをたたえている。

よく考えれば、状況は単純。

アルノルドは、自分が姑息な策略に失敗した間抜けだという噂をノエインに広められたくない。

一方のノエインは、姑息な策略によって自領に盗賊団を逸らしたアルノルドに相応の落とし前をつけさせたい。それが双方の求めていることだ。

アルノルドが何らかの方法でノエインの口を塞げるのであれば、それで決着はつく。

しかし、軍事的に圧力をかけて「私の醜聞を口外するな」と要求するのはもはや難しいと分かっている。

では、いっそこの場でノエインの口を力ずくで封じてしまうか。

「……」

ノエインの後ろに立つ護衛の三人をちらりと見て、アルノルドはその案をすぐに却下した。

このような場に連れているくらいだ。冷徹そうな兎人の奴隷も、二人の強面（こわもて）の従士も、実力は見かけ倒しではないのだろう。

今ここでノエインを殺そうとすれば、狭い室内で互いの護衛が入り乱れる斬り合いになる。そうなればアルノルド自身も死ぬ可能性が高い。ノエインが死ねば、護衛たちは自分が死ぬ前に意地でもアルノルドを殺して主人の復讐（ふくしゅう）を果たそうとするだろう。

運良く全てが上手（うま）くいき、ノエインとその護衛が死んでアルノルドが生き残っても、ノエインがいつまでもケーニッツ子爵家の屋敷から帰らなければ彼の他の臣下たちが不審に思う。いや、ノエインのことだ。「もし自分が夜までに帰らなければ、ケーニッツ子爵に殺されたものと思え」くらいは言っているかもしれない。

アールクヴィスト領の人間は、不気味なほどに領主ノエインを敬愛しているという。残された臣下と領民たちは、ノエインに代わってアルノルドの醜聞を広め、下手をすればそのまま弔い合戦に臨んでくる。

「……」

軍事的圧力も無意味。今この場でノエインを襲うのも無意味。どう頑張っても、力で解決することはできない。そんなことを試みても、失策の上にさらに卑劣な失敗を重ねた馬鹿丸出しの無能貴族として、より酷くなった「アルノルドの黒歴史」が後世に語られるだけだ。

となると、取れる選択はひとつだけ。ノエインが今回の件について溜飲を下げ、アルノルドの醜聞について口を噤んでいてくれるよう、詫びを示すことだ。

「……アールクヴィスト卿、どうすれば赦してくれるかね？　どのように落とし前をつければ、私の策略の件を広めずにいてくれる？」

「ほう」

アルノルドの問いかけを聞いたノエインは、片眉を上げて驚いてみせた。

「そこまで素直にご自身の非を認めていただけるとは思ってもみませんでした。さすがは大領を治める名門貴族家のご当主であらせられる。潔いのですね」

「ここまで来れば誤魔化しても同じだろう。こちらとしては、誤解が起きぬよう話し合いたい」

詫びを示せば、醜聞を黙っておいてやる。アルノルドとしては、ノエインにそうはっきりと口に出して確約してもらいたい。であれば、互いの本音を探り合うようなまどろっこしい対話はかえって認識の齟齬を生む原因になる。デメリットしかない。

「なるほど、そういうことでしたら……」

どうせ要求を事前に考えているだろうに、ノエインはわざとらしく顎に指をあてて考える素振りを見せる。その仕草を前に、アルノルドは一体何を言われるのかと気が気ではない。

「……ロードベルク王国の領主貴族たちは、地方ごとに派閥を形成して連帯していると聞き及んでいます。この王国北西部にも貴族閥があり、北西部でも有数の名門貴族であらせられるケーニッツ閣下もそこに属しておられると。その貴族閥に私のことをご紹介いただき、輪に加えていただきたい。閣下に仲介役をお願いしたく存じます」

「……なるほど」

そう来たか。アルノルドは内心で呟きながら、唸るように答えた。

王国の北西部、南西部、北東部、南東部にそれぞれ形成されている貴族閥は、属する貴族同士が緩やかな協力関係を築く繋がりだ。

それほど強固な連帯ではないとはいえ、正式に派閥の輪に加われば政治的・経済的な利点は大きく、また他の派閥の貴族と対立した際には、同じ派閥の仲間から何かしらの手助けを得られる可能性が高まる。

しかし、新たに派閥に加わるのは容易なことではない。派閥は基本的には男爵以上の上級貴族の集まりであり、下級貴族は近しい上級貴族を介して間接的に属するのが一般的だ。

下級貴族が派閥の輪に直接入りたいときは、手土産となる十分な手柄を示した上で、派閥に影響力を持つ貴族に紹介してもらう必要がある。

ノエインは既に「大規模な盗賊団を討伐する」という大手柄を立てている。残るは紹介役だけ。その役割を、ノエインにとって唯一繋がりのある上級貴族のアルノルドに頼むのは、理解できる話だった。

「ご存じの通り、我がアールクヴィスト士爵家は木っ端の最下級貴族。私の治めるアールクヴィスト領も、まだまだ吹けば飛ぶような小領です。であればこそ、王国北西部閥に属することで安寧を得て、自領の発展を加速させていきたいと考えました」

「……」

ノエインのような小領の領主にとって、貴族閥に入ることは、通常では手に入れられない様々な伝手（つて）を得ることに繋がる。

自領より遥（はる）かに規模の大きな貴族領の領主たちと繋がりを持ち、直接言葉を交わせるのだ。賢（さか）しいノエインが上手く立ち回れば、得られる利益は計り知れない。ノエインはその利益を活（い）かし、アールクヴィスト士爵家を躍進させ、領地をさらに発展させていくのだろう。

「いかがでしょう、閣下……この点でご協力いただけるのであれば、閣下が策略を巡らせて我が領に盗賊団を逸らした件について、水に流した上で決して口外しないと誓います」

アルノルドは考える。

王国北西部の中では指折りの大領の領主として知られ、北西部閥でそれなりの発言力を持つアルノルドならば、ノエインを派閥に紹介することは容易だ。

ノエインにとっては利点が非常に大きく、アルノルドにとっては困難なく履行できる要求。両者にとって極めて都合がいい。これで今回のことを許してもらえるのならば、アルノルドとしては文句があるはずもない。

「分かった。私の名で、卿をロードベルク王国北西部の貴族閥に紹介しよう……これで、今回の一件については和解ということで頼む」

丁度いい落としどころまであらかじめ作ってくるとは、相変わらず頭がいい。そう内心で思いながら、アルノルドは答えた。

「ありがとうございます。もちろんです、和解が叶って嬉しく思います……これで私は、北西部閥の上級貴族の方々と繋がりを持てる上に、クロスボウや我が領特産のジャガイモを直接披露して売り込むことが叶います」

なんとか和解に持ち込めたことに安堵していたアルノルドは、ノエインのその呟きを聞き流しそうになった。

「……クロスボウを他領に売るつもりなのか？　それほど強力な兵器を秘匿もせずに？」

アールクヴィスト領が規模のわりに強大な軍事力を備えられたのは、ノエインの傀儡魔法使いとしての才もさることながら、クロスボウの存在があるからこそだろう。そのクロスボウを領外にあっさりと開示すれば、アールクヴィスト領の軍事的な優位性は失われる。

アルノルドとしても、どうにかしてこのクロスボウを手に入れられないかと考えていたのだ。ノエインの方から派閥に売り込むつもりだと言われて、拍子抜けもいいところだった。

「ええ。これは発想こそ画期的なものですが、仕組みは一目見れば多くの者が理解できるでしょう。領内だけで使うのならともかく、戦争などに用いればあっという間に世の中の知るところとなり、構造を見て記憶されるか実物を盗まれるかして、模倣されることになります」

疑問を口にしたアルノルドに、ノエインは頷いてそう答える。

「そのようなことになるのであれば、早いうちに仲間内……これから私が所属する北西部閥に開示して己の手柄とする方がいい。そう考えました」

「そうか、なるほどな。北西部閥に開示すると決めていたからこそ、ためらいなくクロスボウの実物を私に見せたというわけか」

「仰る通りです。自分が正式に北西部閥の一員になれるのであれば、閣下に対する軍事的な優位性を維持する必要もありませんから」

ノエインの考えを聞いて、アルノルドは黙り込む。

独力での盗賊団討伐という大戦果を挙げた上に、これほどの兵器を持ち込むのだ。派閥に加わる手土産としては十分どころの話ではない。多大な、ともすれば過大な手土産と共に堂々の派閥参加を成せば、ノエインの立場は当面は安泰となる。

そして、ノエインがアルノルドと同じ北西部閥に属することになれば、アルノルドがノエインを陥れるような真似も、ノエインに露骨な圧力をかけるような真似もできなくなる。それは北西部閥への重大な裏切り行為になり、派閥内での信用も立場も失い、結局はアルノルド自身の首を絞めるからだ。

「それに、クロスボウが十分に普及すれば、おそらくは北西部閥全体の軍事力が増強されます。今回のように大規模な盗賊団が発生しても、最辺境のアールクヴィスト領に到達する前に各貴族領で容易に対応できるようになるでしょう。他国との戦争が起こった際も、北西部閥はきっと大きな戦果を挙げることが叶います……北西部の治安維持や権勢拡大に貢献できるのであれば、これからその一員になる者としてこの上ない喜びです」

「……っ」

ただ北西部閥の一員となるだけでなく、自身の属する北西部閥そのものを内側から強靭化し、自領の盾とする。それは小領の一領主の考えにしては、あまりにも壮大だった。

「ジャガイモについても同じです。あれが普及すれば、北西部の社会の足場をより一層固めることが叶うでしょう」

「……卿の領地でそういう名前の作物が栽培されているとは噂に聞いているが、それは一体何なのだ？　そこまで言うほど、何か利点のある作物なのか？」

「ええ。ジャガイモがあれば社会を変えることができます。『救国の作物』、原産地ではそう呼ばれているほどですから」

アルノルドの問いかけに頷き、ノエインはジャガイモの特性と利点を語る。

それは俄かには信じられない話だったが、賢しいノエインが自領で熱心に栽培している以上、嘘ではないのだろうとアルノルドも思うしかなかった。

一体いくつ手土産を持って北西部閥に来る気だ。感心とも呆れとも畏れともつかない感情を覚えながら、アルノルドは思った。

「――というわけで、正しく利点が伝われば、このジャガイモも北西部閥への大きな手土産になります。ジャガイモによって食料生産体制をより安定させた北西部閥は、さらなる発展を遂げ、強力な貴族閥になっていくことでしょう。そこに属する私としても、心強いことです」

ノエインの話を聞きながら、アルノルドは呆然としていた。

北西部閥の軍事力のみならず、北西部地域の社会そのものを強靭化し、その強靭な社会の中で自身も安寧を得る。凄まじい話だった。

「閣下はどう思われますか？」

首を小さく傾げて尋ねてきたノエインに、アルノルドは数瞬の間を置いて答える。

「ああ、わたしもそうおもう」

こいつにはとても勝てそうにない。そう思いながら、アルノルドはノエインとの駆け引きを放棄していた。

今回のやり取りで確信した。ノエインはずば抜けて優秀だと。辺境の小領主に収まる器ではないと。この国の歴史の一幕に名を残す傑物だと。

ノエインはこの調子でこれからも成果を上げ、人脈を広げ、自領だけでなく周辺地域や国そのものに、下手をすれば国外にまで影響を与えながら躍進していくのだろう。時代に選ばれた主役の一人として、邁進（まいしん）していくのだろう。

アルノルドは自分がそれなりに有能な領主であるつもりだが、それは「先代から受け継いだ領地の安寧を無難に守る」という平凡な評価基準での話だ。おそらく今後も、ノエインのような異才には敵（かな）わない。

ならば、これから自分が打つべき最善手は、ノエインの才覚をいち早く知った者として、彼に好意的な隣人であり続けることだけ。そうするのが自分の、そしてケーニッツ子爵領のためだ。

「少し疲れた。外の空気を吸ってくるから、待っていてくれ」

ここまでの会話でノエインに翻弄されっぱなしだったアルノルドは、そう言って立ち上がる。少し目眩（めまい）を感じたのは、座りっぱなしだったせいか。それとも気疲れのせいか。

「……かしこまりました。一番大事な話は終わりましたし、時間はたっぷりありますから。どうぞごゆっくり」

ノエインは余裕のある笑みを浮かべて答えた。

ほどよく冷めたお茶を飲みながらノエインが待っていると、アルノルドは間もなく応接室に戻ってきた。

離席するときは呆けた顔で足取りも少しふらついていたが、さすがに気持ちを切り替えるのは上手いらしく、今は表情を引き締めてしっかりと歩いている。

「待たせたな、アールクヴィスト卿」

「いえ、どうかお気になさらず」

もう最初のような緊張感を漂わせる必要はないので、ノエインは努めて穏やかに答える。マチルダや、見た目の威圧感もあって護衛に選んだユーリとラドレーにも、殺気を収めさせている。

「まずは、卿との和解が叶ったこと、あらためて感謝する」

「私としても、これまで閣下と築いた友好を回復させることができて、喜ばしく思います」

「そう言ってもらえると助かる。次に話し合わなければならないのは、卿を北西部閥へと紹介する具体的な方法だな……」

「そうですね。何か良い方法をご提示いただけると助かります」

貴族閥の常識についてはノエインは何も知らないので、この点は完全にアルノルド任せになる。

「ああ、それについてだが……北西部閥の盟主であるベヒトルスハイム侯爵家。その屋敷で開かれる晩餐会に、卿を連れて行くのが最も良いと思う」

それを聞いたノエインは、小さく首を傾げた。

「晩餐会、ですか?」

「そうだ。とは言っても、堅苦しいものではない。北西部閥に属する貴族家の当主たちが集まって、立食形式で酒と料理を手に語らうだけだ」

アルノルドは頷きながら答えた。離席する前のような緊張は既に感じていないらしく、椅子の背に寄りかかって気を楽にしながら。

「そういう晩餐会が、派閥の絆を確かめ合う……という名目で年に一度開かれているのだ。まあ実質は、互いの近況を報告して情報を交換する集いだな。北西部閥に直接属するほぼ全ての貴族が集まるその場なら、卿を紹介するのに最適だろう」

「確かに仰る通りですね。それで、その晩餐会が開かれるのはいつ頃でしょうか?」

「毎年、おおよそ十二月の中旬だ」

それを聞いたノエインは少し驚く。十二月の中旬ともなれば季節は冬に移り変わっている。移動に適した時季とは言えない。

「その時季に集まるのはいささか大変なように思えますが……何か理由があるのですか?」

「派閥に直接属するのは上級貴族ばかりだからな。馬車に暖房の魔道具を備えたり、護衛の全員に質の良い防寒具を揃えたりする程度の財力はある。移動の難点を金で解決できるのであれば、冬というのは集まるのにかえって都合がいいのだ。皆、予定が空いているからな」

「……なるほど」

暖房付きの馬車や護衛の防寒具を用立てられる程度の財力も、派閥に直接属する条件のひとつなのだろう。ノエインはそう理解した。

予定を合わせやすいというだけの理由で冬に社交を開き、高価な暖房の魔道具付き馬車に乗り、質の良い防寒具を纏った護衛に囲まれて移動する。なんとも贅沢な話だが、貴族閥にはそれだけの金をかけて加わる価値がやはりあるのだ。

「上級貴族ともなれば、皆様お忙しいことと思います。ご事情は理解しました。ですが、私は今まで木っ端貴族だったこともあり、恥ずかしながら自家用の馬車を持っていません。今から二か月足らずで馬車を用立てるというのは……」

今は十月の中旬。それも後半にさしかかっている。

護衛に着せる防寒具はともかく、貴族として公の場に出向くような上等な馬車を二か月足らずで準備できるかと言われれば、難しいところだ。

「ああ、そのことについては心配はいらん。我がケーニッツ子爵家は自家用馬車を二台持っているから、一台譲ってやろう。少し古いが手入れは怠っていないし、暖房の魔道具も備えている。家紋を描き直せばそのままアールクヴィスト家の馬車として使えるだろう」

「よろしいのですか？」

思いもよらぬ申し出を受けて、ノエインは目を見開いて驚いた。多少古いとはいえ、貴族用の馬車は安いものではないはずだ。

「構わんさ。家族が多かった頃は二台とも使っていたが、もう先代は夫婦ともに死んでいるし、子供たちも嫡男と末の娘以外は独立してしまったからな。二台目は無用の長物だ。どうせ嫡男の代には二台とも作り変える予定だったから、卿が活用してくれるならその方がいいだろう。これも詫びの証だと思って受け取ってくれ」

答えるアルノルドの表情は、その「家族が多かった頃」を懐かしむような、少し寂しげな色を帯びていた。

アルノルドは妻との間に息子が二人と娘が三人いると聞いている。そのうち次男は王都の下級貴族家に婿入りし、双子の長女と次女はそれぞれ他の貴族家に嫁いでいると。

また、嫡男である長男も修行を兼ねて王国軍で軍務に励んでおり、あと数年は不在。現在家にいるのは末の娘だけだと、以前アルノルド自身が語っていた。父と母と末娘だけであれば、馬車二台は多すぎるというのも分かる。

「それでは、お詫びの証として受け取らせていただきます。ありがとうございます」

ノエインは素直に礼を言った。これは純粋にありがたい話だった。

「馬車を引く馬は足りているか？」

「はい。盗賊団との戦いで、戦果として何頭か手に入れましたので」

盗賊を討伐した場合、基本的にその所持品は討伐者のものとなる。貴族や傭兵ができるだけ積極的に盗賊退治に臨むよう促すための慣習法だ。

そのため、ノエインは盗賊団の持っていた装備や金品、そして六頭いた馬のうち戦闘に巻き込まれず無事だった四頭を得ていた。元々持っていた荷馬と軍馬も合わせれば、当面は馬が足りなくなる心配はない。

「ならば問題はないな。数日中にも馬車を引き渡せるようにしておこう。晩餐会の詳しい日取りや、卿を紹介する段取りについては、盟主のベヒトルスハイム侯爵閣下に私から聞いた上でまた後日話し合うということでもいいか？」

「問題ありません。感謝します、閣下」

「礼はいい。元はと言えば私のせいだ……それではな」

ノエインはアルノルドと握手を交わし、屋敷を後にする。

不穏極まりない雰囲気の中で始まった会談は、こうして和やかに終わった。

二章 北西部閥

HINEKURE RYOSHU NO KOFUKU-TAN

アルノルドから譲り受けた馬車の修繕や再塗装を職人に依頼したり、北西部閥の主だった貴族の情報をアルノルドから学んだり、人口の増えたアールクヴィスト領の冬越えの準備をしたりと忙しく過ごしているうちに、晩餐会に臨む十二月がやって来た。

出席者たちが自領で祝日の宴を過ごした後に集まれるよう調整された結果、今年の晩餐会の開催日は十二月の十七日。

アールクヴィスト領からベヒトルスハイム侯爵領の領都までは馬車で三日の距離だが、万が一にも遅れることのないよう、数日の余裕をもって領都ノエイナを発つことになる。

出発する当日の朝。全体を黒く塗装され、アールクヴィスト士爵家の家紋が大きく描かれた二頭立ての馬車を眺めながら、ノエインは暗い表情を浮かべてため息をついた。

「……自分で北西部閥への参加を求めておいて何だけど、ものすごく気が進まないな。貴族の集まりなんて経験がないし。色々と面倒くさそうだし」

ノエインが北西部閥への接近を望んだのは、貴族としての立場を高めて領地の安寧を守り、延いては自身の幸福を守るため。個人的な野心ではない。自身にそのような野心はない。

故に、ノエインにとってこの社交は面倒な仕事でしかなく、居心地のいい自領を出て格上の貴族たちの中に飛び込むことには、ただただ憂鬱しか感じない。

そんなノエインの後ろ向きな呟きを聞かされて、主君の見送りに来ているユーリは少しばかり呆れた顔になる。

「今さら言っても仕方ないだろう」

「まあ、そうだけど……はあ、これも貴族の宿命か。どうせいつかは社交の場にも出ないといけないわけだしね」

ノエインは独り言ちて後ろを振り返り、ユーリと、こちらも主君の見送りに来ているアンナに視線を向ける。それぞれ軍務と内務の責任者である二人は、ノエインが留守中の領主代行を務めることになる。

「二人とも、僕の初めての社交の成功を祈っててね」

「ああ。というか、全く心配していないぞ。ノエイン様が駆け引きで負けるところなんて欠片も想像できないからな」

「そうですよ。ノエイン様に敵う人なんてきっといません」

「あはは、どうかな。ケーニッツ子爵には今のところ完勝だけど、大貴族にはもっと手強い人がいるかもしれないよ」

ノエインが笑って答えたところで、今回の旅の護衛を務めるペンスが近づいてくる。

「ノエイン様、出発の準備が整いました。いつでも発てますよ」

「分かった、ご苦労様」

ペンスに答え、あらためてユーリとアンナの方を振り返ると、二人は先ほどまでの気楽な表情ではなく、仕事用の真面目な顔になっていた。

「それじゃあ行ってくるね。僕が留守の間、頼んだよ」

「お任せください。閣下の社交の成功をお祈りします」

「道中どうかお気をつけて」

ノエインは二人に見送られながら、マチルダを伴って馬車に歩み寄る。乗り込む前に、御者台に座る青年に声をかける。

「ヘンリク。寒い中での旅になるけどごめんね」

「んや、おらは大丈夫ですだ」

にかっと愛嬌(あいきょう)のある笑みを浮かべ、訛(なま)りの強い口調で答えた青年は、盗賊団討伐の直後からアールクヴィスト家で働いている使用人。名前をヘンリクと言う。

彼は王国南西部から逃げて移住してきた領民の一人で、移住前は農耕馬や牛の世話を得意としていたため、馬の数が増えたアールクヴィスト家の厩番(うまやばん)かつ馬車の御者として雇われていた。

「そっか。でも無理はしないようにね。それじゃあよろしく」

ヘンリクに笑顔を返し、ノエインは今度こそ馬車に乗り込んだ。

今回のノエインの旅に同行するのは、従者であるマチルダ、護衛を務めるペンスとラドレーとバート、御者のヘンリク、そして世話係のロゼッタの計六人。

領都ノエイナを出た馬車は、前方をペンスとバート、後方をラドレーに守られながら、森に挟まれた街道を進む。

外の寒さに曝（さら）されるペンスたち四人には、この日のために用意された質の良い防寒具が与えられていた。複数の魔物の革を重ね、特殊な加工を施して作られるこの防寒具は、一着が一万レブロを超える高級品だがそれに見合う防寒性能を持っている。

そして、馬車の中は備え付けの暖房の魔道具によってほどよく暖められていた。

「……馬車の質が変わると、移動ってこんなに楽になるんだね。眠くなりそうだよ」

窓の外を眺めながら、ノエインはのんびりした声でそう呟く。

貴族の移動のために作られたこの馬車は、車体と車軸の間に板ばねが取り付けられており、乗った者に伝わる振動が大幅に軽減されている。

ノエインが今まで移動の際に乗っていた、乗り心地などまったく考えられていない荷馬車と比べると、その差は歴然だ。

板ばねによって軽減された振動は、魔道具が生み出す暖かさも合わさって、領地を空ける準備のためにここ数日多忙だったノエインの眠気を誘う。

「ノエイン様、よろしければ私を枕にしてお休みください」

「そうだね、それじゃあ甘えさせてもらうよ……」

隣に座るマチルダに言われたノエインは、上体を横たえ、彼女の膝に頭を預けた。

「おやすみ」

「おやすみなさいませ、ノエイン様」

マチルダと言葉を交わし、ノエインはすぐにスヤスヤと寝息を立て始める。

安心しきった表情で眠るノエインの頭を撫でながら、マチルダは思わず口元を綻ばせた。そして顔を上げると、向かい合って座っているロゼッタと目が合う。

ロゼッタは何も言わずに微笑み、マチルダは照れ隠しに無表情に戻ると、努めて何気ない素振りで視線を窓の外に向けた。


ケーニッツ子爵領に入り、レトヴィクを通過し、もっと東に進んだところにある小都市で一泊。翌日にはまた東に進み、いくつかの下級貴族領を通過してベヒトルスハイム侯爵領に入り、また道中の小さな街で一泊。

さらにその翌日の夕方、一行はベヒトルスハイム侯爵領の領都ベヒトリアに辿り着いた。

人口およそ三万人。ロードベルク王国北西部において最大の都市であるベヒトリアは、都市を囲む市壁の高さも、長さも、領都ノエイナはおろかレトヴィクとも比較にならない。

「す～っごいです～」

「あはは、ロゼッタは大都市に来るのは初めてだった？」

馬車の窓から街並みを眺め、目を丸くして呟いたのはロゼッタだ。そんな彼女の様子に微苦笑し、ノエインは尋ねる。

「はい～、王国の南西部からアールクヴィスト領に渡ってくるときも、村や小さな街ばかり経由していたので～。こんなに大きな都市には生まれて初めて入ります～」

「そっか。それじゃあせっかく同行したんだし、滞在を楽しむといいよ。何日か滞在する予定だし、その間に休暇もあげるからね」

そう答えるノエインは、そして隣に座るマチルダも、ベヒトリアの街並みを見ても驚かない。ノエインたちはこの都市に勝るとも劣らない大都会であるキヴィレフト伯爵領の領都ラーデンや、この都市さえ比較にならない巨大都市である王都リヒトハーゲンを見てきたためだ。

ノエインたちが話している間にも馬車はベヒトリアの通りを進み、やがて目的地である宿屋に辿り着く。街の中心部にほど近い大通り沿いに立つ富裕層向けの宿屋で、アルノルドに薦められたためにここへの宿泊を決めていた。

「……ふう。さすがに少し疲れたね。今日と明日くらいは少しゆっくり休もう」

宿屋の入り口の前で止まった馬車から降りながら、ノエインは小さくため息をつく。そこへ、穏やかな笑みをたたえた中年の男が宿屋の入り口から駆け寄ってきた。

「ようこそいらっしゃいました、ノエイン・アールクヴィスト士爵閣下。お話はケーニッツ子爵閣下より伺っております。私は当宿の支配人でございます」

恭しく頭を下げた支配人は、自らノエインを部屋まで案内してくれる。

「アールクヴィスト閣下の盗賊団討伐のお話は、私も聞き及んでおります。王国北西部を賊から救った英雄であらせられる閣下にお会いできて誠に光栄です。ああ、ケーニッツ閣下は昨日到着されております。アールクヴィスト閣下が到着されたらお伝えするよう仰せつかっておりますので、後ほどケーニッツ閣下がお部屋にいらっしゃるかと思います」

「……分かりました。ありがとうございます」

到着して早々にアルノルドと顔を合わせるということは、晩餐会に向けてまた打ち合わせもするのだろう。ゆっくり休んでいる暇はなさそうだ。

廊下を歩きながら支配人に言われたノエインは、内心でそう思いながらも作り笑顔で答えた。

・・・・・

ノエインたちがベヒトリアに到着してから三日後。ついに北西部の貴族閥による晩餐会の日になった。

ベヒトリアの市域の西側にあるベヒトルスハイム侯爵家の屋敷は、軍事施設として使われていた頃の名残もあり、堀や城壁、塔などで厳重に守られている。晩餐会の会場となるのはこの屋敷の広間だ。

「他の貴族たちは、もう広間に入って今ごろ歓談しているはずだ。ベヒトルスハイム侯爵閣下には卿の『手土産』の件も含めて話を通してあるから、卿はひとまず私の後ろに付いていればいい……緊張しているか？」

屋敷に到着し、広間へと続く廊下を歩きながら、アルノルドがノエインに尋ねる。

「もちろんです。こうした本格的な社交の場は初めてですから。最初の社交が貴族閥の晩餐会への参加というのは、木っ端貴族の若造としては緊張せずにはいられません」

「ふっ、本当か？　ならばもう少し不安そうな顔をしてくれると、こちらも心配してやる気になるのだがな」

言葉とは裏腹にノエインが涼しい顔で答えると、アルノルドは苦笑した。

「貴族は感情を隠すものだと心得ています。たとえ緊張や恐れを感じても、穏やかな表情を保つべきだと」

「それが理想だが、卿に言われると、卿から散々脅されて恐れを顔に出していた私への嫌味にしか聞こえんな……ああ、それともうひとつ確認だが、護衛につけるのは本当にその兎人の奴隷でいいのだな？　今ならまだ、卿の従士と交代させることもできるが」

一瞬、アルノルドの視線が隣のノエインからその後ろのマチルダに向けられる。

貴族の社交の場では、出席者が連れる護衛は原則として各自一人までと決まっている。アルノルドからそう聞いていたノエインは、マチルダを自身の護衛に選んだ。

「大丈夫です。どうせいつか私と彼女の関係も知れ渡るのですから、それなら最初に晒(さら)してしまった方がいいでしょう。初めは奇異の目で見られても、クロスボウとジャガイモを披露すれば私への評価は変わるはずです」

「……卿がそう決めたのなら、詫(わ)びとして卿を派閥に紹介する私はこれ以上口を出さないが。卿の失態はそのまま紹介者である私の失態になるからな。くれぐれも上手(うま)くやってくれ」

ノエインが前を向いたまま平然とした表情で答えると、アルノルドもそう言って視線を正面に戻した。

ノエインとアルノルドが広間の入り口に辿り着くと、そこに控えていた屋敷の使用人によって両開きの扉が開かれる。

蠟燭(ろうそく)の他に照明の魔道具まで用いて昼間のように明るくされた広間に足を踏み入れると、そこにいた貴族たちの視線が一斉に向けられた。

北西部閥の構成員である貴族たちは、全員が豪奢(ごうしゃ)な装いで、誰もが一定以上の権力と財力を持っている人物だと見た目で分かる。彼らの視線はまずアルノルドに向けられ、それからすぐに後ろのノエインへと移った。

まるで珍しい動物でも見るように、新参者を眺める好奇の目。自分の前を通り過ぎる若造が有能か、はたまた運が良いだけの無能か見極めようとするような観察の目。貴族の社交の場に獣人奴隷を連れる奇行への不快感を隠さない険しい目。

様々な温度感の視線を受けながら、ノエインは表情を微塵も動かさず、堂々とした態度でアルノルドに続いて会場内を歩く。

先を行くアルノルドがまず最初に向かうのは、北西部閥の盟主であり、この宴の主催者でもあるベヒトルスハイム侯爵のもとだ。

「おお、ケーニッツ卿。ようやく来たな」

「はっ。参上が遅くなり申し訳ございません。お久しぶりにございます」

当代ベヒトルスハイム侯爵家当主であるジークフリート・ベヒトルスハイムは、既に齢五十を越えているが、その年齢を全く感じさせない偉丈夫。

威厳と迫力があり、ともすれば相手に威圧感を与えそうなベヒトルスハイム侯爵を前に、しかし彼と旧知の仲であるアルノルドは特に緊張することもなく答える。その気楽そうな態度を、侯爵はむしろ好ましそうに受け入れる。

同じ派閥の同志たちとできるだけ親しみをもって交流したいという侯爵の意向もあり、この年末の集いは毎年くだけた空気になっていると、ノエインはアルノルドから聞いていた。

「先の盗賊団騒ぎは難儀だったな。賊も我が領に流れてきてくれれば、領軍を大動員して一網打尽にしてくれたものを。よりにもよって北西部の中でも西端の辺りを沿うように動くとは。卿の領地にも入り込んできたと聞いたぞ」

「幸いにも我が領の都市や村は無事でしたが、他領では決して少なくない被害が出たと聞き及んでいます。いくつかの下級貴族領は領主家もろとも壊滅したとか」

「ああ、寄親の上級貴族が救援を送る間もなく、村ごと全滅していたという話だ。誠に痛ましい。できる限り独力で自領の治安を守るのが貴族の義務とはいえな……それで、その盗賊団を見事に撃滅してみせたのが、卿の後ろの若者か」

ベヒトルスハイム侯爵の視線が、ノエインに向けられる。

「はい。紹介させていただきましょう、アールクヴィスト士爵です」

「お初にお目にかかります、ベヒトルスハイム侯爵閣下。国王陛下より、ケーニッツ子爵領の西に領地を賜っております、ノエイン・アールクヴィストと申します」

ノエインは右手を左胸に当てて頭を下げ、落ち着いた声色で言った。その様は貴族の挨拶として、傍から見ても十分に合格点と呼べるものだった。

「卿の話はケーニッツ卿よりあらかじめ聞いているぞ。この度の活躍、見事だった。北西部貴族を代表して礼を言わせてくれ」

話しながら、ベヒトルスハイム侯爵はノエインの後ろに立つマチルダにも一瞬視線を向けたが、特に何か言うことも表情を動かすこともなかった。

侯爵は身分差や種族差に比較的寛容で、よほど無礼で生意気でなければ、実績を示している者に対しては優しい人物だとノエインは事前に聞いていた。

「恐縮です。私も王国貴族の末席に名を連ね、この王国北西部に領地を持って生きる者でありますので、当然の務めとして微力を尽くさせていただきました」

「ははは、殊勝な心がけだな。だが、謙遜も度が過ぎると嫌味になるぞ？　卿がそう言ってしまっては、盗賊団の領地通過を許した他の貴族の立場がなかろう。なあ、ケーニッツ卿？」

アルノルドに顔を向けるベヒトルスハイム侯爵の声はからかい交じりだった。それを受けて、アルノルドは苦い表情になる。

「領軍の出動が間に合わずに盗賊団を素通りさせてしまったことは認めますが……言い訳をさせていただきますと、私が無能であったというよりはアールクヴィスト卿が有能すぎたのです。女と子供を合わせても人口二百人の領地が、二百人の盗賊団を壊滅させるなど、聞いたことがない」

「ふっ、違いない。その規模の盗賊団と真正面から対峙（たいじ）するだけでなく、完膚なきまでに叩（たた）きのめしてしまうとは。我が領のような大領ならともかく、新興の下級貴族領にしては破格どころではない大戦果だ」

貴族の常備軍たる領軍は、ベヒトルスハイム侯爵家のような国内有数の大貴族家でもせいぜい千人程度。それも通常は領内各所に分散して配置されており、神出鬼没の盗賊団を相手に即座にまとまった兵力を動員するのは簡単ではない。

また、盗賊団に立ち向かうために、他の貴族に助力を乞うのもなかなか難しい。

貴族は自領の治安を自力で守るからこそ、王家から司法権や徴税権、軍備保有の権利を安堵されている。貴族同士の本格的な抗争ならまだしも、規模が大きいとはいえたかが賊に独力で対応できず他の貴族に泣きつくのは、相当に恥ずかしく情けないことと見なされる。

上級貴族と周辺の下級貴族が寄親と寄子の関係を結び、その範囲内では寄親が寄子を助けるために援軍を送るようなこともあるが、それでさえよほどの場合でなければ忌避される。寄親が派兵を渋るのではなく、寄子が貴族の誇りと領地の独立性を守りたがる。

そうした封建社会の事情は、この度の盗賊団の暴れ方と非常に相性が悪かった。結果、田舎の農村や極小規模の下級貴族領を中心に大きな被害が出た。

だからこそ、全滅を免れるどころか盗賊団の暴走に終止符を打ったノエインの功績を、ベヒトルスハイム侯爵は称えた。

「盗賊団の討伐に関する『手土産』とやらも楽しみにしているぞ。だが、その披露は卿がこの派閥の貴族たちと見知り合ってからの方がいいだろう。まずは北西部閥の新たな一員として、他の貴族たちと親交を深めるといい」

「そうさせていただきます。感謝いたします、ベヒトルスハイム閣下」

「よい。ケーニッツ卿、アールクヴィスト士爵をこの晩餐会に連れ込んだのは卿だ。他の貴族たちとの顔繋ぎをしてやってくれ」

「もちろんです。では閣下、また後ほど」

ひとまず最初の挨拶を終え、ノエインはアルノルドと共にベヒトルスハイム侯爵のもとを離れる。

「落ち着いて話せていたな。初めての社交で、国内有数の大貴族を相手にそれなら十分だ……そのまま、挨拶回りも上手くこなしてくれよ。くり返しになるが、卿の失態はそのまま紹介する私の失態になるのだからな」

「絶対にしくじらないと約束はできませんが、微力を尽くします」

ノエインが答えると、アルノルドは微苦笑を漏らした。


その後は、北西部閥の貴族たちとの長い挨拶合戦に臨む。

北西部閥の上級貴族家は、ベヒトルスハイム侯爵家を盟主に伯爵家が二家、子爵家が六家、男爵家が十三家。特殊な事情があって特定の派閥に属していないいくつかの家を除けば、王国北西部に領地を持つすべての上級貴族が派閥に参加していることになる。

その他にも、大貴族家の分家であったり、過去に格別の手柄を立てたりと、特別の理由があって派閥への直接参加が認められている下級貴族家が十数家。この晩餐会にはそれら全ての家から当主あるいは名代が出席しており、ノエインは三十人以上を相手に忙（せわ）しく挨拶をして回らなければならない。

ケーニッツ子爵家の立ち位置は、盟主家と二伯爵家に次ぐ派閥の四番手。そのため、アルノルドが顔を繋げば、さすがにノエインの挨拶そのものを無視される心配はない。

しかし、相手から好意的な反応を引き出せるかは、ノエイン自身の手腕に左右される。

「マルツェル閣下。これが、我が領の西に新しく領地を開拓し、先の盗賊団騒ぎを独力で終息させたアールクヴィスト士爵です」

「お初にお目にかかります。ノエイン・アールクヴィストと申します。以後お見知りおきを」

最初にノエインが挨拶に臨んだのは、エドムント・マルツェル伯爵。北西部閥ではベヒトルスハイム侯爵に次ぐ発言力を持っており、北西部閥の貴族の中でも屈指の武闘派として知られていると、ノエインは事前にアルノルドから聞いていた。

「紹介を感謝する、ケーニッツ卿……ほう、これが噂の盗賊殺しか」

武人らしく鋭い気配を纏ったマルツェル伯爵は、小柄なノエインを冷淡な目で見下ろす。

「最下級の士爵で、領地も小規模でありながら大規模な盗賊団を討伐したその実力は認めよう。ケーニッツ卿が自らこの派閥に紹介してきたということは、単にまぐれ勝ちをしただけの阿呆でもないのだろう」

ノエインを評価するような言動を見せたマルツェル伯爵は、しかしそこで視線をさらに冷淡にしながら、ノエインの後ろを見る。

「だが、貴族としての礼儀は知らんようだな。このような場で下賤な獣人奴隷を連れ回すとは」

「自分の振る舞いが奇抜であることは理解しているつもりです。誠に申し訳ございません」

マルツェル伯爵の種族観はロードベルク王国貴族としてはごく自然なもので、だからこそノエインは頭を下げる。

ノエインが発したのは謝罪の言葉だが、同時にこの振る舞いを止めるつもりはないという意思表明でもあった。それを聞いて、マルツェル伯爵は苦々しい顔になる。

「ちっ、若いが故に許される愚かさか。貴様がその愚かさで貴族社会での立場を危うくしようと知ったことではないが、貴様を紹介したケーニッツ卿の顔には泥を塗らないよう、せいぜい気をつけることだな」

吐き捨てるように言葉を残し、マルツェル伯爵は早々に離れていった。

「……少しばかり肝を冷やしたぞ、アールクヴィスト卿」

緊張感のあるやり取りを間近で見せられたアルノルドは、ほっと息を吐きながら言う。

「すみません。ですが、あのように言われるのも覚悟の上ですので……マルツェル閣下が仰ったように、ケーニッツ閣下のお顔に泥を塗るつもりはありませんから。ご安心ください」

奇抜な振る舞いを許されるのは、世間知らずを大目に見られる若者か、多少の生意気を見逃してもらえるような重要な立場にいる者だけ。ノエインは現在は前者だが、なるべく早く後者になってみせるつもりでいる。

「ああ、せいぜい頑張ってくれ……マルツェル閣下は保守的な武闘派だが、同時に理性的な人物でもある。卿が『手土産』を使って上手く立場を高められれば、獣人奴隷を連れる程度は許容されるだろう。そして、マルツェル閣下に目をつけられなければ他の保守的な貴族もそこまでうるさくは言うまい」

「あはは、では後ほど行う『手土産』の紹介をますます頑張らなければなりませんね」

ノエインはそう言って笑いながら、挨拶回りを続ける。

アルノルドに仲介されながら次に顔を合わせたのは、北西部閥の三番手と評されるアントン・シュヴァロフ伯爵だ。

「ほう、盗賊団から北西部を救った若き英雄に直々に挨拶をしてもらえるとは。このような老いぼれ貴族にはもったいない光栄だ」

「恐縮です。長年に亘(わた)り、巧みなご手腕で北西部の経済を支えてこられたシュヴァロフ閣下へのご挨拶が叶(かな)いましたこと、私の方こそ光栄の極みに存じます。若輩の身ですが、どうぞよろしくお願いいたします」

齢六十を越えているシュヴァロフ伯爵は、先ほどのマルツェル伯爵とは真逆の笑顔でノエインと言葉を交わす。

一見するとただの好々爺(こうこうや)にしか見えないシュヴァロフ伯爵だが、その正体は北西部随一の経済大領の領主として実力を発揮してきた老獪(ろうかい)な人物。

シュヴァロフ伯爵領は北西部の中で最も南東側、王国中央部との境界を成す位置にあり、伯爵家は北西部と中央部、さらにその向こうの南東部との交通や交易を管理することを代々の務めとしてきた。

王家の機嫌を損ねることなく、しかし北西部の利益を適切に守るという非常に難しい役割を、当代当主の彼は今までこれといった失敗もなく果たしてきた。

王国中央部や南東部とのパイプ役という役割柄、穏健派と呼ぶべき人物であるが、対話での駆け引きにおける経験と実力は計り知れない。そう前情報を聞いていたからこそ、ノエインは警戒心をもって彼と言葉を交わし、気づいた。彼の瞳は微塵も笑っていないと。

目の前の若者は賢いか、それとも馬鹿か。北西部に有用な人材か。あるいは有害な邪魔者か。心の奥底まで見通そうとするような視線を受けて、ノエインは少しの緊張を覚える。

「こちらこそよろしく頼もう。卿のような若き才能が北西部閥に加わること、卿が生まれる遥(はる)か前からこの派閥にいる身として嬉(うれ)しく思う。このような新進気鋭の若者がいてくれるとなれば、私も安心していつでも神の御許(みもと)に向かえるかのう」

表向きは極めて優しそうに、穏やかそうに、シュヴァロフ伯爵はそんな冗談を言う。しかしその視線には底知れない静かな圧があり、ノエインは笑顔が硬くならないように気をつけなければならなかった。

ある意味ではマルツェル伯爵のときよりも緊張する挨拶を終えた後も、ノエインは他の貴族たちと次々に挨拶を交わしていく。

彼らのノエインに対する反応は様々だ。

多くは新入りであるノエインの価値や能力を測ろうとするような様子見の姿勢で、当たり障りのない挨拶に終始する。

あるいは、ノエインが獣人奴隷を従者として連れていることにあからさまに眉を顰め、冷淡な対応をしてくる。

一方で、領地が盗賊団の直接的な被害を受けた貴族の中には、盗賊団の討伐を成し遂げたノエインに感謝の言葉を伝えたりと友好的な態度を見せる者もいた。

「さて、次は……オッゴレン男爵が暇をもてあましているようだな。彼のところに行くか」

挨拶も半分以上を終え、アルノルドがそう言いながら視線を向けたのは、広間の端でワインの杯を片手に立っている太った中年の男だった。

「いよいよですか。楽しみです」

ノエインは嬉しそうな表情で答え、アルノルドの後に続いて男の方に向かう。この男——トビアス・オッゴレン男爵との挨拶をノエインが楽しみにしていたのには、ある理由がある。

アルノルドとノエインが近づいてくることに気づいたオッゴレン男爵は、人の好さそうな笑みを浮かべて二人の方に身体を向ける。その笑顔は、貴族家の当主としてはやや迫力に欠けていた。

「オッゴレン卿、少しよろしいかな。このアールクヴィスト士爵を紹介させてほしいのだが」

「おお、ケーニッツ子爵閣下。一年ぶりですなぁ……なるほど、こちらが噂の若き英雄ですか」

「初めまして。ノエイン・アールクヴィストと申します。お会いできて光栄です」

ノエインの挨拶を受けながら、オッゴレン男爵はノエインの後ろ、無言で佇むマチルダの方を見た。そして、ノエインもオッゴレン男爵の後ろ――メイド服を着せられた猫人の女性奴隷に視線を向けた。

オッゴレン男爵は貴族としては非常に珍しく、獣人を溺愛する趣味があることで知られている。すなわち、ノエインにとっては今日この場で唯一、自身のマチルダへの愛を理解してくれそうな人物だ。この点が、ノエインが彼への挨拶を楽しみにしていた理由だった。

男爵家の前当主の弟だったこのトビアス・オッゴレンは、もともと継嗣ではなかったことから生涯独身を決め込み、愛する獣人奴隷たちと共に生きるつもりでいた。

ところが、今から五年ほど前に兄が不慮の事故で早逝し、兄の継嗣である甥がまだ赤子であったため、その成長を待つ間だけ彼が当主を務めることになった。ノエインはアルノルドからそう聞いている。

「こちらこそ会えて嬉しく思うよ、アールクヴィスト卿……卿の連れている兎人の彼女。とても凛々しくて素敵だ。芯の強さを感じさせる表情も、しなやかな佇まいも、洗練された装いも、実に美しい。彼女は卿にとても大切に扱われているのだとよく分かるよ」

オッゴレン男爵に言われたノエインは、作り笑顔を素の笑顔に変えた。

「ありがとうございます。愛するマチルダにお褒めの言葉をいただけて嬉しく思います。彼女は私の自慢の従者ですが、周囲から彼女への評価をもらうことはなかなかできないものですから……」

「うんうん、気持ちはよく分かる。悲しいかな、獣人はあまり好かれない存在だからなぁ」

「オッゴレン閣下の連れておられる猫人の彼女も、とても可愛らしく素敵だと思います」

「おおっ！　そう言ってくれるか。このミーシャは、私の所有する獣人奴隷たちの中でも一番の従者なんだよ。愛らしいだけでなく仕事の面でも実に優秀なんだ」

　男爵が照れ笑いを浮かべながら紹介する猫人の女性奴隷は、明らかに見栄えを重視した飾りの多いメイド服を身に纏い、さらに宝石を使った装飾品まで身に着けていた。まさに溺愛と呼ぶのにふさわしい扱いだった。

「お互い趣味嗜好で苦労する者同士、これからもよろしく頼むよ。良き友人になろう」

「ええ、是非よろしくお願いいたします。畏れながら、閣下とは利害を超えた真の友人になれると信じております」

「ははは、嬉しいことを言ってくれるなぁ。だが、私も同じ思いだ」

　ノエインとオッゴレン男爵は握手を交わす。社交辞令としての軽い握手ではなく、まるで古くからの親友であるかのようにお互いの両手をがっちりと握る。

「それと、閣下には馬や牛の件でもお礼を申し上げさせてください。我が領の発展や、我が家の貴族家としての成長は、閣下のご領地から購入した馬や牛のおかげでもあります」

「ほう、それはオッゴレン男爵家の当主として冥利に尽きる言葉だ。同じ派閥に属する貴族としても、卿とは仲良くしていきたいものだなぁ」

　オッゴレン男爵領は良質な牧草地が多く、その特性を活かして馬や牛の飼育が盛んに行われている。ノエインの愛馬である黒毛の軍馬や最初に買った荷馬も、アールクヴィスト領の農地で犂を牽いている牛も、このオッゴレン男爵領から買われたものだ。

質の良い馬や牛の産地であるオッゴレン男爵領の重要性もあって、男爵は社交の場に猫人奴隷を連れるという奇行を北西部閥で許容されている。彼は「生意気を見逃してもらえるような重要な立場にいる者」の側だ。

「我が領は規模拡大と開拓の只中にあるので、今後も馬や牛の需要は増していくと思います。私の方こそ、閣下とは貴族同士、仲良くさせていただきたく存じます」

その後もしばらく、ノエインとオッゴレン男爵は互いの従者を褒め合ったり、自分の従者への愛を語り合ったりと楽しいひとときを過ごす。

「……二人とも、そろそろよろしいかな？」

ノエインたちの談笑を遮ったのはアルノルドだった。

「ああ、これは失礼しました、ケーニッツ閣下。アールクヴィスト卿をご紹介いただけたこと、恩に着ますぞ」

「喜んでもらえて何より。私も紹介する前から、オッゴレン卿はきっとアールクヴィスト卿との出会いを喜ぶと思っていたのでな」

アルノルドは呆れ交じりの微笑を浮かべてオッゴレン男爵に答えた。

ノエインはオッゴレン男爵と再会を誓い合い、彼の傍を離れてから口を開く。

「はあー、とても楽しい時間でした。個人的には、オッゴレン閣下と知り合えたことが今日一番の成果かもしれません」

「……そうか。私にはよく分からんが、卿が満足ならそれでよいのではないか？」

アルノルドから投げやりに言われながら、ノエインは満足げな笑みを浮かべていた。

貴族にとって、利害関係に囚（とら）われない純粋な友情を育むのはとても難しい。その点においては、オッゴレン男爵と知り合えたことはノエインにとって大きな財産になった。


ノエインの挨拶回りが一通り終わった頃、ちょうどそのタイミングを見越していたのか、ベヒトルスハイム侯爵が近づいてきた。

「ケーニッツ卿。そろそろアールクヴィスト卿の挨拶回りは済んだか？」

「ええ。ちょうど今、最後の挨拶をさせたところです」

「そうか。ならばよい……広間の空気も十分に温まったからな。酔いつぶれる者が出る前に、アールクヴィスト卿の『手土産』とやらを紹介してもらうとしよう」

侯爵から試すような視線を向けられたノエインは、一呼吸整えてから頷（うなず）く。

「かしこまりました。若輩者の私が、このような場でお話しする機会をいただけて嬉しく思います」

「ふっ、殊勝だな。どのようなものが出てくるか楽しみだ。さて、前に出るか」

ベヒトルスハイム侯爵はアルノルドとノエインを連れて、広間の前方に進み出る。

ノエインがこの場で「手土産」を披露することは、事前にアルノルドから聞いていたベヒトルスハイム侯爵と、侯爵から聞いていた二人の伯爵しか知らない。その他の者たちは興味深げに、あるいは訝（いぶか）しげにノエインたちの方を見る。

貴族たちの視線が集まり、広間が自然と静まってから、ベヒトルスハイム侯爵は口を開く。

「諸卿。もう各々が挨拶を済ませたとは思うが、盟主であるこの私からあらためて紹介しよう。彼はノエイン・アールクヴィスト士爵。この北西部閥に新しく加わった新進気鋭の若者だ」

ベヒトルスハイム侯爵にそう紹介され、ノエインは自身の右手を左胸に当て、出席者たちに向けて恭しく頭を下げた。それに応える拍手はまばらだった。

「皆、既に聞いているだろうが、この者は先の盗賊団騒ぎを終わらせた功労者だ。まだ村ひとつの小領を治める身でありながら、二百人規模の盗賊団を壊滅させるという武勇を示している」

侯爵による紹介を聞きながら、貴族たちは顔を寄せ合ってボソボソと言葉を交わす。その会話でノエインをどのように評しているのかは、当のノエインには分からない。

ひとまずはこんなものだろう、とノエインは思っていた。それぞれの利益も主義も様々な貴族たちの、あくまで緩やかな繋がりである派閥の中で、功績を上げたとはいえ得体の知れない新参者が諸手（もろて）を挙げて歓迎されるはずもないと。

「そのアールクヴィスト士爵だが、今日は何やらこの北西部閥への手土産を持参してくれたそうだ。

それをこの場で披露したいと。なんと立派な心がけだろうか。いつも手ぶらでただ酒を飲みにくる諸卿にも見習ってほしいくらいだな」

　ベヒトルスハイム侯爵の冗談に、貴族たちからは笑いが起きた。

　それは場の空気を温める侯爵の気遣いであったらしい。「では、後は好きにするといい」と言い残して、侯爵は数歩後ろに下がった。

　ノエインとアルノルドは顔を見合わせ、まずアルノルドが前に進み出る。

「……では、ここからは私が。ベヒトルスハイム閣下が仰った通り、我がケーニッツ子爵領の西に領地を持つこのアールクヴィスト士爵は、二百人の盗賊団を独力で壊滅せしめました。彼が何故(なぜ)、このような類まれな武勇を示すことができたのか。それは、彼の領地で開発されたとある新兵器のおかげだと、彼自身から聞きました」

　新兵器、という言葉を聞いて、貴族たちがざわめき出す。手土産が何らかの兵器だと事前に聞いていたベヒトルスハイム侯爵と二人の伯爵は、静かなままだった。

「アールクヴィスト士爵が今日この場に持参した手土産というのは、この兵器の実物です。彼はこの兵器をここで披露し、仕組みや用途を解説し、後日には我ら北西部閥の貴族に販売する意思があるとのこと。諸卿におかれましては、今よりどうか彼に時間を与えてもらいたい」

　披露するのが兵器である以上、何の信用もない新参者のノエインがいきなり実物を持ち出すと余計な警戒や混乱を招く。

そう危惧していたアルノルドは、まずは貴族たちから信用されている自身が前に出て、こうして概要を話したのだった。

アルノルドに目配せをされたノエインは前に出て、いよいよ話し手となる。

「……それでは。僭越ながら、我が領で開発された新兵器を披露させていただきます」

ノエインが横の方、広間前方の端にある扉へと視線を向けると、開け放たれた扉の奥からノエインを見ていたペンスが頷く。ノエインのもとまで歩み寄ってきて、手にしていたクロスボウをノエインに手渡す。

「こちらが盗賊団を壊滅せしめた兵器です。開発した職人によって、クロスボウという名前が付けられています。名前や見た目からもお分かりいただけるかと思いますが、これは弓を発展させた兵器になります」

盗賊団との戦いでアールクヴィスト領を勝利に導いた切り札の登場に、貴族たちのざわめきは大きくなる。ほとんどの者が広間の前方に集まり、ノエインの手にしたクロスボウを興味深げに観察する。

「クロスボウの革新的な点は、筋力を使わずとも弦を引いた状態を容易に維持できること、そして修練なしに敵目がけて矢を真っすぐ放てることにあります……口で説明するより、一度見ていただいた方が早いことと存じます。ここでご覧に入れましょう」

ノエインが話している間に、一度退室したペンスが試射用の的を抱えて再び入室してくる。一人では的の一式を運べないため、ラドレーも手伝っている。

ペンスとラドレーはノエインの横を通りすぎ、扉がない方の広間の端に的を設置する。

台の上に固定された砂袋と、その上に被せられた金属鎧。設置を確認したノエインはクロスボウの先端を床に置き、鐙に片足をかけ、背中を引き絞るようにして弦を引いた。

「……このように、弦が非常に硬いのが、クロスボウの欠点です。とはいえ、私のような軟弱な男でなければ、ここまで苦労しないので、皆様に、おかれましては、大丈夫でしょう」

弦を引く手を震えさせ、息を途切れさせながらノエインが言った冗談は、貴族たちにそれなりに受けた。

非力な全身を使ってなんとか弦を後ろまで引っ張り、固定すると、そのクロスボウをベヒトルスハイム侯爵に差し出す。

「ベヒトルスハイム侯爵閣下。クロスボウの実射は、畏れながら閣下に体験していただければと存じます」

大勢の貴族が集う場で、高い殺傷力を持つ兵器を実際に使うのだ。新参の下級貴族である自分が使うより、この派閥の盟主であるベヒトルスハイム侯爵に使ってもらう方が貴族たちも安心できるだろう。

そう思ってノエインが言うと、その意図をすぐに理解したらしい侯爵は楽しげに笑った。

「ほう、私に撃たせてくれるのか。面白そうだ……この先端を的に向ければよいのだな？」

「はい。重心を低くして脇を締め、クロスボウの先端と的が重なるように構え、ぎゅっと絞るように引き金を引いていただければ、無事に命中するかと。これより矢を装填いたします……では閣下、どうぞ」

　クロスボウに矢を置いたノエインが言うと、ベヒトルスハイム侯爵は小さく頷き、狙いを定めて引き金を引いた。

　弓が開き、弦が伸び、矢が空気を切り裂きながら飛ぶ。クロスボウの向けられた先に真っすぐに飛んだ矢は、金属鎧を貫通して砂袋に突き立った。

　ちなみに、この金属鎧は盗賊団から鹵獲(ろかく)したものなので、損壊してもノエインとしてはそれほど惜しくはない。クロスボウの威力を貴族たちに見せつける利点の方が大きい。

「「「おおおっ……」」」

　矢が命中した瞬間、貴族たちからどよめきが起こり、その後に静寂が訪れる。

「閣下、お見事です……皆様、これがクロスボウの威力です。長弓と比べると有効射程がやや短く、連射性能が低いという欠点もありますが、近距離では金属鎧をも貫通します。また、正規の戦闘訓練を受けていない農民であろうと、このクロスボウを持たせれば直ちに戦力となります。我が領はこれを揃(そろ)えることで、領民たちを即席の弓兵に変え、盗賊団に勝利しました」

　ノエインの話を聞きながら、貴族たちが近くの者同士で話し始める。クロスボウの威力や有用性について感想と考察を語り合う。その表情は明るいものから強張(こわば)ったものまで様々だ。

「なるほど、確かにこれは良い兵器だ。これほど強力な兵器を自領で開発したにもかかわらず、それを秘匿せず、私たち北西部閥への手土産として披露してくれるとは。諸卿、アールクヴィスト卿の派閥への貢献に感謝しようではないか」

ノエインにクロスボウを返しながらベヒトルスハイム侯爵が言うと、貴族たちから拍手が起こった。最初にノエインに向けられたまばらな拍手と比べると、数段好意的なものだった。

さらに、気の早い貴族たちは、ノエインの周囲に集まって早くも購入の交渉に臨もうとする。一挺あたり幾らで売ってくれるのか、最短でいつ受け取れるのか、披露したこの一挺を今日買わせてもらうことはできないか、と質問攻めにする。

そんな光景を広間のやや後方から眺め、マルツェル伯爵は不機嫌そうな表情を浮かべていた。

「いくら有用そうな兵器を持ってきたとはいえ、新参の若造相手にこれほど簡単に手のひらを返すとは……北西部貴族としての誇りはないのか」

「ははは、無理もありますまい。あのクロスボウとやらの威力は、私としても想像以上でしたからなぁ」

マルツェル伯爵をなだめるようにシュヴァロフ伯爵が返していると、そこへ広間前方の騒動から抜け出したベヒトルスハイム侯爵とアルノルドが歩み寄ってくる。

「やはりマルツェル卿は不満げだな。新参者がちやほやされるのがそれほど気に食わないか？」

「ご冗談を。珍しいものにすぐに飛びつく彼らの振る舞いを嘆いているだけです。だいたい、農民が金属鎧を射貫(いぬ)ける兵器など、騎士の矜持(きょうじ)も何もあったものではない。弓兵の立場とも相性が悪すぎる……その問題点を理解し、安易に飛びついていない者がいるだけ救われますが」

晩餐会に集う貴族の全員がノエインのもとに殺到しているわけではない。未(いま)だ広間の中央に留(とど)まり、近くの者とぼそぼそ話し合っている者もいる。

弓兵は弓を扱うという技能によって他の兵よりも給金を多くもらい、軍内でも一段高い立場を持ち、その分プライドも高い。安易にクロスボウを導入すれば、そんな弓兵たちの面子(メンツ)を潰すことになる。

そうした懸念があるからこそ、そして「騎士の矜持を汚す無粋な兵器」に感情的な反感を抱いているために、マルツェル伯爵をはじめ一部の貴族たちは様子見を決め込んでいる。

「卿の言いたいことは分かるが、クロスボウには弓とは違う長所と短所があるとアールクヴィスト卿は語っていたのだ。クロスボウがそのまま弓にとって代わるものではない以上、その特性もいずれ理解され、弓兵と共存していくようになるだろう」

ベヒトルスハイム侯爵の言葉を聞きながら、マルツェル伯爵はなおも不機嫌そうな表情を浮かべている。彼とは気心の知れた仲であるベヒトルスハイム侯爵は、彼の態度を気にもしない。

「あれの有用性は疑いようもないのだ。普及するのは時間の問題だな……他派閥に先駆けてクロスボウを得られるのは、アールクヴィスト卿を見出(みいだ)したケーニッツ卿のおかげでもある。よくやってくれた」

そう言われたアルノルドは、小さなため息をつく。

「そうは仰いますが……アールクヴィスト卿は我が領の隣で好き勝手に開拓を進め、領地を発展させ、あのような兵器まで作り上げていたのです。私は領地が隣同士だったために運良くそれを最初に知り、彼に乞われてこの晩餐会へと連れてきただけです。私の手柄と呼べる部分など、ないも同然でしょう」

「では、卿はあの若者にいいように利用されただけということか？」

「そう思っていただいて構いません。隣人として接する中で、彼の非凡さを嫌でも感じさせられる場面を何度も見てきました。今後も彼は大きな成果を上げていくのでしょう。自分がそれを隣で眺め、彼に利用されるだけの立場だとしても、もはや悔しさも感じません」

「ははは っ！　ケーニッツ卿がそこまで素直に認めるとは。アールクヴィスト士爵の才覚は本物というわけか」

「それほどまでに将来有望な若者が北西部閥に加わったことは、誠に喜ばしいですな」

自分は才ある若者に振り回されるだけの凡人だと、諦念を込めて語るアルノルドを見て、ベヒトルスハイム侯爵とシュヴァロフ伯爵が笑った。マルツェル伯爵は無言を保った。

派閥の重鎮たちがそうして語り合っている一方で、ノエインは自身を取り囲む貴族たちへの対応に追われる。

「――なので、明日まで。明日までどうかお待ちください。それまでにはクロスボウ販売の諸条件をまとめ、あらためて商談をさせていただきますので」

　もみくちゃにされ、質問攻めをされながら、ノエインはなんとかそう答えた。

　本来は各貴族と手紙のやり取りをして、あるいは外務担当のバートを遣いに出してクロスボウの売買契約を結ぶつもりだったが、この反響は予想外だった。場を収めるために、こうして本来の予定にない約束をするしかなかった。

　明日には売買契約について話し合えると明言された貴族たちは、ようやく落ち着いてノエインを解放する。

「……ふう。それでは皆様、もう少しだけお時間を頂戴したく存じます。実はもうひとつ、手土産がございまして。そちらについても紹介させていただきたい」

　ノエインのその言葉が予想外だったのか、貴族たちはまたざわめく。それを横目にノエインが手振りで合図をすると、広間の端の扉から、今度は大きな皿を抱えたロゼッタが入ってきた。

　皿の上に盛られているのは、皮を剝いたジャガイモを薄く切り、油で揚げた料理だ。

「これはジャガイモと呼ばれる作物を使った料理です。ジャガイモはこのアドレオン大陸より遥か南方、グランドール大陸が原産の作物で、それを薄く切って油で揚げたものがこちらになります。まずはひとつ、召し上がってみてください」

　そう言いながら、ノエインはテーブルに置かれた皿の上から、揚げられたジャガイモを一枚手に取って口に入れる。サクサクと小気味よい音を立てて咀嚼し、飲み込む。

あえて自分が最初に料理を食べたのは、毒が入っていないことを示すためだ。ノエインの行動を見てそれを理解した貴族たちは、各々ジャガイモを手に取ってじろじろと見たり匂いを嗅いだりしてから口に放り込む。

「ほう、面白い食感だな」

「味も不思議だ。今まで食べたことがない」

「だが、なかなか美味いじゃないか」

反応はクロスボウに対するものと比べるとさすがに小さいが、概ね好意的だった。

「この調理方法は軽食や酒のつまみに向いているものですが、ジャガイモは食べ方によってはパンや麦粥と同じように主食にもなります。そして、麦と比べると遥かに簡単に栽培し、増やすことができます。これこそがジャガイモの最大の利点です」

麦よりも栽培効率に優れ、収穫までの期間も短い。荒れ地でも育ち、冷暗所に保管すれば日持ちもして、食べるために粉に挽く必要もない。栄養価も主食になり得るほど高い。

そんなジャガイモの利点をノエインは語り、貴族たちは揚げたジャガイモをつまみながらそれを聞いていた。

「なるほど。ということは、麦とは別にこれを栽培させれば、飢饉への備えになるか」

「荒れ地でも育って手間もなく増えるのならば、貧民に食わせる作物としても丁度いいな」

気楽な表情でそんなことを語る貴族たちをかき分けて、広間の前方、ノエインの目の前まで歩み出る者がいた。マルツェル伯爵だ。

　いきなり目の前まで迫ってきた伯爵を前に、ノエインはやや緊張した表情で固まる。伯爵は最初と同じ鋭い目をしたまま、ノエインを見下ろして口を開く。

「……アールクヴィスト卿。今、卿が語ったこのジャガイモとやらの特性について、いくつか聞きたい」

「はい、どのようなことでしょうか」

　圧を放つマルツェル伯爵を見上げ、ノエインはなんとか微笑を作って答えた。

「荒れ地でも育つと言ったが、どの程度まで荒れた土地で育つ？」

「我が領のレスティオ山地の麓、やや乾いた地面を掘り返して実験的に植えてみましたが、無事に収穫が叶いました」

「栽培効率に優れるという話だが、具体的に何倍だ？」

「……ジャガイモは日に当てて放置すると変色して芽が出るのですが、芽が出たジャガイモを四つか五つほどに切り、それぞれを植えると、そこから十以上のジャガイモが新たに育ちます。一つのジャガイモから四十ほどを収穫できると思っていただければ。ただし、乾いた土地に植えたものはそこまでではなく、二十倍から三十倍ほどの収穫率でした」

「そうか。あと一つ……いや、二つ聞きたい。麦より早く収穫できるというが、具体的に何か月かかる？　それと、冷暗所で保管できる期間は？」

「植えてから収穫までにおよそ三か月半。ただし種芋を発芽させる期間も要るため、それを含めると四か月強です。保存期間は、風通しの良い半地下の蔵で二か月から三か月ほど。冬の場合はさらに一か月以上は持ちます」

「……なるほど。よく調べてあるのだな」

「我がアールクヴィスト士爵家の抱える知識人奴隷が、丁寧な実験栽培をしてくれたことで得られた成果です」

「そうか」

マルツェル伯爵は短く言うと、ノエインから視線を外して何やら思案し始める。ノエインは内心どきどきしながら、伯爵の思案が終わるのを待つ。

「アールクヴィスト卿、質問への返答に感謝する。このジャガイモもクロスボウと同じく、すぐに売ってもらえるのか？　そうならば明日にでも、まとまった量の売買契約を結びたい」

「……もちろんです。明日、クロスボウ購入を希望される方々と契約について話し合うつもりですので、その際にでも是非」

「分かった。ではまた明日に」

ノエインに背を向けたマルツェル伯爵は、最後に傍らの皿に盛られたジャガイモ料理を一枚手に取り、口に放り込みながら広間後方へと歩き去っていった。

保守的でプライドが高く、最初の挨拶ではノエインへの隔意を隠そうともしなかったマルツェル伯爵が、「感謝する」とまで言いながらジャガイモに強い関心を示したことに貴族たちは驚く。

彼らがまたぼそぼそと話し始めるのを横目に、ノエインは口元に小さく笑みを浮かべた。

あの質問の仕方と食いつき方からして、伯爵はおそらくジャガイモの最大の可能性に気づいている。北西部でも屈指の武闘派貴族という役割もあるのかもしれないが、ただ頑（かたく）なだけの人物ではないのは明らかだ。

ノエインは内心でそう考え、彼への評価を大幅に上方修正した。

ノエインが思考を巡らせている一方で、ベヒトルスハイム侯爵は戻ってきたマルツェル伯爵に笑みを向けた。

「卿がそこまでジャガイモに食いつくとは意外だな。あの料理がそれほど気になったか？」

「ふっ、閣下もジャガイモの特性を聞いて、その価値に気づいておられるでしょうに。アールクヴィスト卿の話が本当であれば、ジャガイモは単に便利な作物ではありません。軍事力を高め、維持するための物資として、あれにはとてつもない価値がある。下手をすればクロスボウなどよりもよほど有用です」

侯爵のからかいに、マルツェル伯爵は苦い笑みを浮かべながら返した。

社会が人口比でどれほどの軍事力を備えられるかは、食料生産力で決まる。多くの食料を安定的に、少ない労働力と時間で効率よく生産することができれば、その分だけ職業軍人として食わせることのできる人数が増え、非常時にはより多くの民を兵力として徴集できる。

ジャガイモを主食のひとつとして社会に導入することが叶えば、その社会の軍事力は飛躍的に増す。だからこそマルツェル伯爵は、個人的なプライドを一旦忘れてまでノエインに声をかけたのだった。

「確かに、あの作物があれば食糧事情は現在と比較にならないほど安定するでしょうな……そうなれば、北西部閥は軍事的にも経済的にもさらなる進化を遂げるでしょう」

食料生産からの労働力の解放は、軍事だけでなく工業や商業に従事する人間の増加も意味する。経済大領の領主としての視点から、シュヴァロフ伯爵が言った。

「……他の者も、ジャガイモの真の価値に気づき始めたようだな。マルツェル卿の思い切った行動の賜物（たまもの）か」

マルツェル伯爵の唐突な行動について、顔を突き合わせて意見を交わしていた貴族たちも、聡（さと）い者から順にジャガイモの有用性に気づく。再びノエインのもとに集まり、ノエインを囲む。

「あの若造の利益に与（くみ）したようで、愉快ではありませんな」

その様を見ながら、マルツェル伯爵は面白くなさそうな顔でワインの杯をあおった。

「ノエイン・アールクヴィスト士爵か……勇ましい質（たち）ではないが、言動を見ても賢いことは疑いようがない。底知れない部分もあるが、面白そうな男だな」

新参者でありながらすっかり晩餐会の主役になってしまったノエインを見ながら、ベヒトルスハイム侯爵は不敵な笑みを浮かべて言った。

晩餐会を終えて宿に戻ったノエインは、アルノルドを部屋に招き、顔を合わせていた。

「卿なら初めての社交の場でもそう大きな失敗をすることはないだろうと思っていたが……無難に乗り切るどころか、いとも容易く自分の立ち位置を確立してしまったな」

虚ろな目をしたアルノルドは、もはや驚くことを放棄したように言いながらお茶を口にする。

「お言葉ですが、自分では容易かったとは思いません。貴族として長年生き抜いてこられた御歴々に囲まれて、緊張しながらも必死に立ち回ったからこその結果です。あとは、二つの手土産がうまく効いたおかげですね」

「ふっ、そうか……ともかく、貴族の社交は結果が全てだ。卿は盗賊団討伐という結果をもって北西部閥に加わり、すぐさまクロスボウとジャガイモを手土産として披露するという結果を示した。そして、多くの貴族から注目を集め、繋がりを求められるという結果を得た。まったく文句なしだな。今となっては、ただ家格と領地規模だけで重鎮面をしている私より、実利をもたらした卿の方がよほど派閥にとって重要な存在かもしれん」

「閣下、そうご自身を卑下なさらないでください。私が高い評価を得たということは、私を派閥に紹介した閣下もまた大きな成果を上げ、結果を示したということではないですか?」

「ベヒトルスハイム閣下も卿と同じようなことを仰っていたが……卿の上げた成果は卿の才覚によるものだ。ただ偶然に卿と領地が隣同士になり、卿と最初に知り合う貴族となったことを自分の成果として誇るようになっては、私は終わりだ」

知人が優秀だからといって「俺の知り合いは凄い奴だ」と自分のことのように自慢するほど無様なことはない。アルノルドはそのような堕ち方をするつもりはないらしい。ノエインは内心でそう考える。

「それで、明日には今日繋がりを作った貴族たちとまた会って、クロスボウとジャガイモの売買契約を交わすのだろう？　まったく手の早いことだ」

「私が自分からそう望んだわけではありませんよ。ただ、クロスボウとジャガイモに感銘を受けた方々が、できるだけ早く契約したいと熱望されているので……」

今度はノエインの方がため息をつき、お茶を飲んだ。獣人のマチルダが淹れたお茶はアルノルドが飲むのを嫌がる可能性があったので、このお茶を淹れたのはロゼッタだ。

「本当なら明日は、社交という大仕事から解放されて気楽にベヒトリアの街を歩き回るつもりでしたが……この多忙も、北西部閥のより一層の発展を思えばこそです。明日も頑張ります」

表向きは献身的な言葉を零しながら、ノエインは内心では北西部閥の強靱化に向けた第一歩を達成したことに満足していた。

クロスボウとジャガイモを北西部閥に提供したのは、自身がこれから所属する北西部により強い後ろ盾となってほしいから。ノエインの北西部閥への献身も、延いては自領の安寧や自身の幸福のためだ。

「……卿が領地を賜ったのが、私と同じ北西部閥でよかった。他の派閥にとられていたらと思うとぞっとする」

そんなノエインの内心を知っているアルノルドは、色々と諦めきった表情をノエインに向けながら言った。

・・・・・

北西部閥の晩餐会が行われた翌日。ベヒトルスハイム侯爵領へと同行しているアールクヴィスト士爵家の従士や使用人たちには休暇が与えられた。

その休暇を満喫するため、メイドのロゼッタは街へとくり出し、大都市に不慣れな彼女の保護者としてペンスが同行していた。

ロゼッタは服も装飾品も日用品も様々なものが並ぶ商業区を歩き回り、初めての大都市観光を満喫。少し疲れたので、今は女性に人気があるという喫茶店に入っていた。

「お待たせしました、季節の果物のタルトです」

通りに面した席にペンスと座るロゼッタの前に、店員がそう言ってタルトの載った皿を置く。バターの香りが漂う生地の上に切られたリンゴが並び、さらにその上に砂糖がまぶしてある贅沢なタルトを前に、ロゼッタは目を輝かせる。

「わあぁ～、すごいです～。夢みたいです～」

「それ一切れで五十レブロだったか。よくもまあ、菓子にそれだけ金を払えるもんだな」

テーブルを挟んだ反対側では、ペンスが呆れたようにタルトとロゼッタを見ている。ペンスの前にはお茶だけが置かれていた。

菓子は高い。貴重な果物やバター、砂糖をふんだんに使っているのなら尚更(なおさら)だ。住み込みの使用人であるロゼッタの給金はそれほど多くはないので、このタルトは彼女にとって相当な贅沢品だった。

「でもでも、領都ノエイナにいるときはほとんどお給金を使わないんですから、こういうときこそ贅沢しなきゃですよ～。それに私は屋敷の料理担当なので、美味(おい)しいお菓子を食べるのもお勉強ですよ～。こんな贅沢なお菓子、レトヴィクのお店でだってなかなか見れないんですから～」

そう言いながらロゼッタはタルトをぱくつき、うっとりした表情で感嘆の声を漏らす。

「そうかよ。まあ、好きにすりゃあいいさ」

頬(ほ)っぺたに手を当てて幸せそうに髪を揺らすロゼッタを見て、ペンスは苦笑を零しながらお茶を啜(すす)った。

ロゼッタはその後も終始うっとりした表情でタルトを食べ進め、名残惜しそうに最後の一口を頬張り、ゆっくりと味わってから飲み込む。お茶を二口ほど飲み、満面の笑みを浮かべる。

「はあ～、美味しかったです～」

「ははは、そりゃあよかった」

　暇そうに通りを眺めながら答えたペンスを見て、ロゼッタは軽く背すじを伸ばした。

「ペンスさん～、今日は私のためにすみません～」

「ん？　何がだ？」

「ペンスさんはきっとラドレーさんたちと一緒に街を回る方が楽しいのに、私が歩き回るのに付き合っていただいてるので～。退屈ですよね～？」

「気にすんな。俺もこれくらいの大都市は久しぶりに来たからな。歩いてるだけでまあまあ楽しいぜ……それに、ラドレーとバートはどうせ、嫁への土産を何にするか悩みながら店を巡ってるだろうからな。あいつらの買い物に付き合わされるなんてまっぴらごめんだ。お前の保護者役をノエイン様から命じられて助かったくらいだよ」

　いっそヘンリクもこっちに来ればよかったのにな、と言って笑い、ペンスはまた通りの方に顔を向ける。

「……」

　そんなことはない。ペンスと二人きりで街を見て回れて嬉しい。ロゼッタはそんな本音を胸の中に隠していた。

「ペンスさんも素敵な人なのに、どうしてペンスさんだけお嫁さんができないんでしょうね～」

「うぐっ……お前、人が気にしてることを」

本音の代わりにロゼッタが放った言葉はペンスにとって非常に痛いものだったようで、ペンスはまるで矢でも受けたかのようなうめき声を上げ、硬い動きでロゼッタの方を振り向いた。彼の反応を見たロゼッタは慌てて首を横に振る。

「ああ～違うんです～、からかいや嫌味のつもりじゃなくて～、ただ、ペンスさんが優しくて紳士的で素敵な人だって言いたかっただけなんです～……私は、ペンスさんみたいな人が自分の旦那さんだったら嬉しいのにな～って思いますよ～」

ロゼッタはそう言ってしまってから、自身の発言の大胆さに気づいて顔を赤くする。しかしペンスはそのことに気づかず、苦い笑みを浮かべながらまた通りに顔を向けた。

「そうか、ありがとよ……お前があと五年、いやあと十年早く生まれてきてたら本気で喜べただろうな」

「……」

ペンスは今年二十九歳。一方のロゼッタはようやく成人したばかり。ロゼッタをまったく恋愛対象として見ないペンスの感覚は、特に不自然なものではない。

しかし、彼の反応が不満なロゼッタは小さく頬を膨らませていて、ペンスはそのことに気づかないまま勘定のために店員を呼ぶ。

「あっ、ペンスさん、お金……」

「いい、奢ってやる。従士副長ってのは金も結構もらってるからな。気にするな」

ロゼッタのお茶とタルトの分まで自身の財布から代金を支払ったペンスは、そう言って立ち上がる。いつも頑張ってるからご褒美だ、と言ってロゼッタの頭をわしっと撫で、店を出る。

「……ずるいです～」

完全に子供扱いされてしまったロゼッタは、顔を真っ赤にして呟いた。少し乱れた髪を整えると、自身も店を出るために立ち上がった。

そうして従士と使用人たちが休暇を過ごしている一方で、彼らの主であるノエインは昨日に引き続いて貴族の仕事に励んでいた。

「良い契約を交わせてよかった。アールクヴィスト卿、昨日の今日にもかかわらず、こうして会談の席を設けてくれて感謝する」

「恐縮です、ヴィキャンデル男爵閣下。私としても、こうして早々に閣下と契約を交わすことが叶って嬉しく思います。この北西部閥で閣下と共栄の道を歩んでいけますこと、大きな喜びです」

この日、ノエインが握手を交わした八人目の貴族はヴィキャンデル男爵。王国北西部の南西端に領地を持つ中堅貴族で、数年前にアルノルドの次女を妻に迎えてケーニッツ子爵家の姻戚になったという人物だ。

クロスボウとジャガイモの売買契約を終え、少しばかり雑談に興じながら、ノエインは既に次の会談のことを考えていた。今日中にノエインと契約したいという貴族はあと十人ほど残っている。

ヴィキャンデル男爵とばかり長く話し込むわけにはいかない。

男爵との雑談を適当なところで切り上げたノエインは、次に約束していた貴族と契約を交わし、そのまた次の貴族と契約を交わし……誰がどこの家の閣下だったか記憶が絡まりそうになりながら契約を重ねていく。

そうして、予定していた全ての会談が終わったのは、夕方近くになった頃だった。

「はあ……疲れた……」

「本当にお疲れさまでした、ノエイン様」

深く息を吐いてソファにもたれかかったノエインに、マチルダが労い（ねぎら）の言葉をかけながらお茶を差し出す。

ノエインの意向で従士や使用人たちが当初の予定通り休暇を与えられている中、マチルダだけは自ら志願して副官兼護衛として今日もノエインの傍にいた。

「ありがとうマチルダ。本当に、本っ当に疲れたよ……」

ノエインは受け取ったお茶を一口飲んでテーブルに置くと、マチルダに向けて両手を伸ばす。マチルダもそれに応えるように、相好を崩してノエインを抱き締めようとする。

その時、応接室の扉がコンコンと叩かれた。

「アールクヴィスト卿、入るぞ」

それと同時にベヒトルスハイム侯爵の声が聞こえ、マチルダは表情を引き締めてノエインが座るソファの脇まで瞬時に移動する。それに一瞬遅れて、ノエインはマチルダに伸ばしていた両手を引っ込めて背筋を正した。

　ベヒトルスハイム侯爵はノエインの返事を待たずに入室してくるが、ノエインがそれに文句を言う義理はない。何故なら、ここはベヒトルスハイム家の屋敷の応接室だからだ。マチルダがノエインに差し出したお茶も、ベヒトルスハイム家のカップやポットを借りて淹れたものだ。

　大勢の貴族と予定外の会談を行うことになったノエインのために、侯爵は自身の屋敷の応接室を会談場所として提供してくれた。それだけでなく、自家の文官たちまで動員し、ノエインの手元に数十件分の売買契約書類を用意してくれた。

　侯爵のこの厚意がなければ、今日の契約業務がどれほど大変なものになっていたか。それを想像すると、ノエインとしては感謝しかない。

「ようやく全ての契約が終わったようだな。疲れただろう。ご苦労だった」

「ありがとうございます。今日は本当に助かりました。何とお礼を申し上げればいいか……」

「礼はいい。貴族たちが新たな兵器や作物に注目し、自領への導入を急ぎたがるのも当然のこと。派閥に属する貴族たちのために、これくらいは面倒を見てやるのが盟主の器量というものだ」

　頭を下げるノエインに、ベヒトルスハイム侯爵は鷹揚に笑って返す。

「さて……ノエイン・アールクヴィスト士爵。疲れているところ悪いが、私と少し話をしよう」

　茶をもらおう、と言って侯爵はマチルダの方を見る。

マチルダは一瞬固まったが、余っているカップにお茶を注いで差し出した。受け取った侯爵は、それを淹れたのが獣人のマチルダであることを気にもせず口にする。

カップをテーブルに置いた侯爵の顔には、つい先ほどまでの穏やかな雰囲気はなかった。彼はよく研がれた刃のような気配を纏い、ノエインを真っすぐに見ていた。

「……はい。どのようなお話でしょうか」

ノエインは努めて落ち着き、冷静に聞こえるように声色に気をつけながら答える。

「私も、ベヒトルスハイム家の当主になってからは長い。伝統ある大貴族家の当主として、そして北西部閥の盟主として、これまでに多くの社交を経験し、多くの貴族と会ってきた……その中でも卿は異質だ。極めてな。はっきり言って、卿のような貴族は今まで見たことがない」

「自分でも、あまり貴族らしくない性格や振る舞いをしているとは存じています。もしご不快にさせてしまっているようでしたら――」

「はっはっは！　己の奇抜さは自覚しているか、面白い奴だ。何、別に卿の言動が気に食わないなどという話ではない。卿には節度をわきまえる頭はあるだろうからな。好きに振る舞えばよい」

声を上げて笑うベヒトルスハイム侯爵だが、鋭い気配は微塵も和らいでいない。昨日のマルツェル伯爵ともシュヴァロフ伯爵とも違う、その威容をもって場の空気ごと押さえつけてくるような迫力に、ノエインは静かに息を呑む。

「才気ある若者が王国北西部に現れ、派閥に加わってくれたことは喜ばしい。その才気と引き換え

に少しばかり奇抜な人柄であることも一向に構わん。だがな……卿はその才気を以て生み出した成果を、北西部閥に惜しみなく提供し過ぎている。そこが気になる」

有無を言わさず本音を引っ張り出す。ノエインは侯爵の声からそんな意思を感じた。

「卿が北西部閥に加わるための手土産は、盗賊団討伐の戦果だけでも事足りた。それに加えてクロスボウを自ら開示し、詳細を語った上に販売するというのは……やや献身的すぎるとは思うが、そこまではまだ分からんでもない。盗賊団討伐と関連するものだからな。だが、革新的な食料となり得るジャガイモまで提供するのは、いくらなんでも過剰だ。過剰な手土産を渡されれば、派閥盟主としてはその裏にある卿の真意を見極める必要がある。分かるな？」

「はい、理解できます」

「そうか、話が早くて助かる。では真意を明かしてもらおう……アールクヴィスト士爵。卿は何故、クロスボウとジャガイモをわざわざ北西部閥の貴族たちに披露し、さして高くもない額で提供することに決めたのだ？　少しでも長く自領で秘匿して利益を独占的に享受するか、各貴族と個別に交渉して高い情報料を吹っかけることもできたであろうに」

問いかけるベヒトルスハイム侯爵からの圧が増す。ノエインは緊張しながらも頭の中で思考をまとめ、口を開く。

「……それは、私の貴族としての出自が関係しています。畏れながら閣下、私の出自はご存じでいらっしゃいますか？」

「卿が派閥に加わる前に身元は調べたし、ケーニッツ卿からも話を聞いたからな。察しはついている。卿は『マクシミリアンの黒歴史』の結果なのだろう？」

久しぶりに憎き父の名前を聞いて、ノエインは思わず邪悪な笑みを浮かべる。それを見てベヒトルスハイム侯爵は怪訝そうに片眉を上げた。

マクシミリアンの黒歴史。使用人に手を出して妊娠させ、未婚でありながら妾を持つことになったマクシミリアン・キヴィレフト伯爵を揶揄する、当時の貴族社会での流行り文句だ。

「仰る通りです。元はキヴィレフト伯爵領の飛び地であったベゼル大森林の一片と、そこに付随するアールクヴィスト士爵位。キヴィレフト伯爵の妾の子であった私は、それらを押しつけられて伯爵家を追い出されました。キヴィレフト伯爵にとっては、目障りな庶子と厄介な飛び地を同時に処分できる良い機会だったのでしょう」

つい歪めてしまった表情を穏やかな微笑に戻し、ノエインは言った。

「キヴィレフト伯爵を父とは呼ばんのだな」

「私は既にキヴィレフト伯爵家との縁は切れていますので。私の姓がアールクヴィストに変わった今となっては、あの方と私の繋がりを知る者もほとんどいませんから、おいそれと父などと呼ぶわけにも参りません。それに……正直に申し上げて、あの方は好きではありません」

平然とした表情で言うノエインを見て、ベヒトルスハイム侯爵の顔に少しだけ同情の色が混じった。マクシミリアンへの恨みを思い出しているノエインはそれに気づかない。

「このような出自のために、私には今まで頼れる親族も、縋れる後ろ盾もありませんでした。成人して領地と爵位を押しつけられるまでは屋敷の離れ小屋に閉じ込められて暮らしていたので、当然ながら貴族としての知人友人も皆無でした。そして我が領は、二年前まではただの未開の森。今は多少ましになったとはいえ、まだまだ吹けば飛ぶような小領です」

アールクヴィスト領は単独で二百人の盗賊団を壊滅させた。しかし、貴族領の強さとは武力のみで決まるわけではない。人口、経済力、領主家の政治力や人脈。それらを兼ね備えていなければ強い領地とは言えない。その点で、アールクヴィスト領は脆弱だった。

「そして、この出自の影響を受けて、私の人生の目標は決まりました……それは、生家での孤独な日々では得られなかったものを得ることです。臣下や領民に慈愛を注ぎ、彼らから敬愛を受け取り、自領の中で愛に包まれながら、穏やかに、豊かに、幸福に暮らすことです。そのためには力が要ります。幸福を育て守るだけの力が」

「……だから、北西部閥に属して他貴族家との結びつきを得ようと思ったというわけか？　だが、それだけでは過剰な手土産を提供したことの説明にはならないだろう」

誤魔化しは許さない、とでも言うようにベヒトルスハイム侯爵は表情の圧を高める。しかし、憎き父のことを思い出し、幸福に生きるという自身の目的をあらためて嚙みしめていたノエインは、もう侯爵の気迫を恐れることはなかった。

「いえ、閣下。ただ北西部閥に属するだけでは、私にとっては不足なのです。私は私の幸福が絶対に脅かされないだけの強い力を得たいのです。私は私の幸福を生涯守らなければならないのです。次代も、その先も、私の築いた幸福が守られるようにしなければならないのです」

淡々と語るノエインの目は据わっていて、その尋常でない様子に、ベヒトルスハイム侯爵は少しだけ驚く。

「先に申し上げたように、私には人脈はなく、領地は脆弱です。一方で、世界には数多の危険があります。私を疎ましく思っているキヴィレフト伯爵が私のささやかな成功を妨害しようとすれば、私には抵抗する術がありません。他にも私の幸福を害そうとする貴族が現れるかもしれません。災害や戦乱が起こって社会が混乱すれば、我が領のような小領は真っ先に破綻の危機に見舞われます。そうなったとき、いくら北西部閥の末席に名を連ねているとはいえ、木っ端貴族のままでは派閥の強い庇護や援助を乞うことは叶いません」

貴族閥は緩やかな共同体で、公的に相互安全保障や経済協力の義務があるわけではない。派閥の土台を成しているのはあくまで貴族同士の利害関係や人間関係であり、貴族たちがその伝手を活用できるかどうかは、各々の才覚に依る。

ノエインがただ勇ましい戦果を一度挙げただけの木っ端貴族であれば、国内有数の大貴族であるマクシミリアンから何かしらの攻撃を受けても、キヴィレフト伯爵家との関係悪化を恐れて誰も助けてくれない可能性が高い。

社会情勢の悪化によって困窮した場合にも、わざわざ派閥を挙げて助けるほどの価値は見出してもらえない。

　もし派閥の貴族たちから全面的な助けを得たければ、派閥にそれだけ大きな利益を提供し、派閥内における発言力や存在感を得ておかなければならない。

「できるだけ早く、できるだけ大きな立場を北西部閥の中で確立するために、クロスボウとジャガイモを差し出した、ということか」

「まさしく仰る通りです。さらに申し上げると、強力で有用な兵器と、革新的な作物を王国北西部に普及させることで、北西部閥そのものが強靭化されることも私は願っています。北西部閥が強くなれば、その庇護を受ける私の安寧もより盤石になります。どれほど隠し通そうとしてもクロスボウとジャガイモのことはいつか領外に漏れるでしょうから、であれば最も近しい貴族閥の方々にできるだけ早く提供し、活用していただき、代価として庇護をいただくべきだと考えました」

　すなわち、ノエインは北西部閥を今より強く大きく育てた上で、その中で強い立場を手に入れ、北西部閥に己の盾になってもらうつもりだった。どれだけ派閥への献身を口にしたところで、その本音は極めて利己的だ。

　ノエインの真意を聞かされたベヒトルスハイム侯爵は――笑った。

「はっはっは！　士爵風情が北西部閥そのものを強靭化してみせようとは、また大胆なことを考える男だな」

「自分でも生意気だとは思います。ご不快でしたか？」

「いや、なかなか面白い。卿が北西部閥を害したり陥れたりするような悪巧みを考えているのでなければ、私としては何も文句はない。むしろ気に入ったぞ」

侯爵の言葉を受けて、ノエインは静かに微笑む。

「過剰なまでに自領の安寧を求める姿勢はひどく臆病にも見えるが、その安寧を得るために自領の貴重な技術や知識を思い切りよく手放すその決断は、むしろ勇敢にも思える。貴族らしくはない。だが頭が良いことは認めよう……ノエイン・アールクヴィスト士爵。卿のその願い、北西部閥の盟主としてできる限り叶えてやろう」

そこまで言って、ベヒトルスハイム侯爵は苦笑を浮かべた。

「というより、叶えざるを得ないと言った方が正しいか。クロスボウとジャガイモが十分に普及すれば、軍事的にも経済的にも北西部閥の権勢が強まるのは間違いないだろう。北西部の社会にそれだけの貢献をして見せた貴族が危機に陥ったとき、助けなければ派閥が瓦解してしまう」

王国北西部の社会全体に大きな貢献を示しても、困窮すれば無慈悲に切り捨てられる。そんな前例が生まれれば、北西部閥の貴族たちは誰も派閥の利害関係や人間関係を信用しなくなる。

各貴族が自身の利益のみを考えて行動し、対立や裏切りが蔓延(はびこ)れば、北西部閥は瓦解。他の貴族閥と相対する力を失い、結果的に全員が困ることになる。

そんな事態を防ぐために、少なくとも派閥盟主であるベヒトルスハイム侯爵や重鎮級の大貴族たちは、その立場もあってノエインの後ろ盾とならざるを得ない。

派閥の中心人物たちがノエインを庇護するとなれば、それはもはや北西部閥そのものの庇護を得るに等しい。他派閥の貴族の妨害を受けたとき、社会情勢が悪化したとき、ノエインは派閥から様々な援助を受けることができる。

ノエインの目的は十分以上に達成されていると、ベヒトルスハイム侯爵は明言した。

「アールクヴィスト士爵。あらためて、卿を北西部閥に歓迎する。共に王国北西部を発展させていこうではないか」

「感謝します、閣下。まだまだ若輩の身ではありますが、北西部閥の一員として微力を尽くす所存です」

侯爵から握手を求められ、ノエインは笑顔を作ってそれに応じた。

「……それともう一つ。我がベヒトルスハイム侯爵家とも、今日のうちにクロスボウとジャガイモの売買契約を結んでほしいのだが」

握手をしながら申し出た侯爵を前に、ノエインはきょとんとした表情で黙り込む。

そして、すぐに笑顔に戻った。

「かしこまりました。それでは今からお話をさせていただきましょう」

疲れてはいるが、ここまで来たら商談が一つくらい増えても変わらない。そう考えながら、ノエインは商談に臨む。

・・・・・

ベヒトルスハイム侯爵領での社交を終え、ノエインがアールクヴィスト領へと帰還したのは十二月下旬。もう年の瀬と呼べる時期だった。

馬車が屋敷の正面玄関前で停車し、扉が開く。先に降りたマチルダが扉を支えてくれる中で、ノエインは馬車から地面に降り立った。

「……あぁ、愛しの我が家。やっと帰ってこれた」

社交と移動で疲れた顔に笑みを浮かべ、そんな呟きを零すノエインを出迎えたのは、留守を預かっていた臣下たちだ。

「お帰りなさいませ、アールクヴィスト閣下。ご無事でのご帰還、何よりにございます」

代表して言った領主代行ユーリに合わせて、他の従士や屋敷の使用人、奴隷たちがそれぞれの身分に合わせた礼を見せる。ノエインは穏やかな表情でそれに頷いた。

「ありがとうユーリ。それに皆も、出迎えご苦労様」

ノエインが出迎えの列の解散を許すと、一同はそれぞれの仕事に戻り、あるいは馬車の片づけや馬の移動、荷物の運搬などを始める。

その中で、ユーリは臣下代表の顔から気安い側近の顔に戻り、屋敷へと入るノエインに並んだ。

「随分とくたびれた顔だな」

「色々と大変だったし、領主になってからこんなに長くアールクヴィスト領を離れたのは初めてだったからね。ものすごく疲れたよ。今後のために大切な仕事だから頑張って臨んだけど、行かなくていいなら社交なんて一生顔を出したくないな。緊張するばっかりだ」

屋敷内の空気を吸って安らぎを感じながら、ノエインは答えた。

「ははは、ノエイン様らしいな。それで、どうだった？」

「大成功、って言っていいんじゃないかな。ひとまず目的は達成できたと思う……とりあえず今日はゆっくり休んで、明日詳しく話すよ。僕の留守中の報告もそのときに頼むね」

「分かった。それじゃあ明日の午後に会議を開くと従士たちに伝えておこう」

ユーリはそう言って離れていった。

ひとまず居間に入ったノエインは、ソファに腰を下ろしてほっと息を吐く。その隣にマチルダが座り、身体を寄せた。

「……やっぱり我が家が一番だね。外は気が休まらないよ」

我が家。それはノエインにとって、単にこの屋敷だけでなく、アールクヴィスト領そのものを指す。アールクヴィスト領の域内に入り、アールクヴィスト領の空気に触れ、ノエインはようやく心から穏やかな気分になることができた。

「お疲れさまでした、ノエイン様。お茶をお淹れしましょうか？」

「そうだね。お願いするよ」

いつもの会話を交わし、それから間もなくマチルダが厨房でお茶を淹れて戻ってくる。

居間のソファに座り、マチルダが淹れてくれたお茶を飲みながら、ノエインは自身が日常に戻ってきたことを実感する。

ノエインにとって初めての領外での仕事は、こうして大きな成果と疲労を伴って終わった。

三章

年明けの変化

年が明けた王暦二一三年の一月下旬。空気の冷たさが多少なりとも和らいできたこの日、領都ノエイナの市街地の外れにある空き地に、女性たちが集まっていた。

その人数は百人強。すなわち、アールクヴィスト領のほぼ全ての女性が一堂に会している。空き地のあちらこちらに寒さを和らげるための焚き火が熾され、空がよく晴れていることもあり、屋外にいてもそれほど辛さを感じる心配はない。

また、空き地にはいくつものテーブルが並び、その上には領主家の屋敷や各家庭で作られた料理が並べられ、さらにはビールやワインの樽も置かれている。

この宴を主催しているのは、古参の女性従士であるマイだ。

「皆、お酒は持ったわね？……それじゃあ今から、アールクヴィスト領婦人会の設立を記念した食事会を開催します」

ワインの入った杯を手に話し始めたマイに、それぞれワインやビールの杯を手にした女性たちが注目する。

「婦人会設立の目的は、特殊な成り立ちを持つこのアールクヴィスト領の社会の中で、女性たちが協力し合って生きていくのを支えること。だから今日は、従士も平民も奴隷も、立場や身分に関係なく交流しましょう。新しい友人を作って、旧知の友人とはさらに仲を深めて、これからアールクヴィスト領の社会に貢献していくために結束を深めましょう。乾杯」

マイが杯を軽く掲げて言うと、女性たちも皆それに続いた。

そして食事会が始まり、冬の快晴の下、澄んだ空気の中で女性たちが楽しげに飲み、食べ、語らう。その様をマイは満足げに見回す。

かつては傭兵団『真紅の剣』の一員として戦いの中を生きてきたマイだが、アールクヴィスト領では女性領民たちをまとめる役割を務めるようになり、つい数週間前には第一子を出産して子育てに励む身となったこともあり、武門の従士としての立場からは遠ざかったと感じていた。

今でも最低限の鍛錬は続けているが、おそらく自身が戦いの最前線に立つことはもうない。そう悟っていた。

そんな自分が、従士としてどのようなかたちでアールクヴィスト領に貢献していけるか。自問したマイは、女性領民たちをまとめる立場として、この婦人会の設立を考えた。

難民を中心に成り立ってきたアールクヴィスト領では、出産や子育て、家庭の運営について本来頼れるはずの母親や姑がいない女性が大半。周囲はまだよく知らない人間ばかりの社会で、知識不足や経験不足のために心細い思いをしている者も多い。

そうした問題を改善するために、マイは女性の互助組織としてこの婦人会を考案した。その価値や必要性を認めた領主ノエインによって、マイは正式に婦人会会長の立場を拝命。空き家のひとつを事務所として与えられ、ある程度の運営予算も預けられた。

「事前準備はけっこう大変だったけど、無事に立ち上げられて良かったわねぇ」

「ええ、本当に。私はこの領に移住してまだそれほど経ってませんし、バートさんはお仕事で家を空けることも多いので……この婦人会ができたことはすごく心強いです。他の新参の女性たちもそう言ってました」

賑わう会場の中、料理をつまみながら話すのは、ラドレーの妻ジーナとバートの妻ミシェルだ。従士家の夫人である二人は、幹部として今後の婦人会の運営実務を担うことが決まっている。

「そう言ってもらえるとやりがいを感じるわね。とはいえ、まだまだ運営は始まったばかりだから、大切なのはこれからね。ちゃんと互助組織として機能させていかないと」

二人のもとに合流して言ったマイは、自身も皿を手に、その上にテーブルの料理をとっていく。

「赤ちゃんのいる人たちもこうして食事会に参加できてるんですから、ひとまず成功ですよぉ」

「そうですね。マイさんも、ヤコフくんを預けて無事に参加できましたし」

先日生まれたマイの息子ヤコフをはじめとした赤ん坊たちは、この食事会の間、婦人会の事務所で子育て経験のある女性たちによって交代で世話をされている。

事務所で幼子を預かるこの仕組みは、家庭の人手が不足しがちなこの領で、どうしても両親が共に我が子の面倒を見られないような場面で機能していく予定だ。

「確かに、預かり制度を今日から機能させられたのは大きな第一歩ね。私もヤコフが生まれてからは慣れない子育てに苦戦してばかりだし、いつでもユーリが家にいるわけでもないし……正直、今日は少しほっとしてるわ」

我が子を抱きかかえて四六時中世話をする日々は、剣を振って戦いに明け暮れる日々とはまた違ったかたちで疲れる。そう思いながら、マイは凝った肩を軽く回した。

「二人はまだ子供を作る予定はないの？」

尋ねられたジーナとミシェルは顔を見合わせ、ジーナは明るく、ミシェルは照れたように笑う。

「私は婦人会の幹部として、マイさんと子育ての一番忙しい時期が重ならないようにしたいっていうのと……あとは、もう少しラドレーさんと二人きりの甘い生活を楽しみたいなぁ、なんて思ってるんですよぉ」

「わ、私も……もう少し、バートさんにお姫様扱いされながら新婚生活を楽しみたいと思って」

「ふふふ、気持ちは分かるわ。私はもう十年以上もユーリの傍にいるからいいけど、出会ってしばらくはやっぱりそう思うわよね」

二人の話を聞いたマイはクスッと笑った。

「だけど、子供がいても夫婦生活はけっこう楽しめるものよ？　ヤコフは寝つきがすごくいいから、少しくらい声を出しても起きる心配はないし。そうと分かってるから、ユーリも遠慮なく激しくしてくるし」

「あらぁ……」

「……」

ジーナがにんまりと笑い、ミシェルはその横で顔を赤くしながらも、しっかりマイの話に耳を傾けている。

「昼間は息子の面倒を見て、夜は夫を可愛がって、まったく母親っていうのは大変だわ」

「あらあらあらぁ、いいですねぇ」

「マイさん、大人の女性ですね……かっこいいです」

ミシェルはまだ顔が赤いが、やはり興味津々といった様子でマイを見ていた。

「あら、ありがとう……それで、二人も相変わらず、夫婦仲良くやってるのよね？」

「もちろんですよぉ。ラドレーさん、相変わらずぶっきらぼうに見えて優しいし、夜は野性味あふれる感じでたまらなくてぇ、昨日の夜もぉ……きゃあ～恥ずかしいわぁ」

ジーナは頬に手を当てて身をよじらせながら、その口からは聞かれてもいない惚気話がどんどん溢れてくる。夫の魅力を自慢したくて仕方ないのだと、誰が見ても分かる有り様だった。

「まだまだ新婚生活を満喫してるみたいね、いいことだわ……それで、ミシェルはさっき言ってたけど、相変わらずバートにお姫様扱いされてるのね」

「は、はい……バートさん、今日も朝から『ミシェルが世界一可愛いよ』『君がいるから頑張れるよ』って言ってくれたんです」

「あらぁ、さすがはバートさんねぇ。そういうのもいいわよねぇ」

「……あいつらしいわ」

ジーナが楽しそうに頷（うなず）く一方で、マイは苦笑しながら言った。

「アンナ、あなたの家はどんな感じなの？」

「えっ、何がですか？」

三人の近くで料理を取っていたアンナをマイが捕まえる。

「エドガーさん、外ではいつも生真面目で優秀で立派な従士だけど、あなたには隙を見せたり甘えたりするの？」

「こ、ここでそんな赤裸々な話をするんですか……？」

「あなた、いつもはこういう話になったら自分が聞かれる前に逃げちゃうじゃない。せっかく親交を深める場なんだから、今日くらいは赤裸々に話してもらうわよ？」

アンナは顔を赤らめてためらいを見せたが、マイとジーナとミシェルの注目を集めている状況からは逃げられないと感じたのか、少し考え込んで口を開く。

「……えっと、エドガーさんの方から隙を見せてくることはないですね。ほとんど結婚前の印象のままです。いつも自分を律して、清く正しく真面目でいなければって感じで」

「あら、それじゃあ本当にいつものあれが素なのね……正直な人」

「でも、私の方から気遣って『無理しないでね』って頭を撫（な）でたり抱き締めたりしてあげると、口調だけは『私は大丈夫だ』って言いながらすごく締まりのない顔になるんです。本人は表情を引き締めてるつもりみたいで、全然できてないんです」

その話を聞いたマイは思わず小さく吹き出した。ジーナは「あらぁっ」と一段大きな反応を見せ、ミシェルもマイと同じく吹き出しかけて咄嗟にこらえたのか「んっ」と声を漏らす。

「……まあ、ある意味よかったわ。エドガーさんにもそういう一面があるみたいで」

いつもそんなに真面目で疲れないのかと心配になるのがエドガーだ。家では気を抜ける時間もあるのなら大丈夫だろう。マイは同僚として安堵する。

「何だかんだで、皆それぞれ夫と上手くいってるのね。何よりだわ……後はペンスさん一人か」

マイが呟くと、他の三人も、ああ、と声を漏らしながら独身従士副長の顔を思い浮かべる。

「おっ！　その顔はペンスさんの話ですねっ？」

いきなり会話の輪に飛び込んできたのは、領主家のメイドの一人メアリーだ。彼女も今日は使用人ではなく、一人の女性領民としてこの食事会に参加している。

「何でこの顔だけで分かるのよ……」

「乙女の勘ですっ！」

なみなみとビールが注がれた杯を手に元気よく言ったメアリーの後ろには、キンバリーとロゼッタも並んでいる。

「それで、ロゼッタはベヒトルスハイム侯爵領での一件から進展はあったのかしら？」

「そ、それは～」

「特になしですっ！　何度か思わせぶりな発言をしたみたいですが、ペンスさんは全部冗談だと思ってるのか、まったく本気にしてくれないらしいですっ！」

「も、もお～、なんでメアリーが説明しちゃうんですか～」

普段はおっとりしているロゼッタは、珍しく顔を赤らめて手をわたわたと振りながら恥ずかしそうに言う。

ロゼッタが昨年の中頃からペンスに恋心を抱き、日に日に想いを募らせていることは、今この会話に参加している全員に既に知れ渡っていた。

恋の気配に聡いメアリーがまず最初にロゼッタの内心に気づき、他の女性陣もロゼッタがペンスに向ける視線から察し、あるいはおしゃべりなメアリーから聞き、現在に至る。

「ベヒトルスハイム侯爵領の領都を二人で恋人同士みたいに巡り歩いた話を聞いたときは、もう一押しでいけるかもって思ったのにねぇ」

「やっぱり一番の問題は、ペンスさんとの年の差……なんでしょうか？」

「あの人もいいご身分よね。ロゼッタみたいないい子が想いを寄せてくれてるのに。多少の年の差なんて気にする余裕が、あの人にあるのかしらね」

ジーナとミシェルの会話の横でマイが辛辣な意見を言い、それを聞いたアンナが苦笑する。

「いっそのこと、夜中にペンスさんの部屋にロゼッタが忍び込んで、馬乗りになっちゃえばいいのよっ！」

「あらぁ、それは熱い展開ねぇ。確か、夜這いっていうのかしら?」

「ふふふ、案外それくらい押しが強い方がいいのかもしれないわね」

「そ、そんな過激なことできるわけないですよ～」

顔を真っ赤にしたロゼッタが、大胆な提案をしたメアリーの肩をぽかぽかと叩く。その隣では、キンバリーが特に興味がなさそうに水の注がれた杯を傾けている。

「まあ、さすがにそれは冗談として……想いを匂わせることを何度言ってもペンスさんが本気にしないなら、どこかではっきり告白する必要があるでしょうね」

「今から覚悟しておくのねっ、ロゼッタっ!」

メアリーが始めたロゼッタの恋話は、メアリーのその一言によって締められた。


古今東西、貴族の晩餐会から農村の祭りまで、どのような宴の場でも、会話の輪に加われず端の方で所在なげに立ち尽くす者が出る。

今回、その残念な役回りを演じているのは、ノエインの奴隷であるマチルダとクリスティの二人だった。

「……馴染めませんね」

「私たち、普段は領民の女性たちと関わる機会がほとんどありませんからね」

ワインの杯を持つだけ持って口をつけていないマチルダが呟くと、隣でクリスティが皿に載せた料理をつまみながら苦笑交じりに答える。

マチルダはマイから、クリスティはアンナから強く誘われて、気乗りしないながらもこの食事会に参加した。マイもアンナも、マチルダとクリスティが領内の女性社会に馴染めるようにと気遣って誘ったのだろうが、現状はこの通りだった。

二人とも領内ではやや特殊な立ち位置にいる上に、奴隷として育ったマチルダも上流階級出身のクリスティも、王国の一般的な平民女性とは接点がほぼない。

彼女たちがどんな価値観を持ち、普段どんな話をするのかなど全く知らず、そのために彼女たちとどう接していいのか分からずにいた。

「……か、帰りたいですね」

「ええ、本当に」

これなら屋敷に戻って明日以降の仕事の準備でもしていた方が楽しい、と思ってクリスティが言うと、そもそも最初から早くノエインのもとに戻りたいと思い続けているマチルダは即答した。

「あ、二人ともこんなところにいた、何縮こまってるのよ。誘った意味がないじゃない」

そこへ声をかけてきたのは、この食事会の主催者である婦人会会長のマイだ。さらにアンナ、ジーナ、ミシェル、そして三人のメイドたちもやって来て、マチルダとクリスティを囲む。

「マイ……だから参加したくないと私は言いました。従士や使用人の皆さんと仕事上の会話や日常的な交流をするならともかく、領民の方々に囲まれて仲良く談笑するなんて、私にはとても……それに、ノエイン様のお傍からこれほど長く離れるなんて、耐えられません」

見知った顔ぶれを前にクリスティがほっと安堵している一方で、マチルダは所在なげな表情のままマイに不満を零す。

「これほど長くって、まだ一時間も経ってないでしょうに……まったく、相変わらずね」

ノエインに依存しきっているマチルダの様子に、マイは微苦笑を零す。

「でも、前にも言ったけど、今後の婦人会の会議ではノエイン様の遣いとしてあなたにも参加してもらう予定なのよ？　他にもあなたがノエイン様の連絡役として領内で動く機会があるかもしれないし、せめて一、二時間くらいは一人で行動できるようになった方がいいんじゃない？」

「……それは、確かにそうですが」

マイの言葉が正しいと認めながらも、愛する主人が傍にいないマチルダはどこか落ち着きがない。

その様子を見かねたマイは、強引に話題を変えることにする。

「ところで、ノエイン様って可愛いわよね」

「は？」

斜め上の話題を振られたマチルダは、思わず無表情を崩した。

「実際そうでしょう？　お顔立ちもお声も中性的で、女の子みたいで可愛いじゃない。ねえ？」

マイが話題を振ると、ジーナ、アンナ、ロゼッタ、メアリー、ミシェルが頷く。

「確かに、ノエイン様は可愛いですよねぇ」

「アールクヴィスト領の女性なら誰もが認める美少年……じゃなかった、美青年ですよね」

「分かります～。特に、居間で疲れてお眠りになっちゃってるときの寝顔とか、ご飯を美味しそうに頬張ってるときのお顔とか、キュンとしちゃいます～」

「私たちみたいな使用人にもいつも笑顔を振りまいてくださるしっ！　あの可愛いお顔と笑顔の組み合わせは強いですねっ！」

「初めてノエイン様にお会いしたときは、こんな可愛らしい方が領主様なんだって驚きました」

使用人としてノエインへの遠慮があるのか、唯一キンバリーは何も言わなかったが、そんな彼女も小さく首肯はしていた。

領主ノエインは可愛い。これは、アールクヴィスト領に暮らす全ての女性が一度は語ったことのある話題であり、全員が意見を一致させていることだった。ノエインの身分もあるのであまり表立った話題にはならず、そのためにマチルダは知らなかったが。

「ふ、不敬です皆さん」

「でも、実際あなたも可愛いと思ってるんでしょう?」

「それは……もちろんです。ノエイン様以上に素敵な殿方など、この世にいるはずがありません」

こうした話題に不慣れなマチルダは、照れのためか少し目を泳がせたものの、最終的には意を決してそう答えた。

「あら、言い切ったわね。だけど『素敵な殿方』っていう点では、うちのユーリだって負けてないわよ？」

「あらぁ、それを言うならうちのラドレーさんだって」

「わ、私のバートさんも……」

「え、エドガーさんだって負けてないんですけど」

「ペンスさんだって～」

「あらっ、ロゼッタったらもうペンスさんが自分のものだと思ってるのねっ！」

話題はいつの間にかそれぞれの夫（あるいは想い人）の自慢に移り、その賑やかさに釣られて女性領民たちも会話の輪に入ってくる。

そして、従士も平民も奴隷も、身分の境のない談笑が始まる。マチルダもまだ戸惑い気味ではあるが、女性領民たちに声をかけられるとぎこちなくも会話に応じていた。

所在なげに隅に佇んでいた先ほどまでよりは、ちゃんと会話の輪に入ることができている。マチルダのそんな様子を確認したマイは、残る一人――クリスティのもとに歩み寄った。

「どう、楽しめてるかしら？」

「は、はい。すみません、こういう場にはまだ慣れてなくて」

ぎこちない笑みを浮かべるクリスティに、マイは優しく微笑む。

「あら、謝らなくていいのよ。仕事じゃないんだから、気楽にいきましょう……それで、その後はどう？　大丈夫？」

マイが声の音量を少し落として尋ねたのは、密(ひそ)かに始まって密かに終わった、クリスティの仄(ほの)かな恋の件だった。

ノエインから手厳しい教育を受けて心を入れ替えたクリスティは、ノエインを心から敬愛するようになり、その敬愛は間もなく、異性としてノエインを想う気持ちに変わった。

偉大な主人であるノエインの最も近くで寵愛(ちょうあい)を受けながら仕えるマチルダを見て、クリスティは自分もマチルダのようになりたいと思った。

しかし、その気持ちもまた、間もなく変わった。ノエインとマチルダを毎日近くで見ているからこそ変わった。

ノエインとマチルダの関係は、ただの男女の相思相愛ではない。

マチルダは比喩でなく、自身がノエインの一部となることを望み、自身の身体(からだ)も心も時間も全てをノエインに捧(ささ)げている。常人であれば重すぎて負担だと思うであろう彼女の愛を、ノエインは平然と受け入れ、マチルダを自身の一部としながら生きている。むしろノエインの方も、もはや己の半身と化しているマチルダの存在を精神的な支えにしている。

それは常軌を逸した共依存関係だった。ノエインとマチルダがそのような関係で結びついている様を目の当たりにしたクリスティは、ノエインへの仄かな恋心を早々に諦めた。とてもあの二人の間には入れない。自分にはマチルダの真似(まね)はできない。そう内心で結論づけた。

そんな内心の変化を一人経験していたクリスティだったが、マイだけはそれに気づいた。領内の女性のまとめ役としてクリスティのことを気にかけていたマイは、彼女の視線や表情からその内心を察した。

マイが思い切って尋ねたときには、クリスティは既に自身のノエインへの想いを諦めた後だった。彼女は「平気です」と答えつつも失恋の直後でやや気落ちしている様子だったので、マイはそのことを気にしていた。

「……はい。今はもう、本当に平気です。ちゃんと吹っ切れて、前を向けてます」

「そう？　ならいいんだけど。もしまだ辛いのなら、我慢しちゃだめよ。私でよければいくらでも話を聞くから」

「ありがとうございます。でも大丈夫です。あらためて考えても、私ではとてもノエイン様に釣り合わないし、マチルダさんには並べません。あの二人だけの世界に割り込むなんて絶対に無理です。色々な意味で身の丈に合わない恋だったので、早いうちに諦めて正解でした」

クリスティは以前のような失意の表情ではなく、無理のない笑顔で答えた。

「色々な意味で、か……確かにそうね。正直言ってあの二人は少し……いえ、ものすごくおかしいから。はっきり言って異常よ。マチルダはともかくノエイン様にこんな物言いは失礼だけど」

「ですよね。正直私もそう思います……勢いあまって告白したり、ノエイン様に気づかれたりする前に想いを諦められてほっとしてるくらいです」

マイとクリスティは顔を見合わせ、苦笑した。

「あなたはマチルダと違って普通の女の子だものね。それでいいと思うわ……それで、次の恋のあてはあるのかしら？」

「えっ……と、今は思いつきませんね。身近にちょうどいい相手もいませんし」

「ダミアンあたりはどうなの？」

「えー、本気で言ってますか？」

「ふふふ、冗談よ」

冗談のために利用したダミアンに内心で謝りながら、マイはクリスティと笑い合う。

「……私にはまだ身分の問題がありますし、何より今は仕事が楽しいんです。打ち込めば打ち込むほど成果が見えてくるから、生きがいを感じてます。だから、当面は新しい恋はいいです」

実の家族から奴隷として売られたこともあり、今は恋やその延長線上にある結婚に憧れを持てない、という理由もある。しかし、それはここで話すにはやや重い話題なので、クリスティは言わなかった。

「そう、それもありだと思うわ。あなたにはまだ時間もたっぷりあるもの。私だって結婚したのは二十五歳のときなんだし」

クリスティが無理をせず、自分に嘘をつかず、楽しく過ごせているならそれでいい。そう思いながら、マイは優しく微笑んだ。

そうして二人が話している横で、誰かが面白い冗談でも言ったのか、女性領民たちの大きな笑い声が上がる。アンナやジーナ、ミシェル、メイドたちも一緒になって笑い、マチルダも小さく片眉を上げて反応を見せていた。

「あら、何だか盛り上がってるわね……私たちもあっちの輪に入れてもらいましょうか」

「そうですね」

マイはクリスティの手を引いて、会話の輪に加わる。

アールクヴィスト領の女性たちが親睦を深める宴は、明るく和やかな雰囲気の中でその後もしばらく続いた。

・・・・・

冬の寒さも和らぎ、春の兆しが見え始めた二月。アールクヴィスト士爵領では、もう間もなく再開されるであろう移民の流入に備え、新たな家屋の建設や農地の整備などの受け入れ準備が進んでいた。

そんな中で、いち早く移住を希望して領都ノエイナまでやって来た一団があった。

「……なるほど、ミレオン聖教の司祭の一行か」

領都内の治安維持と移住希望者への対応を担当しているペンスから報告を受けたノエインは、そう呟いた。

「屋敷の応接室に通して大丈夫ですか?」

「そうだね。話を聞かないわけにもいかないし。頼むよ」

「了解でさぁ」

それから間もなく、ノエインは応接室で一行の代表者である司祭と対面する。

「本日は突然の訪問にもかかわらず、アールクヴィスト士爵閣下の貴重なお時間を頂戴し、恐縮にございます。ミレオン聖教伝道会北西部教区、レトヴィク教会より参りました、司祭のハセルと申します」

「ようこそお越しくださいました。神に仕える方々にご来訪いただけたこと、この地の領主として嬉しく思います」

まだ二十代前半ほどに見える若い司祭と、ノエインはにこやかに挨拶を交わす。

「司祭様が移住を希望されているということは、教会の設立のため……と考えてよろしいのでしょうか?」

「左様にございます。是非ともアールクヴィスト閣下のご領地にミレオン聖教の教会を置かせていただき、偉大なる神の教えを説き、また『祝福の儀』の実施をはじめとした教会の務めを果たし、神に仕える者としての役割を担わせていただきたく存じます。そのために、司祭である私とその妻、そして修道士や修道女を数人、移住させていただけますと幸いにございます」

ミレオン聖教はこのロードベルク王国と東のパラス皇国、その他にもいくつかの国で信仰されている宗教で、その中でも「伝道会」と呼ばれる一派がロードベルク王国の一応の国教と定められている。

東のパラス皇国で国教となっている正統教会が政治にも深く介入している一方で、伝道会は政治からは切り離され、その影響力は小さい。これはロードベルク王国の初代国王の意向による。

伝道会は「祝福の儀」をはじめとした儀式を執り行う組織としての一面と、民衆に神の教えを説く道徳教育の担い手としての一面、さらには富裕層からの人道的な支援――つまりは寄付を受けて貧民への施しを行う福祉組織としての一面を持つのみ。

その他にも、世俗と一定の距離を置いて歴史を重ねてきたことによるいくつかの特殊な知識や技術を持つが、総じて王国社会における力は大きくない。

「なるほど……それは私としては願ってもないことです。歓迎いたします」

「……よろしいのですか？」

ノエインの即断での歓迎が意外だったのか、ハセル司祭は驚いたような表情を見せる。

「はい、アールクヴィスト領の社会の安定と成熟のためにも、教会が置かれることは喜ばしく思います。むしろこちらからお願いしたいほどです……意外なことなのでしょうか？」

「ああ、大変失礼いたしました。教会が置かれるとなると寄付などで出費が増えるからと、小規模な領地を持つ貴族の方々からは難色を示されることが多く……」

それを聞いたノエインは、穏やかに笑った。

「幸い私には皆様をお迎えする十分な余裕がありますので、是非移住していただきたいと思っています。私も神の子の一人ですから、ささやかではありますがお力添えいたします」

領主貴族が伝道会を受け入れる場合は、高貴な者の務めとしての寄付をはじめ、主に金銭面で一定の負担が生じる。しかし、ノエインはその負担を気にしなくていい程度の経済的な余裕があるので、受け入れには利益しかない。

まず、「祝福の儀」や結婚の儀式をはじめ、領民たちが生きる上で行うべき儀式を領内で実施できるようになる利点は大きい。また、アールクヴィスト領民にも信仰熱心な者は少なくないので、領内に教会が作られれば彼らにとっては大きな喜びとなる。

加えて、伝道会が保有する知識や技術の提供を、寄付と引き換えに受け取れるようになるのも大きな利点だ。

そして、ノエインは熱心な信徒ではないが、「人間も獣人も、エルフやドワーフなどの亜人も、全ての種族を神の子として平等に愛する」という教義を掲げるミレオン聖教のことはそれなりに好いている。マチルダの存在があるためだ。

悲しいかな、伝道会の力が弱いためにロードベルク王国における獣人迫害がなくならないという現実もあるが、領内に教会が置かれ、聖教の教えが広く頻繁に説かれるようになるのは個人的に喜ばしい。

そう考えたからこそ、ノエインは本心からハセル司祭たちを歓迎している。

「アールクヴィスト閣下のお言葉、誠にありがたく存じます。それでは閣下のご厚意を受け取らせていただき、この地にて神の家たる教会を運営し、神の教えを説かせていただきます」

恭しく頭を下げたハセル司祭に、ノエインはさらに言葉を続ける。

「これからよろしくお願いいたします。まずはあなた方の当座のお住まいを用意しますので、ひとまずそちらでお過ごしください。明日以降、教会建設のための場所などの策定を行いましょう。建設の費用は全てこちらで負担いたします」

「建設費用を全てでございますか？　そこまで閣下のご厚意に甘えさせていただくわけには……」

予想以上の厚遇に恐縮するハセル司祭を制して、ノエインはまた口を開く。

「これもまた、私からミレオン聖教伝道会への寄付としてどうかお受け取りください。私は聖教の教義や伝道会の理念に深く共感していますので」

伝道会は政治的な影響力は小さいとはいえ、腐っても全国規模の繋がりを持つ一大組織だ。そんな組織と良好な関係を築き、覚えをめでたくしておくことに損はない。この投資に見合う利益は十分に得られる。ノエインはそう考えていた。

「……閣下の行いを、偉大なる神もきっと見ておられることと存じます。神に仕える身として、心よりお礼申し上げます」

「神への信仰と伝道会への誠意を示す機会をいただけたこと、嬉しく思います」

こうして、アールクヴィスト領にミレオン聖教伝道会の教会が置かれることが決まった。

・・・・・

二月の下旬。アールクヴィスト領には例年のように移住を希望する者がちらほらとやって来るようになっていた。

そのほとんどは情勢の不安定な王国南西部で難民化した農民であり、彼らは家と農地を与えられて自作農となった。多少の学のある若者の中には、フィリップが立ち上げた商会——スキナー商会の従業員として雇われ、商人見習いになる道を選んだ者もいた。

しかし、二月も終わりに近づいたある日、そうした農民たちとは毛色の全く異なる移住希望者がやって来た。

「ノエイン様、失礼します。新しい移住希望者が来たので報告に来ました」

例のごとく領主執務室を訪れて報告するのは、従士副長のペンスだ。

「お疲れさま。今週で三回目だね……それで、今回も農民かな？」

「いえ、それが……実は、移住を希望してるのは医師のセルファース先生で」

ペンスの口から出たのは、予想外の名前だった。その名を聞いたノエインは、思わず目を見開いて驚く。

「えっ、セルファース先生が？　移住を希望してるの？　ここに？」

「はい。俺も最初は聞き間違いかと思って、重ねて確認したんですが、移住希望で間違いないと」

ノエインはマチルダと顔を見合わせる。ノエイン以外の前ではほとんど無表情の彼女も、今はわずかに驚いた表情を見せていた。

セルファースは、ケーニッツ子爵領レトヴィクに小さな診療所を構えている老医師だ。かつて領民の少女リリスがベンデラから怪我を負わされたとき、ノエインがエルド熱に罹ったとき、そして盗賊団との戦いで何人も重傷者が出たとき、アールクヴィスト領へと駆けつけて治療を施してくれたのが彼だった。

アールクヴィスト士爵家にとって、この領全体にとって、そしてノエイン個人にとっても恩人と呼ぶべき人物からの、あまりにも予想外の申し出。ノエインは未だに信じがたい気持ちを抱きながらも立ち上がった。

「……とにかく、セルファース先生を待たせるわけにはいかないね。すぐに詰所に……いや、先生を屋敷の応接室に招こう」


ノエインの指示によって速やかに、かつ丁重に屋敷の応接室へと招かれた医師セルファースは、かつてアールクヴィスト領を訪れたときと同じ、落ち着いた笑顔を見せた。

「アールクヴィスト閣下。突然こうして訪ねてしまい申し訳ございません」

「いいえ、他でもないセルファース先生の来訪でしたら、大歓迎です」

相手がセルファースとなれば、ノエインも社交辞令ではなく本心から歓迎の意を示す。

「ところで、先生はこの地への移住を希望して来訪したとうちの従士から聞いていますが……間違いありませんか？」

ノエインが戸惑い交じりの表情で尋ねると、セルファースは微苦笑しながら頷く。

「ええ、実はそうなのですよ。驚かせてしまったでしょう」

「正直なところ、確かに少し驚きました。領主としては、確かな実績を持つ医師であるセルファース先生に移住してもらえることはとても嬉しく思いますが……理由を聞いても？」

セルファースはレトヴィクでもう三十年ほど診療所を運営していると聞いていた。その彼がどうして、今になって急にアールクヴィスト領への移住を望むのか。彼にどのような利点があるのか。ノエインには分からなかった。

「ええ、もちろん、お話しさせていただきます。まずは……アールクヴィスト閣下は私の年齢はご存じでしょうか？」

「いえ、失礼ながら」

「そうでしたか。あまり人には話さないものですから、ご存知でないのも無理はないかと存じます。私は今年で九十歳になります」

それを聞いたノエインは驚く。セルファースは確かに老人と呼ぶべき見た目だが、しっかりとした足腰や伸びた背筋、はっきりとした話しぶりを見るに、せいぜいが六十代といったところだろうと思っていた。

「……ということは、もしや、先生はハーフエルフかクォーターエルフなのですか？」

「仰る通りです。私にはエルフの血が四分の一流れています」

ノエインは納得した。

エルフは人間の二倍以上生きる長命の種族で、普人との混血種であるハーフエルフやクォーターエルフも普人より寿命が長い。これは老年期だけではなく人生のそれぞれの時期が等しく長いことを意味しており、それに応じて容姿も同年齢の人間より若々しくなる。

クォーターエルフのセルファースも怪我や病気さえしなければ百年は生きられるはずで、身体の老化が遅いのも、その血を考えれば当然のことだった。

「私の母方の祖父がエルフの医師で、私は彼から医学を教わって自身も医師になりました。若い頃は王都の王立医院で働き、その後は何度か住む場所を変え、六十歳のときからレトヴィクで診療所を営むようになりました……そして先日、助手を務めていた弟子が十分に成長したので診療所を譲りました。自身の望むかたちで余生を送るために」

「先生の望むかたちで、ですか？」

背筋を正して話を聞いていたノエインが言うと、セルファースは穏やかな表情のまま頷いた。

「はい。クォーターエルフもそれなりの長命とはいえ、私の寿命はおそらくあと十数年といったところでしょう。人生の終盤をどのような地で、どのように過ごしたいか。自問した結果、叶うならばこのアールクヴィスト領で医師として余生を送りたいと考えたのです」

それはこの地の領主であるノエインにとって光栄な話だったが、セルファースが何故それほどアールクヴィスト領を評価しているのかがノエインには分からない。

「アールクヴィスト領は……領主の私が言うのも何ですが、先生のような実績のある方にとって特別に魅力的な地だとは思えません。まだ人口も少なく、ようやく農村から小都市を目指し始めた発展途上の地です。この地に暮らす者たちが幸福になれるよう努力はしているつもりですが……」

「そこです。それこそが、私がアールクヴィスト領で余生を送りたいと思った理由なのです」

ノエインが小さく首を傾げると、セルファースは言葉を続ける。

「九十年の人生の中で、様々な経験をしました。善人にも悪人にも出会いました。軍属の医者として過酷な戦場に赴いたこともありました。疫病の流行に直面したこともありました。領主様の統治の在り方に賛同できず、それまで住んでいた貴族領を去ったこともありました……それらの経験をもとにアールクヴィスト領を見て、私はこの地に良き未来を感じました」

セルファースは穏やかな口調で、しかしはっきりと言った。

「昨年、閣下は農民の少女一人のためだけに、私をお呼びになりました。閣下がエルド熱に罹られてこのお屋敷へ私が駆けつけたとき、臣下の皆さんは閣下のお身体を心配し、ひどく動揺していました。盗賊団との戦いの後、閣下は報酬を惜しまず領民の皆さんの治療を私に依頼されました。私は閣下の慈悲深さと、臣下や領民の皆さんが閣下を心から慕う様を見てきました」

実際は、ノエインは敬愛を得るためにこそ臣下や領民に慈愛を注いできた。ノエインの彼らへの愛は、自身が愛されたいという欲求の裏返しだ。

アールクヴィスト領を包む慈愛と敬愛の輪は、言わば壮大な共依存の関係。こうなるように狙って、ノエインは今まで立ち回ってきた。

しかし、セルファースからこのように語られると、まるで自身が聖人君子であるかのように聞こえる。ノエインはそのことに複雑な気持ちを覚える。

「だからこそ、余生を送るのであれば、アールクヴィスト閣下のような御方が治める地にいたいと考えました。この地は閣下の庇護のもと、これからも発展を遂げていくのでしょう。そのような良き未来が築かれていく様を見ながら、私自身も医師としてささやかな貢献をさせていただきたい。そう思っています」

最後まで穏やかに語りきったセルファースの視線を受けて、ノエインは緊張を感じていた。一旦目を閉じ、一呼吸して、セルファースに視線を戻した。

「このアールクヴィスト領の領主として、セルファース先生の移住を心から歓迎します。臣下や領民たちも全員が同じように思うでしょう。先生の移住は領主家が全面的に支援します。先生のお住まいも、診療所となる建物も、こちらで用意しましょう」

今まで医師のいなかったアールクヴィスト領に、豊富な実績のある医師が移住を希望している。領主としては願ってもないことだ。ノエインが何の策略も巡らせていないのに、現時点でこれほど敬愛を抱いてくれているのも非常に都合がいい。ノエインにはセルファースの申し出を断る理由はなかった。

「それは……私が勝手に移住したいと願い出たのに、そこまでしていただいてよろしいのでしょうか？」

「もちろんです。これまでの先生へのご恩と、先生からかけてもらった期待へのお礼として、どうか受け取ってください。セルファース先生が晩年を過ごす地の領主として相応しい人間であれるように、私も頑張ります」

領主として好印象を得るためだけでなく、恩人への敬意も込めて、ノエインは微笑んだ。

セルファースが感謝の言葉を述べて退室していった後、ノエインはほっと息を吐き、ソファにもたれかかって力を抜く。

ある意味で、北西部閥の晩餐会に参加したときよりも緊張した。そう思った。

「……せっかくあれだけの評価をもらったんだ。セルファース先生のお眼鏡にかなう領主であり続けないとね」

まだ少し緊張の残る笑みを浮かべてノエインが言うと、傍らのマチルダは無言で微笑みを返してくれる。

ノエインの何倍も生きている人生の大先輩が、ノエインならばここに楽園を築けると見込んで期待を語り、敬愛を示してくれたのだ。

そんな彼を領主として庇護下に迎えたのだから、これからも彼の期待と敬愛に応えないわけにはいかない。それさえできずに、己の目的を達成できるわけがない。

この地で愛に包まれた幸福な復讐を成すという決意を、ノエインはあらためて噛みしめた。

四章 貴族の義務

盗賊団への対応を巡る一件と、北西部閥の晩餐会を経て、ノエインとアルノルド・ケーニッツ子爵の関係は大きく変化した。

それまでは、王国北西部でも指折りの名門貴族であり、あらゆる面で遥かに格上のアルノルドに対して、ノエインの側が友好的な言動を演じてきた。ノエインは決して敵対はせず、しかし良いように扱われることもないよう立ち回った。

結果として、両者は利害関係を概ね一致させてある程度の友好を築きつつも、一定の距離を保ってきた。

そんな繊細な関係は、盗賊団の出現に際してのアルノルドの行動で崩れた。その後、紆余曲折を経て、アルノルドはノエインと全面的な友好関係を構築し、維持することを固く決断した。以降、アルノルドは一方的にノエインに歩み寄ろうとしていた。ノエインはアルノルドの一方的な接近を受け止めることになった。

晩餐会を終えて年が明けた一月、外務担当従士であるバートは、領都ノエイナとレトヴィクを行き来するたびに、ノエインへ向けたアルノルドからの手紙を預かって帰ってきた。その際には、安くない土産まで持たされていた。

それらの手紙の内容は、たわいもない季節の挨拶や世間話だった。

二月に入って寒さが多少和らぐと、アルノルドから茶会への招待が届いた。ノエインが赴いてみると、それは特に何か重要な話をするわけでもない、本当の意味での私的な茶会だった。帰りにはまた、安くない土産を渡された。そのような茶会が、二月の間に二度あった。

それらは露骨な機嫌取りだった。それなりの大領を治める上級貴族が、新進気鋭とはいえ小領の主でしかない下級貴族の機嫌を取ろうとする。この奇妙な事態の中、機嫌を取られるノエイン自身は、アルノルドの現金な振る舞いに内心で苦笑していた。

そして、三月の初旬。ノエインはアルノルドから三度目の茶会の誘いを受け取り、ケーニッツ子爵家の屋敷へと赴いていた。

「アールクヴィスト卿、どうだね？」

「……とても美味しいハーブ茶だと思います」

春先の午後。よく手入れがなされたケーニッツ子爵家の屋敷の中庭で、ノエインは作り笑いを浮かべてアルノルドに答えた。

「そうか、卿が気に入ったなら何よりだ。それはレスティオ山地を越えた先、大陸北部から輸入された珍しいハーブを使った茶でな。帰りにいくらか土産として持たせよう」

「ありがとうございます、閣下……ところで、先日お送りしたご注文分のクロスボウですが、その後はいかがでしょうか？」

あまり受け身の会話ばかりして、退屈な内心を表に出すのもよくない。そう思ったノエインは、自身の方からも雑談の話題を振る。

「いくつかは領軍の訓練用に回し、あとはケーニッツ子爵家の抱える鍛冶師に分解させ、量産のための分析をさせている。その鍛冶師が、開発者の腕を褒めていたぞ。クロスボウは仕組み自体は単純な兵器に見えて、細部までよく工夫が凝らされ、作り込まれているとな」

「それはよかった。うちの鍛冶師が聞いたら喜ぶでしょう」

「何でも、ベヒトルスハイム侯爵領の方では既に分析が完了し、試験的な量産を始めているそうだ。さすがは北西部一の大領、工業力も凄まじいことだな……この調子でクロスボウが普及すれば、北西部閥が軍事力の点で他の派閥に一歩抜きん出ることさえできるだろう」

「クロスボウを北西部閥の皆様にお売りした身として、嬉しく思います」

派閥の軍事力が強まれば、戦争で他派閥よりも大きな戦果を挙げられる可能性が高まり、派閥同士の睨み合いや小競り合いなどでも「舐められる」ことが減る。それが結果として派閥と自領の安寧に繋がることもあり、ノエインは本心から言った。

「これも卿が自ら北西部閥にクロスボウを提供してくれたからこそだ。ジャガイモの方も、こちらは効果が表れるまで一、二年はかかるだろうが、北西部の発展に寄与してくれることだろう……つくづく、卿が王国北西部に、それも我が領の隣に領地を賜ってよかったと思っているぞ」

「私も、ケーニッツ閣下のようにお優しい方が隣領の領主でよかったです」

「ふっ、それは皮肉か？」

「さて、どうでしょうか」

アルノルドも、自分が露骨な機嫌取りをしている自覚はあるらしい。そう思いながら、ノエインは彼の苦笑に微笑で答える。

すると、アルノルドは苦笑を収め、急に真剣な表情になった。

「ところで、アールクヴィスト卿。確か卿は、今年で十七歳になるのだったな」

「……はい、そうですが」

唐突な確認を受けて、ノエインはきょとんとしながら答える。

「そうか。では、もう妻を迎えてもおかしくない年齢であるわけだ」

「……」

そういう話か、とノエインは思った。

この世で貴族の絆（きずな）を作るものは二つ。利益と血縁だ。特に血縁関係は、状況によって変化する利益とは違い、家と家を強固に繋ぐ絆とされている。

どうせ血縁関係を築くなら、影響力のある名家の人間を、あるいは才覚を発揮して勢いを高めている人間を相手に選びたいと考えるのが貴族の常。王国北西部において将来有望な若手貴族として名前が知れ渡ったノエインは、いずれ自分に「うちの娘を妻に」という誘いが舞い込むことを予想していた。

誘いをかけてきた一番手が、現状ノエインにもっとも近しい貴族であるアルノルドだったというのは、全く不自然ではない話だ。

「確かに、閣下の仰る通りですね」

「そうだろう。そこで少し話がある。以前にも話したと思うが、私の末娘は今も未婚で、決まった相手もいなくてな。歳は卿のひとつ上、今年で十八歳だ。同世代であり、家同士の繋がりが深いことを考えても、卿の結婚相手として悪くないと思うのだが、どうだ?」

予想を寸分も外れない提案をしてきたアルノルドを前に、ノエインは返答に詰まった。これだけを聞かされて「どうだ?」などと言われても、何も決めようがない。

「……王国北西部の重鎮として知られる閣下のご息女ともなれば、私程度には勿体ないお相手かと思います。大変光栄でありがたいご提案です。が……失礼ながら閣下は、その、私の事情についてはご承知でしょうか?」

そう言って、ノエインは自身の傍らに立つマチルダを見やった。マチルダは無表情を保ち、身じろぎもしていない。

「ああ、分かっている。卿がいつも連れているその獣人奴隷を……とても可愛がっている、ということはな。だが、卿は領地を持つ貴族だ。卿ほどの聡明さがあって、貴族の義務を理解していないはずはないだろう」

「……」

貴族の義務。それは家と領地を共に守る伴侶を持ち、その伴侶との間に、家と領地を受け継ぐ子をなすことだ。

貴族の伴侶は誰でもいいというわけではない。その出自もまた貴族家、あるいは貴族に匹敵する豪商や豪農の家であるべきだというのが貴族社会の一般的な考え方だ。ただの平民では不足で、ましてや奴隷出身の者を伴侶に迎えるなどあり得ないと考えられている。

そして、普人と獣人は子をなせない。ノエインがマチルダをどれだけ愛していても、マチルダはノエインの公のパートナーにはなれない。

「もちろん、貴族の義務は心得ていますし、その義務を果たすつもりでいます。ですが、義務を理由にこのマチルダの扱いを変えるつもりは決してありません」

ノエインははっきりと語った。これは領地と爵位を得た日から、自分自身に誓ったことだった。

「私が妻として迎えることができるのは、私の考えを、このマチルダの存在を受け入れてくれる女性だけです。この点だけは、たとえ自分が殺されたとしても譲ることはできません。その上で、閣下は私にご息女との結婚を勧められますか？」

ノエインは真剣な目でアルノルドを見て言った。その眼差し(まなざ)を受けたアルノルドは――小さく吹き出した。

「ふっ、そう怖い顔をするな。私も馬鹿ではない。卿がそう言うであろうことは予想して、その上でこの話を持ちかけた」

「……自分で譲ることはできないと言っておいて何ですが、私のこの考えを受け入れてくださる女性はほとんどいらっしゃらないでしょう。私もせっかく結婚をするなら、できるだけ仲良くできる相手を選びたいと思っていますが、閣下のご息女は……」

ノエインは結婚を義務と捉えてはいるが、かといって妻となる女性を粗雑に扱うつもりはない。自身が庇護し慈しみ愛を注ぐ対象には、当然ながら家族が含まれる。妻は妻として愛し、愛され、子を生し、共に幸福に生きていくつもりでいる。

アルノルドの末娘が、貴族として、女性としてごく一般的な価値観を持つ人物であれば、特殊な事情を抱えるノエインとの結婚は感情的に受け入れ難いはず。自身と到底分かり合えない、愛し合えない女性を妻に迎える気は、ノエインにはない。

「確かに、卿と結婚する者にはいくつか受け入れるべき特殊な条件があるというのは分かる。だが、その中でも最も受け入れる者が少ないであろう条件……獣人奴隷を嫌悪しないか、という部分については心配は無用だ」

アルノルドはそこでハーブ茶を一口飲み、カップを置き、また口を開く。

「末娘は貴族家の令嬢としては少しばかり変わっていてな……末子な上に、もともとが引っ込み思案な性格だったこともあって、社交の場に出ることはほとんどなかった。うちの敷地の中でばかり過ごし、接する相手は使用人や奴隷ばかりだった。うちの奴隷には獣人もそれなりにいる」

ミレオン聖教伝道会の総本山は王国北東部にあり、そのため熱心な信徒は王国北部ほど多く、南部ほど少ない。このことが、獣人への寛容度の地域差に繋がっている。

ケーニッツ子爵家もその地域差の影響を受けており、アルノルドも彼の家族も、自身が獣人奴隷と接することにそれほど抵抗は感じていないと、ノエインは以前に聞いたことがあった。

「貴族令嬢としてはどうかと思う部分もあるが、末娘は獣人奴隷の何人かを『お友達』などと呼ぶほどだ。あれは貴族にしては珍しいほど身分差や種族差に寛容で、卿のその獣人奴隷にも特に嫌悪感を抱くことはないはずだ」

「……それは、私とマチルダにとっては幸いなことですね」

自身の結婚において一番のハードルはそこだろうとノエインは思っていたので、アルノルドの話が本当ならば、それは大きな利点だった。

「そうだろう。残る懸念は、特殊な事情を持つ卿と、末娘が夫婦として仲良くやっていけるかという点だが……卿は臣下や領民を過剰なまでに可愛がっていると聞いている。卿ならば、たとえ政治的な色を含む結婚の相手だろうと大切にするのだろう」

「それは確かに、仰る通りです。ですが、私が閣下のご息女と仲良くしたいからといって、ご息女の方も私と仲良くしたいと思ってくださるかはまた別の話では？」

ノエインにとってマチルダは唯一無二の存在で、マチルダに注ぐ愛と妻に注ぐ愛はまた別。ノエインはマチルダを愛すると同時に妻も愛し、幸福にするつもりでいる。

しかし、そんな特殊な事情を他者に分かってもらい、受け入れてもらうのは、そう簡単ではないと理解もしている。傍から見ればノエインは「既に他の女を愛している男」だ。

「ああ。だから卿には、卿の事情についてまず私の末娘の理解を得て、その上で末娘から好感を持たれてもらわなければならん。卿と結婚し、夫婦として仲睦まじく生きていきたいと思わせてもらわなければ」

「……失礼ながら、そのような労をとる利益が私にありますか？」

「ある」

アルノルドの即答に、ノエインは虚を衝かれた。

「私が卿とできるだけ友好的な関係を築き、それを長く維持したいと考えているのは、卿も嫌と言うほど分かっているだろう。この縁談は、私が卿に見せる最大限の誠意だと思ってほしい」

アルノルドは真摯な表情で、ノエインを真っすぐ見据えて語る。

「卿と末娘の結婚が実現すれば、すなわち卿は私の息子だ。私たちは家族だ。以降、ケーニッツ子爵家は全面的にアールクヴィスト士爵家の味方になる。政治的にも地理的にも、ケーニッツ子爵家がアールクヴィスト士爵家の盾となると誓おう。そして、卿とその獣人奴隷の関係について、私も妻も口を出すことはないと保証しよう。なかなか悪くない話だと思うが、どうだ？」

「……」

問われたノエインは、この縁談を受け入れる利点を考える。

この二年間の交流から判断して、アルノルドは善人か悪人かで言えば善人だ。

先の盗賊団絡みの策略についても、アルノルドは別に私怨からノエインを陥れようとしたわけではない。アルノルドは少なくとも、感情的な理由でいきなり敵対してくるような愚かな人物ではない。利害さえ一致させておけば、良い味方と言える。

そして、アルノルドは自身の末娘をノエインに差し出そうとしている。アルノルドの娘。ノエインの妻。両者にとって究極の共通利益だ。義理の息子となるノエインについては場合にも依るだろうが、血のつながった末娘については、その安寧と幸福を守りたいとアルノルドも本心から思うだろう。

何だかんだ言っても、ケーニッツ子爵家は北西部有数の大貴族家だ。ノエインが提供したクロスボウとジャガイモによって、今後はその力もさらに増す。アルノルドが本気になれば、多少の障害はアールクヴィスト領に達する前に排除してくれると期待もできる。

おまけに妻候補となる女性はマチルダのことを受け入れる余地を持ち、妻の実家からマチルダの存在をとやかく言われない保証も付いている。

アルノルドの提案は十分以上に魅力的だ。彼の末娘と会い、自身との結婚に前向きになってもらえるよう努力する価値はある。

地理的にも政治的にも、そして個人的な事情を考えても、これ以上の縁談はおそらく望めない。

どうせいつまでも独身貴族ではいられない。ここが潮時だ。ノエインはそう結論づけた。

「分かりました。まだはっきりとしたことは申し上げられませんが、前向きに考えさせていただきたく思います。まずは一度、近いうちに是非ご息女とお会いしたい」

「そうか、それはよかった……では、今から少し会ってみるか？　卿がよければ連れてくるが」

「へっ？　今からですか？」

不意打ちを受けて、ノエインは間の抜けた声を漏らした。

会いたいと言ってしまった手前、では会ってみるかと聞かれて拒否するのも奇妙な話。怖気づいたと思われるのも、今後のことを考えるとよくない。

なので、ノエインはこのまま、アルノルドの末の娘と会うことになった。なってしまった。

一旦離席したアルノルドは、間もなく二人の女性を連れて中庭に戻ってくる。

「アールクヴィスト卿、妻のレオノールとは一度会ったことがあったな」

「はい。ご無沙汰しております、レオノール・ケーニッツ夫人」

「お久しぶりですね、アールクヴィスト閣下。ご機嫌麗しゅうございます」

ノエインはまず、二人の女性のうち片方――アルノルドの妻であるレオノール・ケーニッツ子爵夫人と挨拶を交わす。既に四十歳は越えているであろう夫人はその実年齢より若々しく、落ち着いた笑みをノエインに向けた。

ノエインは今からおよそ二年前、初めてケーニッツ子爵家へと挨拶に訪れた際に彼女と会っていた。以降はアルノルドとしか顔を合わせることがなかったので、こうして言葉を交わすのは初対面の時以来だった。

ノエインとレオノールが挨拶を終えると、アルノルドは次に、妻の隣に立つ女性を手で示す。

「これが、私とレオノールの三女、クラーラだ」

ノエインはその女性――クラーラの方に向き直り、彼女と目を合わせる。

クラーラ・ケーニッツ。歳はノエインより一つ上。背はノエインよりやや高く、もともと童顔なノエインと比べると大人びた容姿であるものの、纏う雰囲気にはまだどこか少女のようなあどけなさもあった。

顔立ちは清楚な美人だ。しかし、どことなく頼りない印象がある。おしとやかと言えば聞こえはいいが、単に自信に欠けているだけにも見える。そんな印象だった。

そうした感想はおくびにも出さず、ノエインは最大限穏やかな微笑みを浮かべながら右手を左胸に当て、頭を下げる。

「初めまして、クラーラ様。ケーニッツ子爵領の西、ベゼル大森林の一角を領地として治めております、ノエイン・アールクヴィストと申します。こうしてお目にかかれましたこと、心より嬉しく存じます」

「……初めまして、クラーラ・ケーニッツと申します。アールクヴィスト閣下のご活躍は日頃から父より聞き及んでおります。お会いできて光栄です」

それなりに練習したのだろう。クラーラの挨拶は貴族令嬢として合格点だった。しかし、これも自信のなさの表れなのか、レオノールと比べると優雅さにはやや欠けた。

顔を上げたクラーラは再びノエインと目を合わせ、そのままノエインの斜め後ろに立つマチルダの方へと視線を向ける。ノエインとマチルダの関係を既に聞いているためか、マチルダにまで軽くお辞儀をする。

そして、その表情が少し暗くなった。彼女が何を思ったのかは明らかだった。

ノエインとクラーラ、そしてマチルダの間に、気まずい沈黙が流れる。

「あらあら、この子ったら緊張しているのかしら。きっとアールクヴィスト閣下の素敵な佇まいを見て照れてしまったのね」

「そんな、私などまだまだ貴族家当主としての貫禄も足りない若輩者です。クラーラ様をがっかりさせてしまったのかもしれません」

助け船を出してくれたのは、レオノール・ケーニッツ夫人だった。ノエインはその助け船にありがたく乗り、努めて明るい声で言った。

「アールクヴィスト卿、それにクラーラも、いつまでも立っていないで座るといい。新しいハーブ茶を淹れさせよう」

アルノルドに着席を促され、それからノエインとクラーラの交流が始まる。

とはいえクラーラがこの調子なので、談笑と呼べるほど賑やかなものにはならない。同席するアルノルドとレオノールの手助けを受けながら、クラーラは当たり障りのない雑談に努めていた。ノエインの方も、表面的な和やかさを守ることに終始して会話に臨んだ。

ノエインとクラーラの初めての交流は、こうして特に盛り上がることもなく終わった。

「アールクヴィスト卿。今日はご苦労だったな」

ぱっとしない茶会を終えたノエインは、帰り際にアルノルドから呼び止められた。

既にクラーラはレオノールと共に退席しているので、この場にはアルノルドとノエイン、そしてマチルダしかいない。

「いえ、楽しいひとときでした」

「ふっ、本当にそう思っているか？　本音を言ってみてくれ」

アルノルドは微苦笑しながら言った。明らかに社交辞令抜きの感想を求められている。こうなっては、ノエインも本音で答えざるを得ない。

「では……正直に申し上げて、あまり居心地のいい時間ではありませんでした。やはりクラーラ様はこの縁談をあまり喜ばれていないように感じられました」

クラーラはマチルダにまでお辞儀をした。そのことから、彼女が獣人奴隷のマチルダを、その種族や身分を理由に嫌悪したり蔑んだりはしていないと分かる。

しかし、それだけだ。マチルダを――他の女性を連れているノエインのもとに嫁ぐことについては、やはり複雑な気持ちを抱いているように見える。そうとしか見えない。

「そうだな。私にもそう見えている。少なくとも今のところはな」

オーバーラップ文庫&ノベルス
NEWS
文庫注目作
処刑された最強は蘇り、
再び最強に返り咲く!!
反逆者として王国で処刑された隠れ最強騎士1
蘇った真の実力者は帝国ルートで英雄となる
著：相模優斗　イラスト：GreeN
ノベルス注目作
臆病な最強魔女の
「何でも屋」
ライフ
スタート！
暁の魔女レイシーは自由に生きたい1
～魔王討伐を終えたので、のんびりお店を開きます～
著：雨傘ヒョウゴ　イラスト：京一
2302 B/N

「本当に、このまま私とクラーラ様の縁談を進めてもよろしいものでしょうか？」

「ああ、よい。卿とクラーラが結婚する利点を考えれば、考える余地はない」

アルノルドの迷いのない返答に、ノエインは一瞬黙り込む。

「……差し出がましいことを申し上げますが、そのようなお考えで縁談を進めるのは、クラーラ様がいささか不憫なのでは？」

自分の娘を政略結婚の材料として見すぎではないか。結婚に乗り気でないクラーラの気持ちを軽視しすぎではないか。そう思ってノエインが尋ねると、アルノルドは訝しげな表情を浮かべた。

「何を言う。クラーラの幸福を思えばこそ、考える余地はないと私は言っているのだ」

「……？」

意味を理解しかねて首を傾げるノエインに、アルノルドは続ける。

「卿にはまだ分からんかもしれんが、我が子というのはいくつになっても可愛いものだ。それが末娘ともなれば殊更にな。そんな娘をそこらの有象無象に、我がケーニッツ子爵家の家柄だけを狙う凡庸な男に渡してたまるか。私はそう考えている。そう考えて、今までいくつか持ちかけられたクラーラへの縁談を断ってきた」

いきなり長々と語り出したアルノルドは、目が若干据わっていた。様子のおかしい彼を前に、ノエインは目を丸くする。

「あの、ケーニッツ閣下？」

「とはいえ、永遠に嫁に出さないわけにもいかん。クラーラを嫁がせるのならば、それにふさわしい男でなければならない。才覚に溢れ、武勇のある、器の大きな男でなければならない。なおかつ、確実にクラーラを守り、クラーラに豊かで幸福な生活を与える男でなければならない。だから卿を選んだのだ。卿であればクラーラの夫にふさわしいと見込んだのだ。卿にクラーラを惚れさせ、卿にクラーラを幸福にしてもらいたいと考えているのだ」

一息に言い切ったアルノルドは、やや乱れた呼吸を整える。一方のノエインは、口を半開きにして呆けていた。

要するに、アルノルドはクラーラのことになるとかなり親馬鹿な質らしかった。それはもう分かりやすかった。

「……大変光栄なお言葉ですが、閣下は私のことを過大評価していらっしゃるのでは？」

「ふっ、たった二年で数百人規模の村を築き上げ、クロスボウを実用化し、ジャガイモの栽培を成功させ、大規模な盗賊団を壊滅させ、北西部閥に加わり、その中で確かな立ち位置を確立した。これ以上に有能な若者を、どこから見つけてこいと言うのだ？」

そうして成果を並べられると、確かに自身と同じような条件で自身より上手く立ち回れる者はそういないだろうと認めざるを得ない。ノエインはまた黙り込む。

「卿はこの程度では終わらないのだろう。さらに成果を重ね、立場を得て、自領を豊かにしていくのだろう。それほどの大物の妻ともなれば、幸福になれないわけがない。庇護下の者を過剰なまでに可愛がる卿の気質であれば、己の妻を大切にしないわけがない。娘を最も幸福にすることができるのは卿だ。私はそう確信している」

アルノルドから据わった目で見つめられながら、ノエインの額に汗が一筋流れる。正直怖いが、目を逸らせない。

「……私が最初に言ったことは全て本当だ。卿がクラーラと結婚し、私の息子となれば、ケーニッツ子爵家は全面的にアールクヴィスト士爵家の味方となる。可愛いクラーラの嫁いだ家だ。味方をしないわけがないだろう」

クラーラと顔を合わせる前に言われたときよりも、アルノルドの言葉は説得力が増していた。これほど彼女を溺愛しているのなら、その嫁ぎ先となるアールクヴィスト士爵家には惜しみない助力をしてくれることだろう。

「……なるほど」

しばらく黙り込んでしまっていたノエインは、そろそろ何か発言しなければと思い、なんとかそれだけを返した。

「卿の獣人奴隷を嫌悪しない妻と、卿にとって限りなく都合のよい義理の実家。そこに価値を見出してくれているのならば、クラーラを惚れさせてみせてくれ」

アルノルドはそう言って中庭を出ていき、それと入れ替わりに、ノエインを屋敷の玄関まで案内するための使用人がやって来た。

アルノルドとの奇妙な会話を終えたノエインは、屋敷の外に停められていたアールクヴィスト士爵家の馬車に戻る。

「お待たせ、ヘンリク。予定より時間がかかってごめんね」

「貴族様はきっと色んな話があって大変なんだで。おらに謝ることなんてないですだよ」

御者を務めるヘンリクに声をかけると、愛嬌のある笑顔が返ってくる。

「ありがとう。今日はもうレトヴィクへの用事はないから、まっすぐ領都ノエイナに帰って」

「分かりましただ」

ヘンリクに伝え、馬車の中にマチルダと共に乗り込んだノエインは、ようやく一息つく。

「はあ、まったく。こんなに疲れることになるとは思わなかったな」

「本当にお疲れさまでした、ノエイン様」

ノエインの呟きに心のこもった労いの言葉を返しながら、マチルダも隣に座った。

「ありがとう、マチルダ……まさか、ケーニッツ子爵のあんな一面が見られるとはね。あれはちょっと面白かったよ」

「同感です、ノエイン様」

ノエインが苦笑交じりに言うと、マチルダもさすがに微苦笑を浮かべながら首肯する。

「だけど、あの子を惚れさせて、僕との結婚を歓迎させてみせるのは、簡単じゃなさそうだね」

「クラーラ様はやはり、私のことを気にしておられるようでした……嫌悪感や拒否感を抱かれている感覚はありませんでしたが」

「そうだね。その点については、ケーニッツ子爵の言ったことは本当みたいだけど」

クラーラは獣人奴隷のマチルダを嫌悪していない。貴族令嬢であのような価値観を持った女性は稀有だ。

クラーラ個人への印象もよかった。彼女は引っ込み思案ではあるが、穏やかで優しそうな女性に見えた。彼女とならば、夫婦として上手くやっていけるだろうと思えた。

しかし、クラーラがマチルダを嫌悪せず、ノエインがクラーラに好印象を抱いているだけでは不足だ。

「クラーラは……なんていうか、僕と結婚することにまだ複雑な気持ちだけど、悪い意味で受け入れてるような感じだったかな。諦めてるっていうか」

「はい。ノエイン様との結婚を、あくまで政略結婚と見ているようでした」

現状のまま嫁いで来られても、クラーラは幸福にはなれないだろう。それではアルノルドの希望に応えられないし、何よりノエインの幸福も成せない。

自身の妻となる女性が幸福でないことなど、ノエインには許容できない。夫としてクラーラを愛し、彼女に妻として愛してもらわなければ、庇護下にいる全ての者から愛を得て幸福に生きるというノエインの目的は達せられない。

なればこそ、クラーラには自身との結婚を、義務的な政略結婚ではなく、愛のある幸福な結婚と捉えてもらわなければならない。

そのための道のりは遠そうだが、彼女と打ち解けて理解を得るための方法を考えるには、今は気疲れしすぎている。ノエインはひとまず、クラーラのことを頭の片隅に仕舞った。

「……マチルダにとっては、気分のいい時間じゃなかったよね。嫌な話を聞かせてしまったね。ごめん」

そして、罪悪感を覚えながらマチルダに言った。

いきなりノエインの結婚の話が出てきて、いずれ妻となるであろう女性が現れたのだ。マチルダが愉快であるはずがない。

そう思うノエインだったが、マチルダは優しい笑顔を向けてくれた。

「どうかそのようなお顔をなさらないでください。ノエイン様が謝られることなどありません……ノエイン様は、たとえご自分が殺されたとしても、結婚相手とその家が私の存在を受け入れることを譲らないと仰ってくださいました。ノエイン様の大きな愛を感じました。私にとってこれ以上ない喜びでした」

「……ありがとう、マチルダ」

ノエインはマチルダに身を寄せ、マチルダもそれに応えてノエインを抱き締める。

「マチルダ、君は特別だ。僕にとって唯一無二の存在だ。たとえ妻や子供を持っても、僕の君への愛は変わらないよ。一生涯、君を君だけの特別な立ち位置に置いて愛し続けると誓うからね」

それは既に話し合い、何度も確認し合った、ノエインとマチルダだけの愛のかたちだ。今さらノエインが口に出して語らずとも、マチルダはその寵愛を心の奥底から理解している。

しかし、ノエインはあえて語った。

「私はノエイン様から特別な立ち位置を与えられています。誰よりもノエイン様に近い、私だけの立ち位置を。ノエイン様のご寵愛を独り占めすることが私の幸福なのではありません。この立ち位置からノエイン様をお支えし、ノエイン様の一部となることこそが私の幸福なのです。私の愛も、人生も、身体も、何もかも全てがノエイン様のものです。心から愛しています、ノエイン様」

だからこそマチルダも、ノエインへの不滅の愛をあえて口に出して語り、自身の唇をノエインの唇に重ねた。ノエインはそれを無言で受け入れた。

溺れるほどの愛を感じ合いながら、ノエインとマチルダは深いキスを交わす。

・・・・・

ノエインがクラーラとの縁談に引き続き臨む意思を示したことで、二人はその後も交流を重ねていくこととなった。

三月の下旬。この日ノエインは、クラーラとの三度目の茶会に臨んでいた。一度目、二度目と同じく、場所はケーニッツ子爵家の屋敷の中庭だ。

「そうですか、ご領地の人口がもうすぐ三百人に……それはおめでとうございます」

「ありがとうございます。ですが、ケーニッツ子爵家のご領地と比べれば、我がアールクヴィスト領は未だ小領です。比べるのもおこがましいほどに。クラーラ様の嫁ぎ先としてふさわしい地にできるよう、そして私自身もクラーラ様の夫としてふさわしい貴族になれるよう、もっと努力しなければなりません」

ノエインの言葉を聞いたクラーラは、穏やかに微笑した。しかし、その笑顔はやはり自信なげで、どこか陰があった。

「先祖代々の領地を守っているケーニッツ子爵家とは違い、閣下は一から自領の開拓を始められて、たったの二年ほどでそこまで発展させられたのだと父から聞き及んでいます。だからこそ、閣下のご手腕には敬服いたしますわ……私こそ、少しでも閣下の妻としてふさわしくなれるよう、もっと頑張らなければなりません」

「そんな、恐縮です」

今日はアルノルドとレオノールが同席しない初めての交流だが、今のところは会話が途切れて気まずくなるようなことはない。話しやすい話題を振るノエインの努力はもちろん、クラーラの方も多少なりとも慣れてくれたことが大きかった。

しかし、クラーラの表情や雰囲気に、どこか暗く後ろ向きな部分があるのは変わらない。

「私が多少なりとも開拓を順調に進めることができているのは、子供時代の過ごし方の影響が大きいかと思います」

「子供時代……というと、その、閣下がキヴィレフト伯爵家にいらっしゃった頃でしょうか？」

ノエインは今では出自をアルノルドに明言し、それは婚約者となったクラーラにも当然伝えられている。ノエインの生家との関係や、ノエインが爵位と領地を得た経緯を知っているクラーラは、おそるおそるといった様子でこの話題に触れた。

「ええ。当時は軟禁、いえ監禁に近い状態で日々を過ごしていたので、毎日とにかく暇でした。血縁上の父であるキヴィレフト伯爵は屋敷に立派な書斎を構えていましたし、幸いそこの書物は借りることができたので、私は読書ばかりしていたんです。まさに本の虫でした」

ノエインが少しおどけてみせると、クラーラも陰のある雰囲気は変わらないものの、小さく笑ってくれた。

「本当に幅広い書物を読みました。様々な分野の学術書、歴史書や偉人の伝記、世界各地の旅行記、古今東西の物語本……それぞれ面白さがあり、学ぶべきところがありました。そうして得た知識が今も活きているのだと思います」

「そうだったのですね……子供の頃から努力を続けられていたからこそ、今のノエイン様があられるのですね」

「当時は他にやることもなかっただけですので、努力などとはとても呼べません。書物から得た知識や知恵が役立っているのも、結果的な幸運のひとつでしかありません」

そう謙遜するノエインに、クラーラは尊敬の眼差しを向ける。その表情にはやはり陰がある。

「私も屋敷の中で過ごすことが多いので、読書はそれなりにしてきたつもりですが……きっと、閣下にはとても敵わないのでしょうね。私などでは閣下に釣り合いません」

後ろ向きな言動を見せるクラーラに、ノエインは何と返すか迷った。ここで「そんなことはありません」などとあからさまな慰めを語ったとして、それが慰めだと彼女もすぐに気づくだろう。

考えた結果、ノエインは話題を変えることにした。

「クラーラ様は、どのような分野の本を読むのがお好きなんですか？」

「そう、ですね……特に歴史が好きです。昔の人々がどのようなことを考えていたのか、この世界がどのように作られてきたのかが見えるようで、とても面白いと思います」

「なるほど、確かにそれは歴史を学ぶ醍醐味ですね」

自分の好きなものの話になって、クラーラはようやく表情が少し明るくなる。

「私は子供の頃に読んだ書物の内容を備忘録としてまとめていて、それを今も持っています。そして、これはあまり大きな声では言えませんが……伯爵家を追い出されるときに、何冊かお気に入りの物語本を拝借してきているんです」

「まあ」

いたずらっぽい笑みを浮かべてノエインが言うと、クラーラもクスッと笑った。

「歴史書の備忘録もありますし、持ち出した物語本の中には歴史を題材にしたものも一冊あります。クラーラ様にとっても、きっと興味深いものだと思いますよ」

「ええ、とても面白そうですわ」

「アールクヴィスト家にいらっしゃれば、それらを好きなだけ読んでいただけますから。どうか楽しみになさってください」

結婚についてノエインが触れると、クラーラの表情はまた少し暗くなった。


三度目の茶会をなんとか無難に終え、ノエインはアールクヴィスト士爵家の馬車に戻る。

馬車の中に入ってマチルダ以外の人の目がなくなったことで、ようやく肩の力を抜く。

「全く、疲れるね」

「お気持ちはお察しします、ノエイン様」

馬車の座席にだらしなくもたれかかったノエインの手に、マチルダが自身の手をそっと添えた。

「いい子ではあるし、最初よりは笑ってくれるようになったけど……まだ陰のある表情は変わらないね。あの後ろ向きな雰囲気は、ただ引っ込み思案なだけじゃないよね」

やはりクラーラは、この結婚をあくまで政略結婚と捉え、ノエインとマチルダの関係を前に複雑な気持ちを抱いているのだろう。彼女の表情や雰囲気を思い出しながら、ノエインは思う。

交流を重ね、多くの言葉を交わし、そうして距離を縮めたところで自身とマチルダのことを理解してもらう。自身の考えを伝え、誠意をもって夫としての愛を誓う。そうすれば、クラーラにこの結婚を歓迎してもらうことはおそらくできる。

しかし、それにはまだまだ時間がかかる。今は急いでも仕方ない。そう考えたノエインは、またクラーラのことを頭の片隅に仕舞う。

「さて、次が今日の本題だ」

馬車に揺られながら、ノエインは呟いた。

これから向かうのは、かつてラピスラズリ鉱脈の採掘指導のためにアールクヴィスト領に来てもらったドワーフの鉱山技師、ヴィクターのもとだ。

「もともと相手方も移住を希望されていましたから、きっと色よい返答をいただけるでしょう」

「そうだね……少なくともさっきのお茶会よりはよほど気楽に臨めるよ」

これまでノエインは、アールクヴィスト領の規模が小さすぎたために鉱山開発をあえて進めず、ラピスラズリ原石をマイルズ商会に卸すのみに留めていた。

しかし、今やアールクヴィスト領は人口が三百人に届こうとしており、採掘のための専業労働者や鉱山資源の加工職人を受け入れるだけの社会的な基盤ができた。北西部閥の中で一定の立ち位置を得て、クラーラとの縁談も前向きに進めているため、ケーニッツ子爵家から余計な横槍を入れられる心配もなくなった。

なのでノエインは、ついに本格的な鉱山開発に着手することを決めた。そのために、かつての約束通り、ヴィクターにアールクヴィスト領への移住を打診することにした。

馬車はレトヴィクの大通りを進み、やがてヴィクターが所属している鉱山開発商会の事務所へと辿り着く。ケーニッツ子爵領や周辺の小領の鉱山開発を一手に引き受けるここは、ノエインの懇意にしているマイルズ商会などとも並んで、この地の大商会として知られているという。

あらかじめ書状を送って話は通してあったので、商会職員にはすぐに対応してもらえた。応接室に通されてそう待たないうちに、ヴィクターが入室してきた。

「ヴィクターさん、お久しぶりです」

「ご無沙汰しております、アールクヴィスト閣下」

およそ一年半ぶりにノエインと再会したヴィクターは、相変わらずドワーフらしい野性的な風貌とは裏腹の、にこやかな表情と丁寧な物腰でそう言った。

ひとまずは互いの近況など、たわいもない雑談を交わす。そうして場の空気を温めたところで、ノエインは切り出す。

「さて、そろそろ本題を……先日送った書状にも用件を書きましたが、今日はあなたにアールクヴィスト領への移住を打診しに来ました。以前あなたが希望したように、独立してうちの領で新たな商会を興してもらい、レスティオ山地の開発に励んでもらいたいと思っています」

すると、ヴィクターの笑顔が深まった。喜びを隠しきれない。そんな表情だった。

「しがない鉱山技師である私の申し出を憶えていただけていたこと、そして直々にお声がけいただけたこと、誠に光栄です。このお話、もちろんお受けしたく思います」

「ありがとうございます。長らく待たせてしまって申し訳ない」

「とんでもございません。閣下より見出していただいた御恩にお応えするため、これから奮闘させていただきたく思います。アールクヴィスト領の一員として」

「ありがとうござ……ありがとう、ヴィクター」

早くも領民として決意を語ったヴィクターに、ノエインも領主として答えた。

「君の働きに見合う利益がもたらされるよう、そして君に不自由のない幸福な暮らしを送ってもらえるよう努める。領主としてそう誓うよ」

「感謝いたします。私などにはもったいないお言葉です」

「……とはいえ、もう少し具体的な話も詰めないとね。特にお金の話は、後から誤解がないようにあらかじめ固めておかないと」

「おっと、そうでした。これは失礼」

気持ちが先走っていたらしいヴィクターは、愛嬌のある笑顔を見せた。

その後はヴィクターの移住や商会設立に際しての援助、職人や労働者を集めるための援助、鉱山開発や運営の報酬など、金銭面の具体的な契約内容を詰めていく。

ノエインはラドフスキー商会のドミトリを移住させたときと似たような条件を提示し、それは相場と比べてやや優良な内容だったのでヴィクターもすぐに同意。さほど時間がかかることもなく、話し合いは和やかな空気のまま終わった。

「では閣下、できるだけ早く移住の準備を整え、ご領地に参りたいと思います」

「うん、よろしく。楽しみに待ってるよ」

ヴィクターとにこやかに握手を交わし、ノエインは商会事務所を後にした。


一仕事を終えたノエインは、アールクヴィスト領に帰還――とはいかなかった。

本格的な鉱山開発ともなれば、これまでノエインが手がけてきた原石の小規模採掘や、ジャガイモ栽培、大豆栽培、クロスボウ開発と比べても大事業だ。

その分、必要な前準備も多い。事業の実務責任者となるヴィクターに声をかけただけで終わりとはいかない。ノエインが次に向かったのは、マイルズ商会の本店だった。

「お久しゅうございます、アールクヴィスト閣下。ご息災で何よりにございます」

「ベネディクトさんもお元気そうで何よりです。日頃からお世話になっているにもかかわらず、なかなか顔を見せることもできなくてすみません」

例のごとく最上級の客として丁寧な対応を受けながら、ノエインは商会長のベネディクトと挨拶を交わす。

マイルズ商会とはラピスラズリ原石の取引はもちろん、クロスボウやジャガイモの各貴族領への輸送を一部手伝ってもらったりと、良好な関係が続いている。

「恐縮にございます。王国北西部での閣下のご活躍はしがない商人である私の耳にも入っておりますれば、そのご活躍の一端を微力ながらお支えできること、誇らしく思う次第です」

「そう言ってもらえると、私としても嬉しいです……それで、今回は少し相談がありまして。それなりに大きな取引の話になると思いますので、こうして領主の私が自ら来ました」

ノエインが本題を切り出すと、ベネディクトも笑みを保ちつつ、商人として纏う空気を変えた。

「他ならぬアールクヴィスト閣下のご相談とあらば、よろこんでお伺いいたします」

「ありがとうございます……単刀直入に言うと、現在のラピスラズリ原石の卸売り契約を一度終了させて、新しい取引をしてもらいたいと思っています」

ノエインの申し出を聞いたベネディクトは下手に表情を動かすことはなく、少し間を置いてから口を開く。

「……となりますと、閣下もいよいよ鉱山開発に本格的に取り組まれる、という理解でよろしいでしょうか?」

マイルズ商会は北西部でも名の知れた大商会だけあって、貴族との取引も多いはず。ノエインが北西部閥において一定の立ち位置を得たという情報はおそらく摑(つか)んでいる。

かつてノエインが語った「あえてラピスラズリを原石のままで卸す理由」をベネディクトが憶えていて、それとノエインの立場の変化を合わせて考え、この短時間で今の答えを導き出したのだとしたら、伊達(だて)に大商会の長を務めていない。

「さすがですね。まさしくその通りです」

「お褒めに与りまして光栄に思います」

ノエインが本心から称賛すると、ベネディクトは謙虚な態度で頭を下げた。

他にも様々な繋がりがあるとはいえ、アールクヴィスト士爵家とマイルズ商会の友好関係を繋ぐ最大の要素はラピスラズリ原石の卸売り契約。それを一旦清算し、新たな繋がりを築くとなれば、領主である自分が動くのが筋。そう考えて、ノエインは今日この場に来ていた。

「既に聞いているかもしれませんが、アールクヴィスト士爵家にも御用商会ができました。レトヴィク出身の若い商人が立ち上げた、スキナー商会といいます」

スキナー商会は、フィリップがアールクヴィスト領で新しく立ち上げた商会の名前。その由来はとある商人の冒険と活躍を描いた、ノエインも読んだことのある著名な物語だ。

ただし、スキナーは物語の主人公ではなく、その好敵手として登場する優秀だが気障な商人の名前。あえてそんなところから商会名を取るのがフィリップらしいとも言えた。

「今後はアールクヴィスト士爵家の委託する鉱山開発商会が採掘や加工を手がけ、その販売業務に関してはこのスキナー商会に任せる予定です。とはいえ、設立されたばかりのスキナー商会には伝手も販路もまだまだ足りません。そこで、領外へ輸出する鉱山資源について、その大部分をスキナー商会からマイルズ商会へ売るかたちを取りたいと考えています」

取引のかたちは変わるが、アールクヴィスト領の鉱山開発の規模が拡大し、産出される鉱山資源の輸出の多くをマイルズ商会が担う以上、マイルズ商会の得る利益はそう変わらない。むしろ増える。ノエインはそう語った。

「もちろん、取引が迅速に引き継がれるように、スキナー商会の商会長……フィリップという商人なのですが、彼への顔繋ぎは私自ら行います。両者にとって悪くない取引だと思いますが、どうでしょうか？」

鉱山資源の取引はあくまでスキナー商会とマイルズ商会で行うことになるが、鉱山の領有者であるノエインがそこにお墨付きを与えて色々と便宜も図る。

こうすることで、自身の御用商会であるスキナー商会に大口の取引を与えて育てつつ、信用のおける大商会であるマイルズ商会の販路を引き続き利用して鉱山資源を売りさばける。我ながらなかなかの戦略だと、ノエインは考えていた。

ベネディクトもこの取引に利益を見出してくれたらしく、笑顔を作って首肯する。

「こちらとしても、大変嬉しいご提案にございます。是非そのお話をお受けさせていただきたく存じます」

「それはよかった。これからも末永く、お互いが利益を得られる関係でいきましょう」

本格的な鉱山開発に向けたノエインの計画は、また一歩前進した。

・・・・・

ヴィクターをアールクヴィスト領に勧誘し、新たな取引についてベネディクトの同意を得たノエインだが、準備はまだ終わらない。領外で必要な話し合いを済ませたら、今度は領内で根回しを行うことになる。

レトヴィクでの用事を済ませた日から数日後、まずノエインが訪れたのは、スキナー商会の店舗兼事務所だった。

「本日はようこそお越しくださいました、ノエイン様」

「歓迎ありがとう、フィリップ。商売はどんな調子かな？」

「順調、と言って差し支えないかと思います。これも全て、閣下よりご支援をいただいたからこそです」

冬明けから本格始動したスキナー商会は、アールクヴィスト士爵家の御用聞きをしつつ、領民を相手に商売を行っている。商店が置かれたことで領民たちの生活は便利に、かつ豊かになり、雇用も生まれている。

「それはよかった。だけどあまり謙遜しないで。滑り出しが順調なのは、君自身の成果だよ。さすがは僕の御用商人だね」

「そう仰っていただけて恐縮です」

ノエインが言うと、フィリップは笑顔を見せた。

「それでね、フィリップ。今日はそんな御用商人の君に、スキナー商会をさらに成長させるための大きな取引の話を持って来たんだ」

「それは……心して聞かせていただきます」

大きな取引、と聞いたフィリップは、表情を引き締めて背筋を伸ばす。

そんな彼に、ノエインは自身の計画……鉱山開発で得られる資源を、スキナー商会経由でマイルズ商会へと売ることを説明した。

「なるほど、それはまたとても大きな取引ですね。スキナー商会としては、大きな利益や大商会との伝手が得られる魅力的なお話ですが……果たして私程度に務まるでしょうか」

スキナー商会は現在、領民の中から多少の学のある者を従業員として雇い、荷運びの奴隷も数人購入している。

今のところはアールクヴィスト士爵家の御用聞きと領民向けの小売り、領外からの商品の仕入れを行うのみなのでそれほど忙しくはないが、夏からは麦の現金化などの仕事も始まる。

そこに加えて鉱山資源の販売も担うとなると、現状では手が足りない。フィリップが不安そうな表情になるのも、無理のないことだった。

「鉱山開発が始まるのはもう少し先のことだから、スキナー商会の人手を増やす時間は十分にある。君がこの話を引き受けるなら、アールクヴィスト士爵家としても全面的に手助けするよ」

王国南西部の紛争が続き、その影響でアールクヴィスト領へと流れてくる移住希望者が途切れない以上、今後も領民は増える。その中には読み書き計算のできる者もいる。

　そうした領民の中から商人の道に進みたい者を探す助力をし、場合によっては雇うための資金の提供なども行うと、ノエインは語った。

「マイルズ商会には、スキナー商会を取引に関わらせるつもりだってことはもう話してあるんだ。もちろん、君の商人としての実力ではこの件は手に余るというのなら、先方にもそう伝えるけど……さて、どうする？」

　ノエインはあえて挑発的な言葉を選び、フィリップを試すような尋ね方をした。

「そういうことでしたら、考えるまでもございません。ノエイン様の御用商人としてふさわしい働きをお見せできるよう、全身全霊で臨みます。どうかお任せください」

　案の定、フィリップは自信に満ちた表情で即答した。彼にとって経験のない規模の取引を扱うことや、大商会であるマイルズ商会と直接取引を行うことへの恐れは微塵（みじん）も見せなかった。

「それでこそ、僕が見込んだ商人だね。期待してるよ」

　ノエインはフィリップの野心と度胸に惚れて彼を御用商人にした。フィリップがそれらの長所を今も失っていないことを確認し、満足げに笑った。

　ノエインが鉱山開発の前準備として最後に訪れたのは、ラドフスキー商会の事務所だった。

「レスティオ山地の麓に村づくりですかい……そいつはまた随分とでかい話で」

「うん。倉庫や作業場になる建物と、鉱山開発に取り組むヴィクターたちの住居とで、ひとまず最初は十数棟を建設してもらうことになるかな」

この商会の長で、大工の親方でもあるドミトリは、ノエインの話を聞いて腕を組んだ。

レスティオ山地の麓で鉱山開発を本格的に行うなら、そこはもう採掘野営地などという規模ではなくなる。採掘した資源や採掘用の道具を収める倉庫。それらの一次加工を行う作業場として、しっかりとした建物が必要になる。

また、ヴィクターたち技師や職人、労働者が寝起きするための場所も要る。彼らの中には所帯持ちも当然いるので、まともな住居を建てる必要がある。

それだけの人間が暮らすとなると、それはもはや村と呼ぶべき場所となる。となれば、ある程度の食料自給をなすための農地、酒場などの娯楽施設、生活用品を売るスキナー商会の支店などを置くことも、ゆくゆくは考えなければならない。

そこまではまだ先の話としても、第一段階としてある程度まとまった数の建物は作らなければならない。なので、ノエインはこうしてドミトリに相談を持ちかけた。

「今の採掘野営地までは一応は道を作ってあるし、その整備も進めるから、君たちの行き来や建築資材の運搬も問題なくできると思うけど……やってもらえるかな?」

「そりゃあ、俺たちの手にかかれば建設自体はできやすが、問題はかかる時間でしょう。その作業場と倉庫と住居、いつ頃までの建設をご所望ですかい?」

「できれば、この春のうちにヴィクターたちを招いて、いきなり本格始動とはいかなくとも少しずつ鉱山開発を進めたいと思ってるんだ。それまでに作業場と倉庫だけでも完成させてもらえたらありがたいかな」

それを聞いて、腕を組んでいるドミトリの顔が渋くなる。

「となると、人手がちっとばかし足りねえでしょうね。それに、今後も継続的に山地の麓で建設作業を進めるなら、ラドフスキー商会自体の仕事の許容量を軽く超えちまいます」

次々に移民がやって来る領都ノエイナでは、新たな家屋の需要が尽きない。ラドフスキー商会は設立当初と比べて規模を増しているが、それでも現状では家屋建設に追われ気味だった。

「もちろん、その点は僕も手助けするよ。新しく労働者や奴隷を集めるために各方面に口添えするし、資金の援助もする。今すぐ労働力が必要なら、うちの奴隷たちを貸し出してもいい」

「なるほど、それなら人手不足の問題は解決できやすね……」

「領都ノエイナと、レスティオ山地の麓の村。どちらも建設需要はあり続けるはずだから、ここでラドフスキー商会の規模をさらに大きくしておくのは良い手だと思うけど。どうかな？」

ノエインに問いかけられたドミトリは、ニヤリと笑った。

「そこまで仰られるなら、喜んでやらせていただきやすぜ。領主様の手助けをいただいて商会をでかくして、今以上に仕事をもらえるとなりゃあ、俺としても嬉しい話です」

「そう言ってもらえてよかったよ。君たちにはこれからもどんどん稼いでもらいたいと思ってるから、よろしくね」

「はっはっは！　この先も頼っていただけるよう頑張りやすんで、まあ見ててくだせえ」

その後、具体的な発注内容や事業の開始時期、追加で必要な人材など詳細を話し合い、ノエインはラドフスキー商会の事務所を後にする。

「……これでやっと、一通りの準備は終わりかな。さすがに疲れたね」

「お疲れさまでした、ノエイン様」

鉱山開発の成果が出始めるのは数か月後。ここからはノエインは関係者の顔を繋いだり、各方面に口利きをしたりする程度で、実務は今回声をかけた者たちや、ノエインの臣下たちが担うことになる。

あとは待つのみだ。そう思いながら、ノエインはマチルダと共に屋敷に帰った。

五章　これから共に

HINEKURE RYOSHU NO KOFUKU-TAN

五月の初頭。茶会を重ねてある程度距離を縮めたノエインとクラーラの交流は、一歩進んだ段階に入ろうとしていた。

領都ノエイナの中央広場から領主家の屋敷の門へと続く通り。そこを進んでくるのは、ケーニッツ子爵家の馬車だ。

子爵家の家紋が記され、各所に装飾が施された白い馬車は、護衛の子爵領軍騎士たちに囲まれている。一行は領都ノエイナ入り口からの案内役である従士副長ペンスの乗る馬に先導されながら、ゆっくりと屋敷の門に近づいてくる。

今日はクラーラとその父アルノルドが、初めてアールクヴィスト士爵領を訪問する日だった。

「……それじゃあ、出迎えの用意を頼むよ」

「了解しました」

屋敷の前でクラーラたちを待つノエインが言うと、後ろに立つユーリがかしこまった口調で頷(うなず)いた。ユーリの指示で従士と使用人たちが整列し、姿勢を整える。

縁談が順調にいけば、クラーラはアールクヴィスト士爵家の夫人、すなわちこの領で二番目に地位の高い人物になる。そんな客人を迎えるからこそ、臣下が総出で屋敷の前に並んでいた。

ほどなくして馬車は屋敷の敷地に入り、ノエインたちの前で停まる。ノエインは軽く頭を下げ、その傍らでマチルダが深々とお辞儀をした。

後ろでは武門の従士たちが敬礼し、それ以外の者は身分と性別に合わせた礼を見せる。

アールクヴィスト士爵家が歓迎を示す前で、子爵領軍の騎士によって馬車の扉が開かれ、そこからまず降り立ったのはアルノルドだった。

「アルノルド・ケーニッツ子爵閣下。我がアールクヴィスト士爵領にお越しいただけましたこと、光栄に存じます」

「丁寧な歓迎に感謝する、アールクヴィスト卿。ここは卿の領地だ。そう硬くならないでくれ」

ノエインは下級貴族の礼儀としてあらたまった挨拶をするが、アルノルドは比較的気安い口調で答えた。それを受けて、ノエインも頭を上げて楽な表情になる。

アルノルドに続いて、クラーラも馬車から降りてくる。

「クラーラ様、ようこそアールクヴィスト領へお越しくださいました。私の領地にあなたをお招きできたことを、心から嬉しく思います」

「……せ、盛大なご歓迎ありがとうございます、アールクヴィスト閣下」

ノエインはできるだけ安心感を与えるような笑みを浮かべて言ったが、クラーラはさすがに緊張しているのか、その声はやや硬かった。

ノエインにぎこちない笑みを向けたクラーラは、ノエインの後ろで礼をする臣下たちを見回し、アールクヴィスト士爵家の屋敷を見上げ――一瞬、泣きそうな表情を見せた。

すぐにぎこちない笑顔に戻った彼女だが、ノエインはしっかりと見てしまった。臣下たちが全員頭を下げていて、あの表情を見ていなかったのは幸いだと内心で思った。

複雑な気持ちのまま縁談が進み、自身が嫁ぐ予定の屋敷と将来の臣下たちを目の当たりにしたのだ。愉快な気分になれないのは仕方がない。しかし、さすがにあのような悲愴（ひそう）な面持ちをされると、迎える側としてもなかなか居心地が悪い。

ノエインは内心でため息をつきながらも、本心を完璧に隠して穏やかな笑みを堅守する。

「ここまでの移動でお二方ともお疲れかと思います。田舎領地なので大したおもてなしはできませんが、昼食を用意していますのでどうぞこちらへ。食後には領内をご案内します」

領主のノエイン自らアルノルドとクラーラを食堂へと案内し、それにマチルダやメイドたち、そしてケーニッツ子爵家側の使用人が続く。

一方で、ケーニッツ子爵家の馬車をヘンリクが厩（うまや）の方へと誘導したり、馬車の護衛の騎士たちをペンスが休憩用の別室へと案内したりと、臣下たちも動く。

そうしてケーニッツ子爵家の人間が屋敷の玄関前からいなくなったところで、まだその場にいた数人が顔を見合わせた。

「……第一印象、どう思った？」

最初に口を開いたのは、婦人会会長を務めるマイだった。

「ごく普通の、というと失礼かもしれないが、穏やかで清楚なご令嬢だと思ったな」

マイの問いかけに感想を語ったのは、農業を統括するエドガーだ。

「もっと率直に、言葉を選ばずに言うと？」

「……」

「失礼な言い方なのは承知な上で、害のなさそうなお方、だな」

黙り込んだエドガーの代わりに、従士長ユーリが答えた。周囲に自分たち以外の誰もいないか念入りに確認した上で、抑えた声で言った。

「あくまで見た目の雰囲気ですけど、良くも悪くも少し控えめすぎるようにも見えましたね。ケーニッツ子爵領民からも人となりをほとんど知られていなかったのも納得です」

ユーリの言葉に頷きながら、ケーニッツ子爵領出身のアンナが語る。

「確かにそうね。正直、ユーリの『害のなさそう』っていうのは言い得て妙だわ。少なくとも直接的にノエイン様とマチルダの関係を攻撃したり、屋敷内や領内の人間関係を引っ掻き回す方ではなさそうだった……ちょっと安心したわね。私たちにとっては一番望ましいかたちかしら」

ノエインがアルノルドから末娘との縁談を持ちかけられ、それを前向きに受け入れた、という話を最初に聞いたとき、ユーリたち臣下は少しの驚きと共に緊張を覚えた。

いかに才覚に溢れ、人から愛を受け取ることを得意とするノエインとはいえ、果たしてマチルダを愛している現状に妻を迎え、仲睦まじく生きることができるのかと心配した。

ノエインは今日この日までマチルダ以外の者を縁談相手と会わせなかったので、ユーリたちはノエインから相手の女性の様子を聞いてはいたが、やはりどうしても心配を募らせていた。

ユーリたち臣下にとって一番安心できるのは、ノエインの妻となる女性が、自身は一歩引いて伴侶を立てる控えめな人物である場合。アールクヴィスト士爵家の現状は極めて安定している以上、それを特に変えない気質の人物が好ましい。

今日、こうしてノエインの縁談相手――クラーラ・ケーニッツを直に見て、その雰囲気から伝わる人となりが自分たちの理想に近いと分かったことで、一同はようやく少し安堵していた。

「俺たちがあまりここで固まって話し続けるのもよくない。ケーニッツ子爵家の人間が見たら訝しむだろう。ひとまず各々の職務に戻って、あの方を観察……というと聞こえが悪いか。将来のアールクヴィスト夫人となる方が今日一日をどのように過ごされるのか、見守らせていただこう」

ユーリの言葉に一同は頷き、この場は解散する。

領主家の安寧は、領地の安寧に直に結びつく。ノエインの結婚に向けた話が着々と進んでいく今、それが円満な着地を迎えるまでは、ユーリたちの心配は終わらない。

屋敷の料理担当ロゼッタが腕に縒りをかけて作ったジャガイモ料理は、アルノルドとクラーラにも好評だった。

ジャガイモとベーコンのオムレツ。ジャガイモと野菜がふんだんに入ったスープ。素朴だが丁寧な味つけがなされたそれらは、普段から美食を味わって舌の肥えているアルノルドをも満足させ、クラーラの緊張を少しばかり解きほぐすことにも成功した。

昼食と食後のお茶を終えた後、ノエインは二人に領都ノエイナを案内する。

領民たちの交流の場となっている中央広場。

小領の商店としてはなかなかの品ぞろえを誇る、スキナー商会の店舗。

家屋が並び、ラドフスキー商会によって今まさに新たな家屋の建設も進んでいる市街地。

ロードベルク王国内を見ても斬新な組織である婦人会の活動風景。

黄金色の麦が風に穂を揺らす、あるいはジャガイモの葉が絨毯のように広がる農地。

これから建設や開墾が進められる予定となっている手つかずの広い平地。

南西の川沿いに建つ鍛冶工房や、公衆浴場、水車小屋などの公共施設。

それらは開拓三年目の辺境領地としては異様と言ってもいいほど豊かな社会の気配を漂わせており、この開拓を成したノエインの才覚がどれほど凄まじいかを物語っていた。

ラピスラズリ鉱脈の発見などいくつかの幸運の助けを得た結果とはいえ、これは誰でもなし得ることではない。伝統ある大領の領主アルノルドも、そう認めた。

アルノルドさえ驚かせた一連の案内を受けて、クラーラは父親の何倍も驚き、そして疲れた。普段はケーニッツ子爵家の屋敷内でばかり過ごしている彼女は、初夏の空の下を歩き回ったことでくたびれ、慣れない場所で領民たちの注目を集めたことで気疲れし、そんな彼女を気遣ったノエインは案内を早めに切り上げた。

「アールクヴィスト閣下、申し訳ございません。せっかくのご案内を……」

屋敷の庭先に作られた小さなテラスで、クラーラは椅子に座って休みながら言った。

「いえ、気になさらないでください。私こそクラーラ様のお疲れに気づかず申し訳ない」

見ていて気の毒なほど肩を落としているクラーラに、ノエインはできるだけ優しい声で返す。

「いかがでしたか、領都ノエイナは？」

「……とても、素晴らしいご領地だと思いました。特に、領民の皆さんが活力に満ちているのが印象的で、誰もがより良い明日を求めながら頑張っているのが伝わってきました」

ここで市街地の発展度や農地の広さではなく、領民たちの様子について最初に触れるクラーラの気質に、ノエインは好感を抱いた。

「この領が順調に発展を続けているのは領民たちの力があってこそだと、私自身も思っています。私だけではとてもここまでは成せなかったでしょう。彼らの信頼を得て、彼らから敬愛を受け取ることで、私はここまで歩むことができました」

「あっ……し、失礼いたしました。もちろん、アールクヴィスト閣下が領主様としてご手腕を発揮されたからこその発展だと思っています、私ったらご無礼を……」

顔を青くして言ったクラーラは、自分がノエインでなく領民を先に褒めたことが、ノエインの気に障ったかもしれないと思っているらしかった。

もちろん、ノエインはそのようなことで怒ったりはしない。むしろ、慈愛と敬愛を受け取り合う大切な領民たちを褒められて誇らしく思っている。だからこそ、ノエインは思わず苦笑する。

「悪い意味には受け止めていませんので、ご安心ください。私のことはこれまでお話しした際にも沢山褒めていただきましたから、クラーラ様からの敬意は十分に感じていますよ」

ノエインの言葉を聞き、笑顔を見て、クラーラはほっとした表情になった。

「私は臣下や領民たちに支えられて、なんとかここまで歩んでくることができました。多少器用な性格ではあるつもりですが、貴族として、人としてまだまだ未熟です。だからこそ、クラーラ様のような優しく聡明な方をアールクヴィスト士爵家にお迎えし、共に人生を歩んでいくことができれば、心強く思います」

それは決して世辞ではなかった。ノエインはこれまで何度か時間を共にし、言葉を交わし、クラーラがどのような人物かを理解してきた。彼女はただ穏やかで清楚な淑女であるだけでなく、学問、特に歴史への造詣が深い理知的な女性だと知った。

また、クラーラはさすがは子爵令嬢なだけあって、貴族社会の慣習やマナーにも詳しい。これから他の貴族との付き合いが増えていくノエインにとって、補佐役や助言役としても心強い。

何より、彼女はいい子だ。思いやりがあり、身分差や種族差に寛容で、優しい。自分が夫婦として上手くやっていける相手がいるとしたら、それは間違いなくこのクラーラだとノエインは考えている。

しかし、そんなノエインの内心を知らないクラーラは、ノエインの言葉でまた結婚を意識したためか、表情を少し暗くしてしまった。

「……」

ノエインがどう言葉をかけようか考えていたそのとき、従士長ユーリがテラスに歩み寄る。

「閣下。お話し中のところ失礼いたします」

「大丈夫だよ。どうしたの？」

「ケーニッツ子爵閣下へのご案内を終え、先ほど戻りました。現在は応接室にお通ししておりますが、閣下に少しお話があるそうです。できれば閣下とお二人で、とのことでした」

ノエインがクラーラを気遣って案内を切り上げた後、アルノルドはもう少し領都ノエイナを見て回りたいと言って、ユーリを案内役に再び屋敷を出ていた。

「そうか。何か仕事の話かな……クラーラ様、申し訳ありませんが、少し席を外しても？」

「は、はい。私のことはどうかお気になさらずに……」

クラーラは頷くが、この場では最も見知った相手であるノエインが離席することに、明らかに不安そうな表情を見せる。

「ありがとうございます。なるべく早く戻りますので。それまでは……マチルダ、少しの間だけこの場を預けてもいいかな？」

貴族令嬢のクラーラの話し相手を、傭兵上がりであからさまに強面のユーリに任せるのは人選として微妙だ。自身に最も近しい従者で、女性であるマチルダにこの役割を振ったのは、ノエインの行動としては不自然ではなかった。

ノエインに問いかけられたマチルダは一瞬固まって、しかしすぐに頷く。

「かしこまりました。クラーラ様に失礼のないよう務めさせていただきます」

「ありがとう、助かるよ。クラーラ様、何かありましたら、このマチルダにお申し付けください」

「……わ、分かりました」

クラーラは目を大きく泳がせた後、そう言って頷いた。ノエインはあらためて離席を謝罪しながら立ち上がり、屋敷の中に戻り――クラーラから見えない位置まで歩いたところで息を吐く。

「ふう……疲れたな」

「これでよかったのか？」

ユーリの問いかけに、ノエインは微苦笑を浮かべて頷いた。

「うん、いいよ。小芝居に付き合わせて悪いね」

ノエインとクラーラが二人で交流する時間を作るために、アルノルドが何かしらの理由をつけて離れる。その後、離れていたアルノルドがノエインを呼び、ノエインはクラーラの傍にマチルダを残して離席する。

そうすることで、クラーラとマチルダが二人で話せる時間を作る。これは、今回ノエインとアルノルドが手を組んで計画したことだった。

計画の円滑な進行のため、ユーリにはあらかじめ事情が全て伝えられていた。

「ノエイン様のご命令なら、俺は従うだけだが……マチルダはこのことは知らないんだろう？」

「そうだよ。あくまで彼女とクラーラが自然に、気を張らず、何気なく言葉を交わせればと思って計画したことだからね」

「大丈夫なのか？　こう言ったら悪いが、マチルダはああいう場で上手く話せる質じゃあないだろう。ノエイン様のお傍を少し離れることさえ慣れてない奴だ」

懸念を語るユーリに、ノエインはクスッと笑った。

「あはは、大丈夫だよ。マチルダも最近は僕との連絡役として婦人会の会議に顔を出したり、マイやアンナからお茶話に誘われて出かけたりして、少しの間なら僕と離れて行動できるようになってきたし」

そんな話をしながら廊下を歩き、ノエインとユーリは応接室の前に辿り着く。ユーリはそのまま扉の前で待機し、ノエインだけが入室する。

「お待たせしました、ケーニッツ閣下」

「……本当にこれで、卿らとクラーラの仲は進展するのか？」

開口一番に、アルノルドはそう言った。今回の計画はノエインの側から提案したので、アルノルドはその効果について未だ懐疑的だ。

「さて、正直まだ何とも言えません。ですが、ケーニッツ子爵家のお屋敷ではそちらの使用人の皆さんの目もありましたから、クラーラ様がマチルダとお話しする機会がなかったのは確かです。少しでもあの二人が言葉を交わし、僅かでも互いの人となりを知り、それが前進のきっかけになればとは思っています」

「……そうか。それにしても、なかなか遅々として進まないものだな。大急ぎでこの縁談を進めたいわけではないが、これではクラーラが卿との結婚を歓迎するようになるまでどれほど時間がかかるか……どうにかならないものなのか？」

ため息をつくアルノルドに、ノエインは困った表情を見せる。

「お言葉ですが閣下、私は恋愛に関しては素人中の素人です。女性の心を摑むのは、仕官や移住の好条件を提示して臣下や領民の敬愛を得るのとはわけが違います。私としても、苦手分野の事項に手探りで取り組んでいるような状況です」

「だが、卿が器の大きさを見せた上で一言『幸福にしてやるから嫁に来い』と言えば、こう言っては何だがクラーラのような平凡な娘であれば簡単に魅了できるのではないか？　卿ほどの男からの求婚があれば、卿に他の女がいることなど些細なことだろう。初代国王のオスカー一世にも四人の妻がいたが、その全員と仲睦まじかったというじゃないか」

「……」

ロードベルク王国建国の父であるオスカー・ロードベルク一世は、男として器の大きな豪傑だったと語り継がれている。どうやらアルノルドは、ノエインが英雄的な初代国王よろしく、男としての偉大さを以てクラーラを問答無用で己に惚れさせる展開を求めているようだった。

「お言葉ですが閣下……私は自分が多少の知恵が回る自信はありますが、一人の男としては、とてもそんな器だとは思っていません。オスカー一世のように歴史に残る偉人ならともかく、私のようなごく普通の人間にはそのような英雄じみた真似は不可能かと思います」

そもそも初代国王オスカー一世に四人もの妻がいたのは、ロードベルク王国建国の際に併合した周辺国の旧王族――今で言うベヒトルスハイム侯爵家などの貴族閥盟主家からそれぞれ平等に妻を迎えたという、極めて特殊な理由からだ。

その全員を深く愛して満足させる度量を建国の父が持っていたことは間違いないが、そのような偉人と自分を比べられても困る。それが、ノエインの本音だった。

この人は基本的には常識人であるはずなのに、クラーラのこととなるとどうしてこう思考が飛躍するのか。そんな愚痴を内心に隠しながら、ノエインはまた口を開く。

「今日明日にクラーラ様のお気持ちががらりと変わるような都合のいい事態はまずないかと思いますが、今この時間で少しでも進展があることを願いながら待ちましょう、閣下」

ノエインが席を外したことで、テラスにはクラーラと彼女の傍らに控えるケーニッツ子爵家のメイド、そしてマチルダだけが残っていた。

クラーラは未だに少し心細そうな顔をしているが、マチルダは奴隷の自分からは話しかけることはしない。先ほどまでノエインが座っていた椅子の傍に、静かに佇（たたず）む。

そのまま少しの時間が流れ――クラーラはすうっと息を吸い、表情を引き締めた。まるで何かを決意したかのように。

「馬車から上着を取ってきてもらえないかしら？　少し風が出てきたから肌寒いの」

クラーラが傍らに立つケーニッツ子爵家のメイドに言うと、メイドは渋い表情になる。

「ですがお嬢様、そうなるとお一人に……」

「大丈夫よ。ここはアールクヴィスト閣下のお屋敷だし、閣下の従者のマチルダさんも傍についていてくれるから、何も心配はないわ。だから、お願いできるかしら？」

「……かしこまりました。では、取ってまいります」

「ありがとう。ゆっくりで大丈夫よ」

メイドは渋い表情のまま、しかし自身の仕える家の令嬢に従って場を離れた。

これで、この場には本当にクラーラとマチルダだけが残る。

今のがクラーラによる人払いであることは、払われた側であるメイドも察しているだろうし、もちろんマチルダ自身も理解している。

クラーラは果たしてどのような意図で人払いをしたのか。マチルダは内心で身構えた。

数秒の間を置いて、クラーラはややぎこちない微笑（ほほえ）みを浮かべながらマチルダの方を向いた。

「マチルダさん。よければ、少しお話をさせてもらえないかしら？」

「……私のような卑賤の身でよろしければ、是非お相手させていただきます」

マチルダはノエインやごく一部の友人以外とは話すのが苦手だが、クラーラの申し出に応じた。奴隷の身で貴族令嬢の言葉に逆らえないという理由もあるが、何より自分もいつかはクラーラと言葉を交わさなければならないと理解していた。だからこそ素直に応じた。

「ありがとう。どうかお隣に座って？」

ほっとした表情のクラーラの隣、ノエインが先ほどまで座っていた椅子に腰かけ、マチルダは背筋を伸ばす。

「……こうしてあなたとお話しするのは、これが初めてですね。実は、前からお話ししたいと思っていました」

「私などには勿体ない、光栄なお言葉です」

マチルダはいつもの無表情で答えた。

マチルダ自身は気づいていないが、彼女の気質を知っているからこそノエインもその臣下たちも気にしていないこの無表情での応答は、クラーラにとってはひどく冷たい反応に見えた。

クラーラは暗い表情になって黙り込み、マチルダはその理由が分からずやはり黙り込んだ。

しばしの気まずい沈黙の後、クラーラがまた口を開く。

「……あなたにとって、そしてアールクヴィスト閣下にとっても、私は邪魔な存在なのでしょうね。無理もないことです。当然だと思います」

それを聞いたマチルダは、一瞬啞然とした。

「そんな……そのようなことがあるはずもございません。ノエイン様はクラーラ様とのご縁談を心より歓迎しておられますし、私もノエイン様の従者として喜ばしいことと思っております」

マチルダは本心からそう言った。実際、それは事実だった。ノエインは妻として迎えるならクラーラこそが望ましいと考え、マチルダも共にノエインを支えていく相手としてクラーラを好ましく考えている。

「優しい言葉をありがとう。だけど、無理をしなくてもいいんです。自分でも、アールクヴィスト閣下とあなたの前に私のような異物が置かれても邪魔なだけだと思いますから」

しかし、それを知らないクラーラは悲しげに、力なく笑った。

「アールクヴィスト閣下は、とても素敵な殿方です。父が決めた結婚相手ではありますが、私自身も心からそう思っています。私のような、いきなり目の前に現れた異物でしかない女にも、とても優しく紳士的に接してくださいます。素敵な笑顔を見せて、励ましの言葉をくださいます。領主貴族としてのご手腕や才覚も、閣下のご実績を見れば私などが語るまでもありません……それに、マチルダさん。閣下があなたのことを深く愛しておられることも伝わってきます。閣下の視線や立ち居振る舞い、それに対するあなたの立ち居振る舞いを見ていたら、あなた方二人が互いに深く愛し合って、信頼し合っているのが伝わってきます」

そう語るクラーラの表情からは、羨望の感情が見てとれた。自分は彼女に羨ましがられているのだと、同じ女としてマチルダには分かった。

そして、クラーラの表情がまた暗くなる。

「だからこそ、私はあなた方に申し訳なく思います……だって、私はケーニッツ子爵令嬢であるというだけの理由で、閣下の妻になろうとしているのですから。血筋にしか価値のない私のような女が、閣下ご自身も本当は望まれない結婚のために、閣下のお隣に妻として立つなんて……本当に、自分で自分が恥ずかしいです」

クラーラは悲愴な面持ちで俯きながら呟くように言い、そして顔を上げた。マチルダの方を向いて、泣きそうな笑顔になった。

「……ですが、どうか安心してください。私はアールクヴィスト閣下の妻となっても、貴族の女としてその役割を務めるだけに留めます。出しゃばるような真似は決してしません。立場上は私が閣下の妻であっても、生涯あなた方の邪魔はしないと約束します」

「……」

彼女のひどく自虐的な言動や、諦念にまみれた表情の理由を、マチルダは理解した。

クラーラは、マチルダを愛するノエインとの結婚について、確かに歓迎してはいない。しかしそれは、この政略結婚への、そしてノエインとマチルダの関係への否定的な感情からではない。

彼女はマチルダを嫌悪せず、ノエインに好意を抱き、それでもこの結婚について極めて後ろ向きな気持ちを抱いている。それは、彼女が自分を無価値だと考えているためだ。

自分には「ケーニッツ子爵家の娘」という価値しかない。その唯一の価値を以てノエインのもとに嫁ぎ、置物のような妻として居心地の悪い家で生涯を過ごすのが自分の運命。そう考えているからこそ、彼女はこれほどの悲愴を抱えているのだ。

そう思い至ったマチルダは――彼女はなんと可哀想な女性なのだろうと考えた。

自分自身に価値などないと思いながら、誰も自分を愛してくれない場所で生きる。それがどれほど辛く悲しいかは、マチルダもよく理解している。かつてキヴィレフト伯爵家で獣人奴隷として迫害されて育ったからこそ、マチルダはクラーラの悲愴を理解できる。

彼女がこのような考え方をしていることを、アルノルド・ケーニッツ子爵もレオノール夫人も、一度たりとも語らなかった。ということは、彼女はこの悲愴を両親にさえ明かしていなかったということだ。彼女は実の両親にさえ本心を隠し、ただ一人で悲愴を感じながら、ただ「名家出身の妻」という置物になろうとしているのだ。

一人で悲愴を抱え続ける絶望。無限の孤独の中で生きる諦念。それをマチルダは知っている。今思い出すだけでも胸が苦しくなる。

そんな絶望から、自分は救われた。ノエインに救ってもらった。

クラーラはこれからノエインに救われるのだ。ノエインに幸福を与えられるのだ。では、少しでも早くそうなるために、自分には何ができるか。

悲愴を抱えて絶望する必要などないのだと、本当は違うのだとクラーラに分かってもらうには、どうすればいいか。まるでかつての自分を写し取ったようなこの女性のために何ができるか。

考え、考え、考えた末に、マチルダは口を開いた。

「畏れながらクラーラ様」

マチルダの声を聞いたクラーラは、やや怯えた表情を見せる。そこで、マチルダは自分の無表情と硬質な声が彼女に威圧感を与えているのだと気づく。

マチルダは努めて表情を動かし、ぎこちないながらも微笑を浮かべ、声色もなんとか少し明るくする。

「クラーラ様。ノエイン様も私も、あなた様のことを邪魔だなどとは思っていません……本当に、本心から、思っていないのです」

マチルダの表情と声を受けて、クラーラの顔から怯えが消える。少しばかり驚いたような表情が彼女の顔に浮かぶ。

「私は、ノエイン様から特別な立ち位置を与えられています。常にノエイン様のお傍に寄り添い、誰よりも近くでノエイン様にお仕えし、全てをノエイン様にお捧げし、自分自身がノエイン様の一部になるという立ち位置を。これは妻でもなく、恋人や妾でもない、的確に形容するべき名前のない私だけの立ち位置です」

頭の中で必死に言葉をまとめながら、順序を考えながら、マチルダは語る。その努力が伝わっているのか、クラーラも静かに聞いてくれる。

「自分に独占欲や嫉妬心がないとは言いません。しかしそれは、私のこの特別な立ち位置に対してのものです。この立ち位置がある限り、私の独占欲は満たされます。この立ち位置を脅かされない限り、私は誰かに嫉妬することはありません。これが、女としての私の価値観です」

ここまで上手く話せたと感じたマチルダは、安堵して一息つく。一呼吸置いて、また口を開く。

「ノエイン様も、私のことはそのように捉えてくださいます。私の全てはノエイン様のものであり、私はノエイン様の一部であると。そのような存在として私を愛してくださいます……だからこそ、クラーラ様。あなた様が私たちの邪魔になることなどないのです」

マチルダの伝えたい真意がクラーラにはまだ掴めていない様子だったが、それでも懸命に話し続けるマチルダのことを、彼女も真摯な表情で見つめる。

「私はノエイン様に私の全てをお捧げすることができます。私にはそのような立ち位置があります。そして、クラーラ様にはノエイン様の妻としての立ち位置がございます。妻としてノエイン様と全てを分かち合うという立ち位置が。それは私とは全く違う、クラーラ様のための立ち位置です」

自分のための立ち位置。それを語られたクラーラははっとした表情になった。

マチルダは言葉を続ける。ノエインならばどう話すか、どう伝えるか、考えながら語る。

「……私はノエイン様に全てを捧げ、ノエイン様の一部となって生きることができます。逆に言えば、私にそれ以上のことはできません。ですが、クラーラ様はノエイン様の妻として、私とは全く違う役割を果たすことができます。ノエイン様と並んで苦難に臨み、ノエイン様と助け合って民や領地を守り、ノエイン様の生きた証を次代に受け継ぐために世継ぎを生すことができます」

目を見開いたまま固まるクラーラを前に、マチルダはなおも言葉を続ける。

「ケーニッツ子爵令嬢という血筋だけではありません。獣人奴隷の私を嫌悪することなく、ノエイン様と私の関係を理解してくださり、今のままのノエイン様を尊敬してくださるクラーラ様だからこそ、ノエイン様は妻として迎えたいと考えておられます。私もまた、クラーラ様を歓迎しています。他の誰でもないクラーラ様だけが、ノエイン様の妻としてこの世界で唯一無二の価値を得て、唯一無二の役割を果たすことができるのです。クラーラ様のためだけの立ち位置に立つことができるのです」

クラーラは無価値ではない。その血筋だけが価値なのではない。

むしろその逆だ。クラーラだけが持ち得る価値がある。果たせる役割がある。クラーラだからこそノエインは喜んで妻に迎えることができる。その傍らでマチルダも喜ぶことができる。

そう、マチルダは伝えた。伝えきった。語りきった。

「……本当に？　本当に、私はあなたにとって邪魔ではないのですか？　私はあなたと一緒にアールクヴィスト閣下の大切な存在になれるのですか？　妻として閣下を愛していいのですか？　閣下に愛していただくことができるのですか？」

クラーラは震える声で言った。その瞳には涙が溜まっていた。

「私はここに来ていいのですか？　ここで自分だけの存在価値を得て、幸福に生きていくことができるのですか？　私はここで幸福になっていいのですか？　本当に？」

ついには涙を流しながら、クラーラは言った。全ての不安を身体の内から流そうとするかのように、問いかけを重ねた。

「もちろんです。私とクラーラ様の立ち位置は何ひとつ重なりません。だからこそ、私がクラーラ様を邪魔に思うはずがありません。それぞれ違うかたちでノエイン様をお支えする同志として、私はノエイン様の傍らに控え、クラーラ様はノエイン様の隣に並び、共に生きていくことができます。共に生きていただけたらと、私は心より願っています」

語りながら、マチルダは自分でも驚くほど優しい声が出ていると気づいた。ノエインに向けるような柔らかな表情と声を、クラーラに向けることができていると感じた。

「ノエイン様はご自身の庇護下にある全ての者を幸福にしてくださいます。一人の人間として、一人の女性としてクラーラ様が望まれる幸福を、ノエイン様は必ず与えてくださいます。クラーラ様の幸福はノエイン様の幸福でもあるのです」

「私の幸福は、アールクヴィスト閣下の幸福……夢のようです。私がそんな素敵な人生を得られるなんて」

クラーラは泣き笑いを浮かべながら、マチルダの言葉を噛みしめるようになぞった。

マチルダはそんな彼女を微笑ましく見ながら――ふと、我に返った。

気づけばべらべらと勝手に喋ってしまったが、自分の行いはノエインの奴隷として正しいものだったのか。ノエインのためなどと思いながら、余計なことをしてしまったのではないか。

ノエインに全てを捧げる、ノエインの一部などと自称しながら、ノエインに頼まれたわけでもない行動をとって、ノエインの妻となる女性に好き勝手に言葉をかけたのだ。

こんなことをしてよかったのか。普段なら絶対にしないことをしたからこそ、マチルダは一人狼狽した。血の気が引く感覚を覚えた。

「……っ、失礼しました。奴隷の身でありながら長々と生意気な口を……出過ぎた真似でした」

思わず謝罪したマチルダに、しかしクラーラは優しく笑った。

「そんな、出過ぎた真似だなんてとんでもないです。むしろお礼を言わせてください。マチルダさん、あなたは私に希望を見せてくれました。血筋だけが取り柄の、形だけの妻ではなく、一人の人間として、一人の女としてノエイン様の隣で幸福になっていいのだと教えてくれました。私が今、笑顔でいられるのはあなたのおかげです。本当にありがとう」

クラーラは身体ごとマチルダに向き直り、マチルダの手を取った。そんなクラーラを見て、マチルダは自分の言動が間違ってはいなかったのだと安堵した。

「私、妻としてせいいっぱいアールクヴィスト閣下をお支えします。閣下と共にアールクヴィスト士爵家を守るために、アールクヴィスト士爵領を豊かにするために、臣下と民を今より幸福にするためにに、せいいっぱい頑張ります。私では力不足かもしれませんが……」

そう語るクラーラの手を、マチルダは握り返した。

「そんなことはありません。ノエイン様はクラーラ様を称賛しておられました。とても知的で、聡明で、優しい心を持った素敵な女性だと。クラーラ様のような方が妻になってくれたら心強いと、仰っていました」

「そう、ですか……とても嬉しいです。本当に、心から嬉しく思います」

クラーラの目元から、また涙が零れた。

「嬉しすぎて夢ではないかと思ってしまいますけど、間違いなく現実なのですね。だって、マチルダさんがこんなに力強く手を握ってくれるのを感じていますから」

「……申し訳ございません。痛かったのでは？」

マチルダが慌てて手を離そうとすると、クラーラは逆にその手をぎゅっと握った。

「大丈夫です。むしろ、とても心強くて安心します……マチルダさん。私、あなたが言ってくれたように、あなたの同志になりたいです。私は私の立ち位置で、あなたと共にアールクヴィスト閣下をお支えする同志になりたいです。あなたと仲良くなりたいです。身分なんて関係ありません。私よりもずっと長く閣下のお傍にいる立場として、これからどうか色々と教えてください」

「……はい。私でよろしければ、喜んでそうさせていただきます」

これから共に、それぞれの立ち位置から、ノエインを支えていく。これから共にノエインの傍で生きていく。マチルダとクラーラは互いの手を固く握りながら、そう誓い合った。

屋敷の応接室でしばらくアルノルドと話して時間を潰したノエインは、マチルダとクラーラの待つテラスに戻ることにした。

果たして少しでも意義はあっただろうか。二人の間に少しでも会話は生まれただろうか。僅かでも変化は起こっただろうか。そう思いながら、テラスを目指して廊下を進む。

その途中、テラスの少し手前で、ケーニッツ子爵家のメイドが突っ立っているのを見つけた。

おそらくはクラーラのものである上等な上着を手に佇む彼女は、一体こんな中途半端なところで何をしているのだろうか。そう思いながら近づき――

「あら、美味しい……渋みが出ないように少し冷ましたお湯で淹れるのですね。これが、アールクヴィスト閣下のお好みのお茶の味なのですね」

「はい。ノエイン様は王国南東部産の茶葉を好まれています。淹れる際のお湯の温度に関しては……こればかりは、ノエイン様のために何千回とお茶を淹れながら感覚を摑んだものですから。言葉で説明するのはなかなか難しいです」

「あら、そうなのですね。それでは、マチルダさんだけが閣下の一番好みの淹れ方でお茶を淹れて差し上げることができるのですね」

「はい、そう自負しています。ノエイン様は……私の淹れたお茶が世界で一番美味しいと、いつも仰ってくださいます。ノエイン様の最もお好みのお茶を淹れることができるのも、私が特別な立ち位置を得ている証左の一つだと、勝手ながら思っています」

「なるほど……では、ノエイン様にお茶を淹れて差し上げる役割は、これからもマチルダさんのものだと心得ておきますね」

そんな会話が聞こえてきて、ノエインも足を止めて立ち尽くした。ちょうどケーニッツ子爵家のメイドの後ろで。

「それにしても、ノエイン様から『世界で一番』と言っていただけるなんて……とても、羨ましいです」

「クラーラ様も、ノエイン様とご結婚なされればすぐにでも、世界一の妻だと仰っていただけるようになるかと思います」

「まあ……閣下からそんな言葉をかけていただけると想像しただけで、表情が緩んでしまいます」

それはとても仲睦まじげで、クラーラの穏やかな声色からは今までのような暗く後ろ向きな感情は微塵(みじん)もうかがえず、マチルダの声からはノエインと二人きりのときのような優しい温かさがうかがえる。

まるで長年の友人のような、互いのことを理解し合った無二の親友のような、そんな空気を漂わせながら、二人は語らっている。

「………あれぇ？」

何がどうなったらこの短時間でこれほど状況が急転するのか。そんなノエインの疑問は、間の抜けた声となって口から零れた。その声でノエインの存在に気づいたらしいケーニッツ子爵家のメイドが、少し驚いた様子で振り返る。

目が合ったノエインとメイドは、ぎこちない苦笑を交わす。そうするしかなかった。

「ははは、何だか出ていきづらいですね」

「はい……」

ノエインたちがそんなことを言っている間も、マチルダとクラーラの会話は続く。

「あっ、マチルダさんの前で私があまりこんな顔をしていては愉快ではありませんよね……」

「いえ、そのようなことはございません。ノエイン様は至高の殿方です。クラーラ様がノエイン様のことを考えて表情をほころばせるのも当然かと思います」

「よかった、ありがとうございます……至高の殿方、ですか。確かにその通りですね。閣下はとても紳士的で、優しくて、才覚をお持ちで、それに……とても可愛らしいです。殿方にこんな言い方をしては失礼かもしれませんが」

「いえ……その、同感です」

「まあ、よかった。うふふ」

さすがにそろそろ出ていかなければ、聞き続けるのが気恥ずかしい。そう思ったノエインは、メイドの横を通り過ぎてテラスに出た。

「今戻りました。お待たせして申し訳ない」

その可愛らしさについて語らっていた対象がいきなり目の前に現れて、クラーラは椅子から小さく飛び上がり、マチルダはやや慌てた様子で立ち上がった。

そんな二人の様子にノエインは微苦笑し、マチルダが空けてくれた椅子に腰かける。

「あの、アールクヴィスト閣下……もしかして、聞こえていましたか？」

「ええ。お茶の淹れ方の話をされているところから」

ノエインが答えると、会話をどこまで聞かれてしまったかを理解したクラーラの顔が真っ赤になる。ノエインが傍らのマチルダを見やると、一瞬だけ彼女の目が泳いだ。

「あはは、申し訳ありません。盗み聞きをするつもりはなかったんですが……マチルダと随分打ち解けることができたようで、よかったです」

少し驚きましたが、と言ってノエインが笑うと、クラーラはまだ赤い顔で穏やかに微笑んだ。

「……マチルダさんが、私の救いになる言葉をくれました。私、自分は血筋にしか価値がないのだと決めつけて、自分は閣下とマチルダさんにとって邪魔で迷惑な妻になってしまうのだと思い込んで、一人でずっと勝手に落ち込んでいて……ですが、そうではないのだとマチルダさんが教えてくれました」

クラーラは陰のない笑顔を見せた。幸福そうな笑顔でノエインを見つめた。

「アールクヴィスト閣下、今までの私の態度や言動をどうかお許しください。私は閣下の妻として、マチルダさんとは違う立ち位置で、私なりのかたちで、閣下をお支えできるよう頑張ります。アールクヴィスト士爵家の夫人として、閣下と共にこの家とこの地を守っていけるよう、ここに暮らす人々を幸福にしていけるよう頑張ります」

そう語る彼女の目には、決意の光があった。彼女の表情は、とても凜々しかった。

今までと比べても見違えるほど、惚れ惚れするほど、クラーラは魅力的だった。

「アールクヴィスト閣下。どうかこれから、妻としてあなたの隣に立たせてください。マチルダさんと共にあなたを支えさせてください」

「私からもあらためてお願い申し上げます、ノエイン様。私たちの生涯変わらない愛と献身を、どうかお受け取りください」

クラーラは身体ごとノエインに向き直り、ノエインを真正面から見つめて言った。その隣に立ったマチルダが、跪いて言った。

それぞれの立ち位置で、唯一無二の立場で、ノエインを支えると誓う二人。ノエインのことを愛すると誓う二人。

この二人とならば、生涯を共にできる。手を取り合って歩んでいける。マチルダに寄り添われ、クラーラと並んで立ち、幸福に生きていける。

二人に見つめられながら、ノエインは今、そう確信した。

「……」

ノエインは静かに笑みを浮かべた。

今日明日にクラーラの気持ちががらりと変わるような都合のいい事態はまずない。ノエインはつ

い先ほど、分かったような顔でアルノルドに語った。

ノエインのそんな予想を、クラーラはマチルダと手を取り合い、軽々と超えてみせた。二人の示した強さを前に、ノエインは自身の愚かな決めつけを笑うしかなかった。

「ありがとう、クラーラ。そしてマチルダも。これから一生涯、君たちの望む幸福を与えると約束する。僕と一緒に、幸福に生きていこう」

二人の覚悟に今すぐ応えることができなければ、自分にはマチルダの主人である資格も、クラーラの夫となる資格もない。何も迷うことはない。

だからこそノエインはそう答えた。マチルダとクラーラと共に、三人で幸福に生きていくと決意した。

・・・・・

数時間前とは別人のような様子になった愛娘(まなむすめ)に戸惑いを隠せないアルノルドと、彼を戸惑わせた張本人であるクラーラの帰還をノエインが見送り、その数日後。

クラーラから詳しい事情を聞いたらしいアルノルドに呼び出され、ノエインはケーニッツ子爵家の屋敷へと赴いた。

「まさかクラーラがあのような悩みを抱えていたとはな……子の心を親は知らないと昔からよく言

うが、いざ自分がその立場になると、父としてまったく情けない」

「年頃になると、人はたとえ親兄弟であっても心の内を隠すものだと書物で読んだことがあります。親子の愛を知らない私が知ったようなことを言うのも生意気かもしれませんが、どうかあまりお気になさいませんよう」

ため息をつくアルノルドを、義理の息子になる身として気遣い、ノエインは言葉をかけた。

「ふっ、慰めとしてありがたく受け取っておこう……それにしても、卿のあの獣人奴隷がこのような目覚ましい働きをするとは」

「ええ。正直、私も驚きました」

ノエインたちが視線を向けた先には、子爵家の屋敷の中庭を歩きながら、花などを眺めて談笑するクラーラとマチルダがいた。

「あれのおかげで両家の姻戚関係が成立し、私の愛娘の悩みも解決。娘の将来の幸福も約束され……ケーニッツ子爵家からあの奴隷に褒美でも与えるべきか？」

「ははは、マチルダの主人として大変光栄なお話ですが、不要でしょう。彼女はただ、私とクララ様、そして自分自身の幸福を願って行動しただけです。それ以外のことは考えていなかったでしょうし、このことで褒美などもらいたくないでしょう」

アルノルドの奇妙な申し出に、ノエインは笑いながら返した。

「普段は私の半身のように控えているマチルダが、自身の考えであれほど大胆な行動をとり、クラーラ様は瞬く間に前を向いて、私とマチルダと共に生きていく決意を固められた。これ以上ないほど、女性の強さを感じさせられました」

「ああ、同感だ。こう言ってはなんだが、あの臆病で引っ込み思案なクラーラがあれほど様変わりするとはな……とはいえ、だ」

そこで、アルノルドの声に微妙に険が含まれる。何が気に障ったのか分からず、ノエインはきょとんとした表情で彼の方を向いた。

「挙式まで二か月というのはあんまりだろう。私はな、私は……卿にまだまだ時間がかかると言われて、どれほど短くともクラーラはあと半年かそこらは我が家にいてくれるものだと思っていたのだぞ。それを卿は、あとたったの二か月で連れ去るというのか。私の大切な娘を」

「ぶふっ」

「おい、笑うな」

子離れできていない憐(あわ)れな父親の拗(す)ねた顔を見て、ノエインは思わず吹き出した。

二か月。これは一日でも早くノエインのもとに嫁ぎたいとクラーラから乞われたアルノルドが、できる限り早くに定めた挙式日までの期間だ。ノエインもその日取りで問題ないと伝えたため、正式に決定となった。

貴族の結婚となれば当事者は交流のある貴族家に招待状を送り、招待された側は祝いの品を持参して出席することになるため、これ以上早めることはできなかった。

そんな日取りは、準備期間が短いという実務上の都合以上に、アルノルドに不満を感じさせているようだった。クラーラに結婚を歓迎させてみせたら今度は早過ぎると文句を言い出す子供じみた振る舞いに、ノエインは笑うしかなかった。

「失礼しました。愛する娘が他所の家に嫁いでしまう寂しさは、多少なりとも想像できるつもりです。とはいえ互いの領地も近いのですから、クラーラ様も連れて時々は顔を見せに参ります……なので、どうかご安心ください。お、お義父様」

「だから笑うなと言っている。まだ卿にお義父様などと呼ばれる筋合いはないぞ」

また笑いを零したノエインに、アルノルドは苦虫を噛み潰したような表情で言った。

・・・・・

アールクヴィスト士爵家は夫人となる女性を迎える準備を進め、ケーニッツ子爵家は令嬢の嫁入りの準備を進め、日々は穏やかに過ぎた。

季節は夏になり、ついにノエインとクラーラの結婚式を翌日に控える夜となった。

クラーラがアールクヴィスト士爵家へと嫁入りするかたちだが、式が行われるのはケーニッツ子爵家の膝元であるレトヴィク。これには結婚の儀式を行う教会の格や、出席者たちの宿泊先を手配する都合などが関係している。

準備のために数日前にレトヴィクに入ったノエインは、ケーニッツ子爵家の屋敷に部屋を与えられて寝起きしている。新郎の身ではあるが、子爵家の理解もあってマチルダを部屋に置くことも許されている。

「マチルダ。寝る前に少しいいかな?」

明日に備え、早めにベッドに入って休む前。ノエインはマチルダに声をかけた。ノエインには今日のうちにどうしてもやっておきたいことが、マチルダに伝えたいことがあった。

「はい、ノエイン様」

マチルダはいつもノエインに呼ばれたときと同じように答え、ノエインの方を振り返り――ノエインが手に持っている小さな箱を見た。

それは指輪入れだ。ノエインがクラーラに渡すための結婚指輪を準備し、このような箱に収めていたのを、マチルダは以前に見ていた。

しかし、箱の色が違う。ノエインがクラーラに贈る結婚指輪を入れていたのは白い箱だ。この箱は黒い色をしている。マチルダは無言を保ちながらも、内心で疑問を抱く。

ノエインが箱を開く。

「……この指輪は?」

箱の中から現れた指輪は、素晴らしい輝きを放つラピスラズリをその中心に戴(いただ)いていた。それを見たマチルダは疑問を口にし、小さく首を傾(かし)げた。

それはクラーラに贈られる結婚指輪ではなかった。ラピスラズリが楕円形に加工されているのは同じだが、それが埋め込まれた銀製のアームは、クラーラに贈られる細く繊細なものとは違い、太くしっかりとした作りになっている。

「君に贈る指輪だよ、マチルダ」

「……っ」

ノエインの言葉を聞いたマチルダは息を呑んだ。

「ラピスラズリはクラーラに贈るものと同じ、アールクヴィスト領産の原石の中でも最上級の部分を加工したものだよ。輪の部分はなるべく頑丈に作ってもらったんだ。マチルダは僕の護衛でもあるから、壊れにくい方がいいかと思って」

マチルダは主人の言葉を聞きながら、口元を両手で押さえて目を見開く。その瞳が涙で潤んでいく。普段周囲に見せる無表情とは全く違う、劇的な反応だった。

そんな彼女を見て、ノエインは優しく微笑んだ。

「マチルダ。君は世界で一番最初に僕を愛してくれた。そして、誰よりも長く、誰よりも近くで僕を支えてくれた。君と出会っていなかったら、今の僕はいない。僕は君に救われたんだ。だから、僕が永遠の愛の証として指輪を贈るなら、その最初の一人はマチルダ、君であるべきだと思ったんだ……これからも君への愛は変わらない。君は永遠に、僕にとって唯一無二の存在だ。それを示す証として、この指輪を贈らせてほしい」

ノエインはマチルダの前に片膝をついて指輪を掲げた。一人の男として。

それを受けて、差し出された指輪を見つめて、マチルダは涙を溢れさせた。

「ノエイン様……あぁ、ノエイン様。愛しています。愛しています。愛しています。心から愛しています。あなた様こそが私の全てです。私の全てはあなた様のものです。私は世界一幸福な奴隷です。生涯この指輪をこの身から離しません。生涯あなた様のお傍を離れません」

喜びの涙を流しながら、感情のままに言葉を吐き出したマチルダは、感極まって力が抜けたのか、床にぺたりと座り込む。

「喜んでくれてよかった……ほら、手を出してごらん」

ノエインは微笑みを深くしながらマチルダに寄り添い、その左手を取り、薬指に指輪をはめてやった。マチルダには内緒で作られた指輪だったが、大きさはぴったりだった。

「あぁ……ノエイン様……」

マチルダは指輪をうっとりと見つめ、そしてノエインを抱き締めた。ノエインが少し痛いと感じるほど強く抱き締め、ノエインの名と「愛しています」という言葉を何度も何度もくり返した。

ノエインもマチルダの背中に腕を回し、彼女を抱き締めた。彼女が落ち着くまで、ずっと抱き締め続けた。

・・・・・

翌朝。ノエインとクラーラの結婚式は、つつがなく進んでいた。

貴族の結婚式は教会にて聖職者から神の祝福を授けてもらう儀式と、交流のある他貴族たちに結婚を祝ってもらう披露宴から成る。

儀式については、親族のみが立ち会うのが一般的。ノエインの側に親族はいないのでクラーラの両親であるアルノルドとレオノールのみが立ち会い、さらにはマチルダもノエインの従者という名目で、隅に立つかたちではあるが同席を許された。

貴族の結婚の儀式ともなれば、多くの平民が行う略式ではなく、正式で執り行われる。およそ一時間ほどの長い儀式で、ノエインとクラーラはレトヴィクの教会の長である司教から直々に神の祝福を授けられた。

その後、正午からはいよいよ披露宴が始まる。

北西部閥の重鎮の娘と、北西部閥で今最も注目を集める新進気鋭の若手貴族。その結婚披露宴ともなれば注目度は高い。北西部閥の主だった貴族家、そしてケーニッツ子爵家と繋(つな)がりの深い近隣の下級貴族家から代表者が集まり、会場である子爵家の屋敷の中庭は賑(にぎ)わっていた。

「お集まりいただいた諸卿。花嫁の父として、ここは私が代表して挨拶をさせていただく……ノエイン・アールクヴィスト士爵を知ったのは今より二年と少し前。思えばあの頃より、彼は並々ならぬ才覚の片鱗(へんりん)をのぞかせていたように思う。日に日に領地を発展させていく彼の存在は、領地を接するケーニッツ子爵家にとっても非常に大きく――」

貴族の披露宴の半ば決まりとして、アルノルドはやや長い挨拶を語る。これが当然のものと分かっているので、出席者たちも不満を感じることもなくそれを聞く。

「――だからこそ、我が娘がアールクヴィスト士爵と夫婦となり、両家に決して切れることのない縁が生まれたことを心より嬉しく思う。ノエイン・アールクヴィスト士爵と、彼の妻となったクラーラが、神の祝福を受けて末永く幸福たらんことを願って……乾杯」

挨拶を終えたアルノルドが杯を掲げると、ノエインとクラーラは祝われる側の礼として静かに目を伏せながら杯を小さく掲げ、出席者たちは祝意の表明として「乾杯」と口にしながら杯を大きく掲げた。

それから始まるのは、貴族の社交では必ず見られる光景――挨拶合戦だ。

その主役は当然ながらノエインとクラーラ。二人は出席者の全員を相手に、いつ終わるとも知れない挨拶に臨むことになる。

そんな過酷な社交の最初を飾ったのは、出席者の中で最も格の高いジークフリート・ベヒトルスハイム侯爵だった。

「アールクヴィスト卿。そしてクラーラ嬢。この度の卿らの結婚、誠にめでたく思う」

「御祝(おいわ)いの言葉を賜り恐悦至極に存じます、ベヒトルスハイム侯爵閣下」

「私どもの披露宴にお越しいただき、心よりお礼申し上げます」

侯爵からかけられた祝いの言葉に、ノエインは落ち着いた表情で、一方のクラーラはやや緊張した面持ちで応える。

「卿らが結婚に向けて交流を始めたという話は、ケーニッツ卿から仕事の便りの中で聞いていたが……まさか、それから幾月も経たずに結婚を果たすとはな。驚いたぞ」

「私たちの我が儘で急な結婚となり、ご出席いただいた閣下にもご迷惑をおかけしたことと思います。申し訳ございません」

「ははは、よい。思い立ったらすぐに動く行動力は若者の特権だ。それに、伝統ある大家の令嬢と将来有望な若手貴族が結びつくのは、北西部閥の盟主としても喜ばしい……クロスボウやジャガイモの成果が目に見えて表れれば、その成果を享受して卿の才覚を確信した貴族たちが、我先に卿の姻戚になろうとしただろう。ケーニッツ卿はそうなる前に卿の義父という立場を得たのだ。なかなか強かだったな」

ベヒトルスハイム侯爵はそう言って笑い、ノエインとクラーラの顔を交互に見る。

「とはいえ、卿らの表情を見ていると、政治的な利益を抜きにしてこの結婚に満足していると分かる。喜ばしいことだ。貴族家当主とその妻として務めを果たすことはもちろんだが、夫婦として仲睦まじく暮らすとよい」

「温かいお言葉をいただき感謝いたします。妻と力を合わせ、今後も北西部閥の一員としてこの地の発展に貢献できるよう尽力いたします」

「貴族の妻としてはまだまだ未熟ですが、夫を支えていけるように努力します」

一人目があまり挨拶で時間を取るのもよくないと考えたのか、ベヒトルスハイム侯爵は挨拶を短く切り上げて離れていった。

その後も、ノエインたちと出席者たちの挨拶は続く。エドムント・マルツェル伯爵の名代として出席していた伯爵家嫡男。アントン・シュヴァロフ伯爵当人。その他の貴族たち、あるいは彼らの名代として出席する夫人や子弟たち。次々に近寄ってくる相手と挨拶を交わしていく。

その中には、ノエインの友人であるトビアス・オッゴレン男爵もいた。

「アールクヴィスト卿、それに奥方も、この度は結婚おめでとう」

「ありがとうございます、オッゴレン男爵閣下。本日はご出席いただき心から感謝いたします」

「いやいや、友である卿のためなら馳(は)せ参じるのは当たり前だよ」

オッゴレン男爵は以前ノエインと会ったときと何も変わらない、人好きのする穏やかな笑みを浮かべて言った。

そして、ノエインの左手薬指の方――マチルダとクラーラ、それぞれの指輪の中間ほどの太さの銀製のアームに、二つのラピスラズリが埋め込まれた指輪へと視線を向けた。

「……ふむ。卿は卿のやり方で、奥方と兎人(うさぎ)の彼女のそれぞれに愛を示したのだね」

「はい。私は妻と、そしてこのマチルダと、共に幸福に生きていくと決意しています」

ノエインは堂々と答えた。それを見たオッゴレン男爵は、どこか嬉しそうに頷く。

「私は独身を貫きながらこのミーシャや他の獣人奴隷たちと愛し合っていく道を選んだが、生き方とは人の数だけあるものだ。卿ならきっと、卿の生き方で幸福を得ていくのだろうね……友として応援しているよ」

「ありがとうございます。あなたのような友人を持つことができて光栄です」

ノエインは心からの感謝を込めて頭を下げた。


ノエインたちがようやく一通りの挨拶を終えたところに、新婦の両親としてこちらも貴族たちとの挨拶に追われていたアルノルドとレオノールがやって来た。

「アールクヴィスト卿、クラーラ。疲れたであろう」

「ええ、さすがに……」

「これほどお礼の言葉をくり返したのは人生で初めてです……」

アルノルドの言葉にノエインは苦笑しながら頷き、クラーラは疲れの浮かぶ顔で呟いた。そんな二人を見て、アルノルドとレオノールは揃(そろ)って笑う。

「ははは。花婿と花嫁が挨拶疲れを起こすのは、貴族の披露宴では定番の光景だな」

「挨拶も終わったことですし、クラーラはご婦人方と少し歓談しに行きましょうか」

「ま、まだお話ししないといけないのですか？　お母様」

レオノールに手を取られたクラーラは、不安げな表情で一歩後ずさった。

「大丈夫よ。ご婦人方はせっかく集まったこの機会にお喋りをするのが本当の目的なんですから。あなたは無理に会話に参加しなくても、ワインを片手に笑顔を保っていればそれでいいわ……私も傍についているから安心なさいな」

クラーラをお借りしますね、とノエインに言い残し、レオノールは娘の手を引いて離れていった。行く先は中庭の一角、夫や父親の名代として出席している女性たちのもとだ。

「……卿らが貴族たちと挨拶を交わしているのを眺めさせてもらったが、クラーラは卿の隣にいると本当に幸福そうだ。妻として卿を信じているのが見ているだけで分かる」

クラーラとレオノールを見送りながら、アルノルドが呟くように言った。

「恐縮です。我が領での一件以来、クラーラには心を許してもらっていると自負しています」

「クラーラを最も幸福にできるのは卿だ。そう考えた私の目に狂いはなかったと思っている。これでよかったのだと、間違いなかったのだと……」

華やかなドレスに身を包んだ愛娘を見つめるアルノルドは、表情に哀愁を漂わせていた。

と、その表情が引き締まり、その視線がノエインの方を向く。

「アールクヴィスト卿……いや、ノエインよ。我が息子よ。どうかクラーラを大切にしてやってくれ。お前がクラーラの幸福を守ってくれるのならば、私はお前の義理の父として助力を惜しまないと約束する」

「……お任せください、義父上(ちちうえ)」

ノエインはアルノルドを真っすぐに見返して答えた。

・・・・

クラーラの嫁入りの準備は事前に整えられていたので、披露宴の翌日にはノエインは彼女を連れてアールクヴィスト領へと発つ。アールクヴィスト士爵家の馬車と、さらに数台の荷馬車に嫁入り道具を積み込み、ケーニッツ子爵家の屋敷を――クラーラがこれまでの人生のほとんどを過ごした屋敷を出発する。

正午前にレトヴィクを発ったアールクヴィスト士爵家の一行は、途中で休憩を挟みながら半日の行程を何事もなく進む。

そして午後。一行は領都ノエイナで領民たちに迎えられる。ほぼ全ての領民が沿道に集まり、領主の妻の輿入れを盛大に歓迎する。

農民も職人も商人も。平民も奴隷も。男も女も子供も。誰もが笑顔で手を振り、あるいは敬意をもって礼をする中を馬車は進み、アールクヴィスト家の屋敷へと辿り着く。

そこでは領都に居残っていた臣下の全員が整列し、主君の妻を迎える。

馬車が屋敷の前に停まり、ノエインとマチルダに手を引かれてクラーラが降り立つと、臣下たちは全員が地面に膝をついて首を垂れる最敬礼を示した。

従士長であるユーリが、その場に並ぶ全員を代表して口を開く。

「我ら臣下一同、クラーラ様を心より歓迎申し上げます。アールクヴィスト士爵家の御為に、変わらぬ忠節を尽くし、身命を賭してお仕えしてまいります」

「ありがとうございます。アールクヴィスト士爵夫人として、皆様の忠節にお応えできるよう私も全力を尽くしてまいります。皆さん、これからどうかよろしくお願いします」

そう答えるクラーラの表情は、以前にアールクヴィスト領の地に降り立ったときとはまったく違う、自信と幸福感に満ちた晴れやかなものだった。

この日、クラーラはアールクヴィスト領の一員となった。

六章　備え

「あなた、朝です」

「お目覚めくださいい、ノエイン様」

夏の朝。両隣からかけられた優しい声で、ノエインは目覚めた。

目の前にあったのは愛するマチルダとクラーラの顔。昨晩ノエインと愛し合ったときのまま、一糸まとわぬ姿の二人が、微笑(ほほえ)みをたたえてノエインの顔を覗(のぞ)き込んでいた。

「……おはよう、マチルダ、クラーラ」

ノエインも微笑みを浮かべ、身体(からだ)を起こす。マチルダから水の注がれたカップを受け取って喉を潤し、クラーラに額の寝汗を拭ってもらい、二人とそれぞれキスをした。

その後は服を着て顔を洗い、寝室を出て一階の食堂に移り、朝食の席に着く。ノエインが上座に座り、ノエインから見て右手側にマチルダが、左手側にクラーラが座る。

そして、ロゼッタの作ってくれた麦粥(むぎがゆ)と茹(ゆ)でジャガイモの朝食を取る。

クラーラがアールクヴィスト士爵家の屋敷で暮らすようになって一週間と少し。これが、ノエインたち三人の朝の日常だった。

「今日の予定は……定例会議だったね」

「はい。午後二時からの予定となっています」

ノエインがもさもさとジャガイモを頬張りながら呟くと、マチルダが麦粥を掬う手を止めて答えた。定例会議は領主と臣下が集って領地運営に関する情報を共有する場で、アールクヴィスト領の開拓一年目の秋頃より、月に二回ほどの間隔で開かれている。

屋敷には一日を二十四分割（午前と午後をそれぞれ十二分割）して時刻を示す時計の魔道具が置かれており、外で働く従士たちもそれぞれ携帯用の時計の魔道具を持っている。これは時刻を確認するたびに魔石の魔力を消耗するが、定例会議の日ともなれば従士たちも多少の魔石代を惜しまず魔道具を見るので、集合が極端に遅くなる心配はない。

「分かった。それじゃあ今日の仕事はそれまでに一段落させないとね……クラーラにとっては初めての定例会議か」

「はい。少し緊張しますが、心して参加させていただきます」

この一週間ほどマチルダと共にノエインの執務を補佐しながら、少しずつアールクヴィスト領の運営について把握を進めていたクラーラは、初の定例会議参加を前にそう言った。

午後。三人で昼食を済ませて昼休みを過ごしたノエインたちは、定例会議に向かう。

屋敷には大きな会議室がないため、定例会議を行うのは最も広い部屋である従士執務室。既に部屋に集まっていた臣下たちから礼をされながら入室したノエインは、やや緊張した表情のクラーラと共に奥の机に並んで座った。

　ノエインの右隣には書記を務めるマチルダが着席し、他の者たちは、これまでの定例会議でなんとなく自身の定位置となっている席に着く。元は従士のみが参加する会議ではあったが、今では屋敷の責任者であるキンバリーや、奴隷身分ながら重要な仕事を任されているクリスティなども参加している。

「皆お疲れさま。皆も見ての通り、今日からはクラーラも定例会議に加わるから、よろしくね」

　ノエインに紹介されたクラーラは緊張しながらも笑顔を見せ、臣下たちはそれに頭を下げる。

「それじゃあ、今日も始めようか。まずはアンナから頼むね」

「はい」

　従士たちの役割が専門化され、領地運営の体制が洗練されたことで、会議での報告順などは開拓初期から少し変わっている。まずは内務、外務、農務など各部門の責任者が報告を行っていき、その後は何か個別に言いたいことのある者が挙手して報告をしていき、最後にノエインが皆に伝えるべきことを話す……という流れが定番となっている。

「まず、領の財政状況については引き続き良好です。収穫された麦の現金化はスキナー商会のフィリップさんのおかげで昨年よりも迅速に進み、輸出したクロスボウとジャガイモの売上金もまだ残っているため、鉱山開発への投資分を差し引いても、十分な予備資金があります」

　皆で共有すべき大まかな財政状況を、アンナは理路整然と報告していく。

「その鉱山開発の方も、予定より早く進んでいます。ヴィクターさんたちの尽力もあってバルムホルト商会の作業場は仮稼働を開始。今週中にも、アールクヴィスト領内で一次加工された最初のラピスラズリが輸出される予定です。それと、先日発見された鉄鉱脈も、規模はそれほど大きくありませんが継続的に採掘可能と判断されました。いずれはそちらの開発も進む見込みです」

　ドワーフの鉱山技師ヴィクターは、移住と同時にバルムホルト商会という名の鉱山開発商会を設立し、早くも精力的な働きぶりを見せている。

　その働きの中で、鉄鉱脈の発見という大きな成果も生まれていた。輸入に頼らず鉄を確保できるようになれば、アールクヴィスト領の社会はまた一段安定する。

「私からの報告は以上です」

「それじゃあ、次は俺ですね」

　アンナと入れ替わって、バートが立ち上がった。

「先日はノエイン様の名代として、オッゴレン男爵領に親善訪問に赴きました。向こうで大変な歓迎を受けたのはもちろん、道中に通過した貴族領でも丁寧な扱いを受けましたね。いくつかの貴族領では領主様のお屋敷に招かれたほどです。このことからも、アールクヴィスト士爵家は王国北西部において重要視されていると分かります。外交面では憂慮すべき事項はないかと……俺から話すべきことはこれくらいでしょうか。取り立てて大きな報告事項もなくてすみません。ははは」

　爽やかな笑顔で短い報告を締めたバートが着席すると、その隣でエドガーが立った。

「では、次に私からこの夏の収穫に関する報告を。収穫量は昨年の予想よりやや多く、脱穀に要する時間が予定より大幅に短縮されました。これは従士ダミアン殿が考案した千歯扱きの効果によるものです。脱穀に従事した農民たちが、揃って感謝の言葉を述べていました」

「おおー、それはよかった！　作った甲斐がありましたね！」

エドガーの言葉を聞いたダミアンは、分かりやすく嬉しそうな表情になった。

ダミアンの考案した千歯扱きとは、細い棒を櫛のように並べた大型の道具。これに麦の束を通すことで、叩き棒で叩いて脱穀する今までのやり方とは比べ物にならないほど作業効率がよくなったという。

ダミアンがこの千歯扱きを開発した経緯には、クリスティが関わっている。

ある日、昼食にジャガイモの炒め物が出た。富裕層でもなければ料理は手づかみ、あるいは匙で食べるのが一般的。ダミアンは細切りのジャガイモを匙で掬うのに苦戦していた。

その目の前で、裕福な商家出身のクリスティは、私物のフォークを使ってこの炒め物を食べていた。細切りのジャガイモをフォークに絡めて口に運ぶ彼女の手元を見たダミアンは、いきなり「これだ！」と叫んで食堂を飛び出していった。

それから数日後、ダミアンは自信満々に、千歯扱きの試作品をクリスティに披露した……と、ノエインは聞いている。

「脱穀が早く終わったおかげで、その後の農作業も余裕をもって進められるようになりました。ま

た、空いた時間を使ってラドフスキー商会の日雇い労働に臨む農民も増え、家屋建設や鉱山開発にも寄与できています」

「それはいいね。鉱山村の開発のために今はとにかく建設作業の担い手が必要だから、すごく助かるよ。ダミアンは本当にお手柄だったね」

大きな成果を上げたダミアンをノエインが皆の前で褒めると、当人は一層明るい笑顔を見せながらてれてれと頭をかいていた。

エドガーが話し終えて着席した後も、従士たちの報告は続く。各々が自身の担当する業務について報告し、領主直営工房の運営状況については、こうした報告が下手なダミアンに代わって事務担当者のクリスティが話す。

基本的に平時のアールクヴィスト領では大きな問題なども起きないため、新たに注目すべき報告事項は出なかった。

「それじゃあ最後に、何か提言がある人がいればお願いね」

会議の終盤、ノエインは臣下たちを見回して言った。ここで領地運営に関する新たな提言が出ることもあるが、誰も何も言わずに終わることも多い。

今日は前者だった。

「では、私からひとつ」

「はい、ユーリ」

ノエインに発言を許可されたユーリは、表情を引き締め、あらためて口を開く。

「これはあくまで私見ですが……そう遠くないうち、早ければ半年以内にも、ロードベルク王国とランセル王国の間で大きな戦争が起こる可能性があると考えます。つきましては、王命による出動に備え、今より軍備を整えるべきかと存じます。また、戦争に伴う社会情勢の混乱に対する備えもしていくべきかと」

領主夫婦と臣下が集う会議の場ということもあり、かしこまった口調で語られたそれは、なかなかに衝撃的な提言だった。

ユーリの発言を受けて、同じような考えをしていたのか元傭兵の四人はほとんど無反応だった。それ以外の者は驚き、あるいは不安げな表情を見せた。

ノエインは最初は驚いて目を丸くしたが、やがてユーリと同じように表情を引き締める。隣で不安そうな顔をしていたクラーラの手を机の下でそっと握り、ユーリに向けて口を開く。

「……なるほど。詳しく聞かせてほしいな」

「まず、スキナー商会のフィリップから聞いた話が根拠のひとつです。そのフィリップはマイルズ商会のベネディクト・マイルズ氏から聞いたらしいのですが……それによると、麦と鉄の値が少しずつ高騰しているそうです。さらに、以前より多くの量が王国南西部に流れていると。これは典型的な大戦前の兆候です。おそらくは、南西部の貴族たちが戦いに備えているものと思われます」

大軍が集まって戦争をするとなれば、そこには大量の食料と武器の需要が生まれる。開戦を決意した、あるいは予感した南西部貴族たちが、麦と鉄を買い集めて溜め込んでいるのだろう。ユーリはそう語った。

「そしてもうひとつ。このアールクヴィスト領に流れてくる移住希望者の変化を見て、戦争が近いと感じました」

「移住希望者の変化、か……」

「はい。閣下もご存知かとは思いますが、以前の移住希望者の大半は、農村から逃げてきた者たちでした。しかしここ数か月で、都市部の元住民もちらほらと移住してくるようになりました」

ノエインは今も移住希望者の全員と面談し、直接言葉を交わした上で受け入れている。ユーリの言うような変化は、ノエイン自身も把握していた。

とはいえ、都市部にも紛争の影響が響き始めているのだな……と思った程度で、それ以上の注目はしていなかった。

「中には上級貴族領の領都から逃げてきたという者までいました。社会情勢の悪化が膝元まで響いてくる状況で、南西部の大貴族たちが埒の明かない紛争を続けたがるとは思えません。また、これは都市部からの移民と話をして聞いたことですが……国境地帯では、よりましな環境を求めて、ランセル王国からロードベルク王国へと逃げ込んでくる難民も増えているそうです。長引く紛争の影響は、積極的な軍事行動を続けているランセル王国の方にこそ、より大きく響いているものと考えられます」

「……ロードベルク王国もランセル王国も、国境地帯には紛争の影響が無視できないほど広がっている。この状況を打開するために、両国とも大規模な戦争に臨んで早期に決着をつけたがる……っていうことかな？」

「仰る通りです」

　ノエインが尋ねると、ユーリは頷いた。

「とはいえ、これはあくまで私見。言ってしまえば、元傭兵としての私の勘でしかありません」

「……いや、ユーリがそう言うなら信憑性は高いと思う」

　ノエインは椅子の背もたれに体重を預け、腕を組みながら言った。

　麦と鉄の高騰。移住希望者の性質変化や南西部の情勢に関する証言。そして、元傭兵として戦場で人生の多くを過ごし、いくつもの戦いを経験してきたユーリの勘。根拠としては十分だとノエインは考えた。

「もし戦争が起こっても、今後は私の実家であるケーニッツ子爵家が、アールクヴィスト士爵家の後ろ盾となってくれます。戦争への参戦準備や、社会情勢の混乱からの守りについては、ケーニッツ子爵家の全面的な支援を受けられると思いますが……」

　クラーラの意見を受けて、ノエインはしばし考える。そしてまた口を開く。

「確かに、いざとなったらアルノルド様が助けてくださるのはありがたいね。だけど、最初からそれだけを当てにして備えをしないわけにはいかない。独力で領地を守る努力を怠るのは貴族として失格だし……娘婿がそうやって他者の力を当てにする愚か者だと知ったら、義父上をがっかりさせてしまうからね」

ノエインが冗談めかして言うと、小さな笑いが起こる。

「それに、ケーニッツ子爵家の威光やアルノルド様の影響力も絶対じゃない。社会が大きく混乱すれば、何かのきっかけでケーニッツ子爵家が没落する可能性だってある。そういう場合も考えて、アールクヴィスト士爵家が自家の力で生き残るための努力をしていかないと。こういう例え話は、クラーラとしては気分がよくないと思うけど」

「いえ、私はもうアールクヴィスト士爵家の人間ですので……私の方こそ浅はかな発言をしてしまってすみません」

「そんなことないよ。ケーニッツ子爵家が助力を確約してくれてるのは本当に心強い。その上で、さらに安心できる状態を作るために、アールクヴィスト士爵家としても備えをしていこう」

余計なことを言ったと思って落ち込んでしまったクラーラに、ノエインは優しい声色で答えた。

「先の盗賊団との戦いでは、念のためにと言って防衛準備をしたおかげで僕たちは生き長らえたんだ。その経験を踏まえれば、準備しすぎるということはない。仮に戦争がすぐに起こらなかったとしても、軍備を整えて社会情勢の悪化に備えておくのはいいことだ。領主として正式に、従士長ユーリの提言を受け入れるよ」

ノエインの言葉を聞いて、ユーリは短く首を垂れた。

「具体的にどんな準備をしていくかは、ユーリや皆の意見も聞きながらこれから考える。皆にもそれぞれの担当分野で協力や提案を求めることもあると思う。そのときはよろしくね……たとえ戦争が起こっても、そのせいで社会が不安定になっても、全員で協力して乗り切ろう」

そう言って、ノエインはその日の定例会議を締めた。


会議の終了後、ノエインはクラーラを伴って退室し、マチルダもそれに続く。使用人であるキンバリーもすぐさま退室し、部屋の扉を閉める。

そして、残った臣下たちはしばし雑談に興じる。最近は各自が以前にも増して忙しくなり、こうして一堂に会して言葉を交わす機会は貴重になった。

今日の話題は他でもない。臣下たちにとって今最も関心の高い事項――領主夫妻とマチルダの関係性についてだ。

「……見たところ、やはりノエイン様と奥方様の関係は良好なようだな」

「ですね。どこからどう見ても仲睦まじい新婚夫婦です」

ユーリの呟きに同意するようにバートが首肯する。

「婦人会の会議で会ったときにマチルダに聞いたけど、彼女も奥方様との仲は良好みたいよ。無理をして言ってる様子もなかったし、こっちも心配はなさそうね」

そう語ったのは、マチルダの友人でもある婦人会会長のマイだ。

「ノエイン様とマチルダさんの関係も変わりはありませんね」

「いつもずっと一緒にいらっしゃいますし、以前と変わらず……むしろ、以前にも増して仲良くしていらっしゃるように見えます」

仕事柄ノエインやマチルダと毎日のように顔を合わせるアンナと、屋敷住みのためにノエインたちの様子を日常的に見ているクリスティが発言する。

「結局、マチルダと奥方様じゃあ立場も役割も被らないから、対立する理由もないんでしょう。夜は三人一緒に寝室に入って、朝は三人一緒に起きてくるほど仲が良いんだ。何も心配することはありませんよ」

「……寝室まで一緒か。それだけ仲が良いなら、まあ心配はないだろうな」

こちらも屋敷住みのペンスが語ると、その話に片眉を上げて驚きながらもユーリが言った。他の者たちもそれぞれ驚きながら、しかし最後には安堵の表情を見せた。

これは単なる好奇心からの噂話ではない。

領主家の安寧は領地の安寧と直結する。領主家の家庭生活が崩壊し、領地運営がままならなくなって没落した貴族領の例もいくつもある。

もしノエインとクラーラの結婚生活が上手くいかなかったり、マチルダとクラーラの関係が上手くいかなかったり、ノエインとマチルダの共依存関係が崩れて二人の精神状態が悪くなったりすれば、臣下たちにとっては死活問題だ。

そうした悪い想像が現実にならなかったと知って、臣下たちはようやく心から安堵していた。

「にしてもよぉ……ノエイン様ならマチルダに加えて奥方様とも上手いことやるんだろうとは思ってたけどよぉ、さすがに寝室まで三人一緒だとは思わなかったぜ。貴族様の結婚ってのは皆こういうもんなのか？」

「いえ、私の生家はいくつもの貴族家と繋がりがありましたけど、ノエイン様ほどに複数の女性と上手にお付き合いをされていたという話は聞いたことがありませんね。複数の女性を囲われている方は大抵は家庭に揉め事を抱えていたようですし、囲われている女性同士の仲も、たとえ立場や役割が違ったとしても悪かったと聞いています」

首を傾げながら疑問を呟いたラドレーに、裕福な商家出身のクリスティが答え、最後に「どの貴族様も家庭の不和を隠しているつもりで、商人の界隈には筒抜けでした」と付け加える。

「ノエイン様と奥方様とマチルダの例は、かなり特殊なものだろうな。一体どうやってあそこまで仲良くやっているのかは分からんが……」

「……でもまあ、このくらい別に不思議じゃないわ。ノエイン様だし」

腕を組みながら語ったユーリの言葉を、その妻であるマイが継ぐ。

「そうですね」

「確かに」

「何せノエイン様だしな」

「ある意味でノエイン様らしいですね」

アンナとエドガーとペンスとバートが答え、その他の者も納得した様子で頷き合う。

ノエインは色々と尋常でない。それは、臣下たちにとって共通認識だった。

最初の従士であるユーリたちを自身の庇護下に引き入れた際の語り口に始まり、巧みな駆け引きでラピスラズリ原石の輸出による利益を確保した手際や、クリスティを教育し直した際の手口、最近では北西部閥で瞬く間に一定の立場を獲得した手腕まで、とにかくノエインは規格外だ。

そんな規格外の立ち回りの裏には、ノエインの異様な人柄がある。

ノエインはどこかがおかしい。極端にひねくれていると言うべきか、性格が悪いと言うべきか、とにかく常軌を逸していると、皆が思っている。

しかし、それでいいと、それで全く構わないと、やはり皆が思っている。

ノエインは自分たち全員に、以前より良い暮らしをくれた。そして、今より良い未来を見せてくれる。想像を絶するほど大きな慈愛で庇護下の全員を包み込んでくれている。

だから自分たちはノエインを敬愛し、ノエインに仕えている。ノエインがどれほど奇特な人間だろうと構わないと、心から思っている。

ノエインが妻であるクラーラと、そして何とも形容しがたい存在であるマチルダと、三人で奇妙な関係を築いていることなど、些事に過ぎない。ユーリたちはそんな認識を共有した。

「それにしてもペンスさん、よくそこまでの情報を把握してましたね？」

いくら屋敷住みとはいえ、ノエインたちが三人一緒に寝起きしていることまで知っていたペンスを意外そうに見ながらアンナが尋ねる。

「ああ、ロゼッタに聞いたんだよ。そのロゼッタはメアリーから聞いたらしいんだけどな……変に懐かれたのか、最近はやたらとロゼッタから話しかけられることが多くてな。あいつと話してるせいで、ノエイン様たちの日常生活にもやけに詳しくなっちまった」

「「「……」」」

それはおそらくロゼッタからペンスへの懸命なアプローチで、ロゼッタの片想いについては今では全員が知っている。気づいていないのは当事者であるペンスだけだ。

「ペンス、おめえ早く結婚できるといいな」

「はあ？　藪から棒になんだよ。相手がいねえんだからどうしようもねえだろ」

ラドレーの言葉の意味が分からずペンスが怪訝な表情をすると、皆は残念なものを見る目をペンスに向けた。

そんな会話がなされる部屋の隅で、話題に興味のないダミアンが机を枕に居眠りをしていた。

・・・・・

定例会議から数日後。ノエインは戦争とそれによる社会情勢の悪化に備えるため、臣下たちの意見も聞きながら、どのような施策を講じるかを決めた。

正式な領軍の創設と重武装化、資源や食料の自給と備蓄、そして人材育成。この三つが、急ぎ進めていくべきだとノエインが考えた施策だった。

この中で最初に取り組むことにしたのが、結果が出るまでに最も時間を要する人材育成――すなわち、領民の子供たちに基礎的な読み書きと計算を教える学校の設立だった。

子供たちが学校で読み書きと計算を学べば、その後の進路が農民、商人、職人、軍人、文官のいずれであろうとも、学のない者より大きな活躍が期待できる。領民の学力向上は、様々な面で領地の力の底上げに繋がる。

学校設立という案の裏には、そうした考えがあった。

「なるほど。誰でも無料で通える学校を……とても斬新で面白い政策ですね」

「ありがとう。自分で思いついたわけじゃなくて、そういう政策をとっていた国が昔あったって書物で知ったんだけどね」

夕食の席でノエインが自身の考えを語ると、クラーラは感心した様子を見せる。

「問題は、学校設立と運営の責任者を誰にするかなんだよね……」

ワインを傾けながら、ノエインは呟く。

従士たちにはそれぞれの仕事があり、皆が多忙だ。誰かの負担をさらに大きくすることは避けたい。かといって、農民出身者がほとんどである一般平民には、学校の設立から運営まで任せられるほどの人材はいない。

「……その役目、私に任せていただくことはできないでしょうか？」

ノエインが思考をめぐらせていると、クラーラがそう言った。

「私も貴族令嬢として、人並み以上には学問に触れてきました。父の雇った家庭教師からですが、体系的な教育を受けた経験があります。それに、学校設立と運営という仕事を担うだけの時間的な余裕もあります」

「……そっか。確かに、クラーラの言う通りだね」

盲点を突かれた気持ちでノエインは答える。

クラーラは名門貴族家の娘。学問への造詣の深さ、という点においては、雑多な書物から切れ端の知識をかき集めたノエインよりも、専門の教師から体系的に学んだ彼女の方が上だ。

学校という学問の場を作り運営する上で、おそらく彼女以上の適任者はアールクヴィスト領にはいないだろう。

また、時間という点でも彼女は適任だ。

アールクヴィスト士爵家に嫁いでからのクラーラは、ノエインが生家の書物の内容をまとめたメモから歴史に関する事柄を集めて読んだり、マチルダと共にノエインの執務の補佐をしながら領地運営について学んだりしている。

さらに、他貴族との繋がりが増えたノエインに、貴族社会の慣習や貴族同士が交わす手紙の書き方を教えたりと、貴族令嬢としての知識を活かした独自の活躍も見せている。

とはいえ、それらだけでは時間を持て余し気味であり、彼女がやや物足りなさを感じていることはノエインも分かっていた。

「アールクヴィスト士爵夫人として、あなたの妻として、もっと貢献していきたいと思っています……どうか私にこの役目を務めさせてください」

クラーラは真摯な表情で、ノエインを真っすぐに見ながら言った。彼女の目を見たノエインは、少しの間を置いて微笑を浮かべ、頷く。

「分かった。学校の設立と運営についてはクラーラに任せるよ。君ならできると信じてる」

彼女は単に領主の妻という立場に収まるだけでなく、真の意味でアールクヴィスト領の一員に、この地を支え発展させていく一人になろうとしてくれている。

ならば、自分は夫として、領主として、彼女の思いを受け入れるべきだ。ノエインはそう考えていた。

「ただ、クラーラ一人だと勝手が分からないことも多いだろうからね。実務面は従士たちにも手伝ってもらおう。従士長ユーリを補佐につけて、他の従士たちにも協力するよう頼んでおくよ。領主夫人として従士たちと仕事をするのに慣れるいい機会にもなると思う」

「それは心強いです。ありがとうございます……私、せいいっぱい頑張ります」

喜びと決意の笑顔を見せるクラーラに、ノエインも慈愛に満ちた笑みを向けた。

それからわずか数日後には、学校設立までの計画と具体的な授業計画をまとめたクラーラが再び領主執務室を訪れた。

「校舎を置くのは屋敷の北西側、公共施設を建てるために空けてある土地の一角がいいかと思いました。ユーリさんに顔を繋いでいただいてラドフスキー商会のドミトリさんとお話ししましたが、今は建設作業の働き手にも余裕があるので、平屋の小さな校舎であれば一か月もあれば完成させられるそうです。授業内容については……このように計画しました」

「ありがとう、読ませてもらうね」

ノエインはクラーラから差し出された書類を手に取り、それに目を通す。

その授業計画は、二つの段階から成っていた。

まずは、自分の名前や街の看板などを読み書きできて、さらに簡単な足し算と引き算ができるようになることを目指す基礎授業。季節によっても変わるが平均して週に数回、半年ほど学校に通えば修了できる計画になっている。

そしてもうひとつは、平易な文章を読み書きすることができ、掛け算や割り算までできるようになることを目指す応用授業。こちらは学ぶ生徒の理解度にもよるが、一年半から三年半ほどかけて修了する計画になっている。

さらに、この応用授業には、農学のエドガー、高等数学のクリスティ、軍学のユーリ、建築のドミトリ、医学のセルファースなど、専門知識を持つ者を招いて各分野の基本を教える計画も含まれていた。将来の文官や軍人、商人、職人、医師を増やすためのアイデアだ。

「専門分野の授業についてはそれぞれ月に一、二回程度を予定し、担当していただく皆さんからは既に了解をとっています。また、元から最低限の読み書き計算ができる子については、基礎を飛ばして応用授業から受けられるようにしたいとも考えています……いかがでしょうか？」

「凄(すご)いよクラーラ。たった数日でここまで考えてくれるなんて」

ノエインが手放しで称賛すると、クラーラは頬を赤くして嬉しそうな笑顔を見せた。

「だけど、この計画だと君自身も頻繁に教壇に立つみたいだね。歴史の応用授業に加えて、読み書き計算の授業でも教鞭(きょうべん)をとることになってる……それで大丈夫？　君がよければ僕としても構わないと思うけど」

「はい、大丈夫です。学問は好きですし、教師という立場で領民の皆さんと関わっていくのは、領主夫人として意義深いことだと思いました。それに、私は末子で自分より年下がいない家庭で育ったので、子供たちとたくさん関わることができたら嬉しいです」

「分かった。そういうことなら、この授業計画で進めていこう」

クラーラが自身の役割を持ち、自分なりのかたちで臣下や領民たちと関わりを持ったり、領内社会に貢献したりしたいと思っているのは喜ばしい。そう思いながら、ノエインは彼女の授業計画を全面的に承認した。

「よかったです。ありがとうございます……それにしても、領民の子弟が広く通う学校というのは聞けば聞くほど素晴らしい施策に思えます。高度な仕事に就ける人材を大幅に増やせますから。それなのに、どうして他の貴族領では聞かないのでしょうか？」

クラーラは少し不思議がるような表情で呟いた。

ロードベルク王国で学校と言えば、貴族の子弟や富裕層が通う王都の高等学校が一般的。他には、地方の有力者の子弟が通う私塾などが一部の大都市にある程度だ。ノエインが知る限り、そしてクラーラが知る限りでも、このような仕組みの学校は存在しない。

「庶民が通える学校っていうのは、社会の上層にいる人たちからすれば面白くないんだよ。下々の人間が賢くなると、自分たちの立場を脅かされるかもしれないからね。僕みたいな施策を他の領主貴族が講じようとしたら、その貴族を支える豪商や豪農からの支持を失ってしまうだろうね」

「なるほど、そのような事情が……社会は難しいのですね」

ノエインが微苦笑しながら解説すると、クラーラはなんとも言えない表情になった。

「そうだね。領内の誰もが通える学校を設立できるのは、まだ社会の既得権益層が存在しないアールクヴィスト領だからこそだよ」

本来はこうした学校の設立に反対する立場になり得るフィリップやドミトリ、ヴィクターも、商会に頭脳労働の担い手が足りないためにノエインの施策を歓迎している。従士たちの方も、特に領民と関わる機会の多いエドガーやマイなどは、領内社会のさらなる発展や複雑化を見越して、領民全体の学力の底上げを望んでいる。

「あとは、平民にとっては子供も貴重な働き手だから、学校に通わせる余裕がないっていう問題もあるけど……その点も、ジャガイモのおかげで食料の生産効率がいい上に税が軽いアールクヴィスト領では問題にならないね。きっとそれなりの人数が学校に集まるよ」

学校設立の効果が領内に表れるまで、早くとも数か月、遅く見て一年以上はかかる。

それでも、学のある領民が増えることで領内社会は確実に洗練され、下手をすれば戦後数年は続くであろう社会情勢の悪化に柔軟に対処できるようになる。

だからこそ、今から手を打っておくことに意味がある。ノエインはそう思いながら、引き続き施策を進めるようクラーラに頼んだ。

・・・・・

学校の設立と並んでノエインが真っ先に取り組み始めたのが、領軍の創設。

人口が増え続けるアールクヴィスト領の治安を維持し、今後またオークや盗賊団などの危機が迫った際に確実に領地と領民を守れる体制を作るため、ノエインは常備軍を持つことを決めた。

その実務責任者に任命された従士長ユーリは、任命から数日後には具体案をまとめて領主執務室を訪れた。

「それじゃあ、説明をお願いね」

「ああ」

執務室の応接席でノエインと顔を合わせたユーリは、ノエインとマチルダ以外の目がないこともあって気安い口調で応じながら、ノエインに計画書を手渡す。

「まず、領民の男たちに声をかけて、領軍への入隊希望者がどの程度になるかを探った。それと並行して、働き手がどの程度抜けても農業に支障がでないかエドガーと話し合った。結果、総指揮官をノエイン様、実務指揮官を俺、士官をペンス、ラドレーが務め、その下に兵士三十人を置く編成が妥当だと考えた」

「……なるほど。けっこう多いんだね？」

移民が流入し続けるアールクヴィスト領は、今では人口が四百人を突破し、なおも増え続けている。それでも、領軍が三十人というのは人口比で見るとかなりの規模と言える。

「現状で人口比を見ると多く聞こえると思うが、先を見越すとこれくらいの規模は欲しい。今の調子だとアールクヴィスト領の人口は年内にも五百人を超えるし、鉱山村の開発も進んでいる。領内各所の防衛、戦争への従軍……兵士が必要になる場面はこれからますます増えるだろう」

アールクヴィスト領は領地の全域が森である以上、魔物の脅威には常に晒(さら)される。人里の面積が広がれば魔物対策の労力も増える。今後は領都ノエイナだけでなく、領内経済の要となる鉱山村も厳重に守らなければならない。

兵士は常に全員を稼働させるわけにはいかず、交代で休日や訓練の時間をとらせなければならない。戦傷や戦死で人員が欠けることも考えなければならない。

おまけに、戦争に参加するとなれば、出征する部隊と領地に居残る部隊で軍を割ることになり、人員をぎりぎりにしていたら一気に人手不足になる。

幸い、アールクヴィスト領はジャガイモのおかげで食料生産効率が良く、農業に割く労働力が他領よりも大幅に少なくて済む。

これらの事情を考えると、三十人という領軍の規模は決して大きすぎるものではない。ユーリはそう語った。

「この人数を農民から兵士にしても問題がないことは、エドガーにも確認済みだ。アールクヴィスト領は他領と比べて働き盛りの世代がかなり多くて、子供や老人が少ないからな。実際の人口規模以上に労働力には余裕があるらしい……移住時はまだ幼かった子供たちも、成長してぼちぼち農作業を務められるようになっている。今後は学校に通う子供も出るだろうが、それだって毎日朝から晩まで農作業を抜けるわけじゃない」

「あはは、まあ確かにね……軍に引き抜く人数について、エドガーと調整がついてるなら問題はないよ」

ノエインはユーリの計画を承認し、その後は募兵や訓練、そして領軍の詰所と訓練所を作る土地の確保など、具体的な内容について話し合う。

こちらに関しても、ユーリが各方面と大方の調整をつけながら概案をまとめていたので、極めて迅速に話は進んだ。

「それともうひとつ。領軍兵士となる者たち全員に、設立される学校の教育を受けさせたい。ひとまずは基礎授業まで」

話し合いの最後に、ユーリはそう提言した。クラーラの補佐として学校設立のための業務にも関わっている関係で、ユーリは授業計画についても把握している。

「兵士は馬鹿には務まらない。命令を理解するだけの頭が要るし、武器をはじめ備品の管理もできなければ話にならない。それに、最初は全員が兵卒だとしても、ゆくゆくは古参兵として新兵を指導する側になるだろうし、士官になる奴も出てくる。訓練の一環——座学として学校教育を取り入れたい」

「なるほど、尤もな意見だね……分かった。クラーラと話して、ユーリの言った通りにできるよう調整するよ」

「頼んだ。俺の方も、できるだけ早く訓練の段階に移れるよう急ごう」

話し合いが終わり、ユーリは敬礼して退室していった。

領軍兵士となる志願者を集め、採用し、訓練を施す。実際に領軍が機能するようになるまで、あと数か月はかかる見込みだ。

・・・・・

レスティオ山地の麓では、バルムホルト商会とラドフスキー商会によって、鉱山開発の拠点となる村の建設作業が進んでいる。

ノエインが本格的な鉱山開発を決意した春頃から着々と進んでいるこの建設作業には、ノエイン自身も度々手を貸していた。週に一、二度ほど現場を訪れ、自らゴーレムを操作して森を切り開き、村を作るための平地を整備していた。

七月の下旬。この日もノエインは森の伐採を進めていた。

ゴーレムに大きな斧を握らせて木を切らせ、枝打ちをして丸太材に変え、ゴーレム二体がかりで木材置き場へと運ぶ。午前中から数本の木を切り倒し、昼を回ったところで休憩に入る。

木陰に座り込み、マチルダから水の入った革袋を受け取って喉を潤していると、そこへヴィクターが歩み寄ってきた。

「閣下、お疲れさまです。いつもながら、本来は我々領民が行うべき作業にまで閣下のご助力をいただき、なんとお礼を申し上げればよいか……」

雇われの鉱山技師から今では自身の鉱山開発商会を抱える身となったヴィクターは、ノエインが村の建設作業を手伝いに来ると、毎回のようにこうして律儀に礼を伝えてくる。そんな彼に、ノエインは領主として慈愛に満ちた笑顔を見せた。

「森林の伐採は、僕がアールクヴィスト領の開拓を始めた初日からずっと続けてることだからね。せっかく神に授かった傀儡魔法の才があるんだ。君たち領民のために使わないと勿体ないよ」

「ありがとうございます。おかげさまで、私も労働者や奴隷たちを鉱山開発に回すことが叶い、ドミトリ殿にも建設作業の方に集中してもらうことができております。閣下の慈悲深さに敬服するばかりです」

　野性的な見た目とは裏腹に模範的な紳士であるヴィクターは、丁寧に頭を下げてくる。

「僕の慈愛が君たちに伝わっているのなら何よりだよ……ところでヴィクター。ひとつ相談したいことがあるんだけど、いいかな？」

「はい。閣下のご相談とあらば、喜んで聞かせていただきます」

「ありがとう。実は、新しく発見された鉄鉱脈のことなんだけどね」

　ヴィクターがにこやかに頷くのを確認して、ノエインは話を続ける。

「鉄鉱石の採掘を本格的に始めるのはもう少し先になる見込みだったと思うけど、小規模でいいから、今のうちから始動できないかと思ってるんだ」

「小規模に……ということは、得られた鉄資源はご領地の中で使う、ということになりますか？」

「そうだね。察しが良くて助かるよ」

　領軍を創設するとなれば、全員に装備を支給しなければならない。鎧は革製でいいとしても、武器と兜は鉄製のものを用意したい。

また、自領の軍事力強化のため、そして他領への輸出のためにも、クロスボウの生産により一層の力を入れなければならない。

そして、社会情勢に左右されないよう、せめて領内社会で消費する分の鉄はできるだけ早く領内で生産できるようにしたい。

そうした事情から、ある程度の鉄鉱石の採掘と加工を行える体制をすぐにでも整えたいと、ノエインは語った。

「もともとはラピスラズリの輸出量増加を優先していく計画だったと思うけど、そっちを少し遅らせて構わないから、その分の労力を鉄の方に回してもらいたいんだ。急にこんなことを頼んで悪いんだけど、できるかな？」

問われたヴィクターは豊かな顎髭に指をあてて少し考え、また笑みを浮かべる。

「そういうことでしたら、来月の月初にも鉄の採掘を始められるように人員の割り振りを調整しましょう。鉄鉱脈の採掘準備はある程度進んでいますし、職人と労働者の一部を鉄の方に回すだけなので、何も問題はございません」

「それならよかった。じゃあ、よろしく頼むね」

その後は具体的な採掘量などを話し合い、それも短時間ですんなりとまとまる。

領地開拓の必需品であり、軍需物資でもある鉄を領内で確保する目処が立ったことで、ノエインは安堵した。

・・・・・

領内で鉄を手に入れる目処が立った数日後、ノエインは領都ノエイナの北東側の外れ、ミレオン聖教伝道会の教会を訪れた。

「今日はお時間をいただき感謝します、ハセル司祭」

「アールクヴィスト閣下には日々格別のご厚意をいただいておりますからには、私どもも閣下のご来訪を心より歓迎する次第にございます」

この地でミレオン聖教の教えを伝え広めているハセル司祭は、自らノエインを出迎え、恭しく頭を下げた。

まだ二十代前半と若いハセル司祭は、敬虔(けいけん)な聖職者として自らの修行も兼ねて、妻や数人の修道士、修道女と共にアールクヴィスト領に移住し、教会を運営している。

教会設立のための費用はノエインが全額負担し、その後も定期的な寄付をしているので、ノエインは司祭から下にも置かぬ扱いを受ける。教会の中に通され、お茶を出され、しばらくはたわいもない世間話に興じる。

「さて……実は、本日は司祭にご協力をお願いしたいことがありまして」

場の空気が温まったところで、ノエインはそう切り出した。

「それはそれは……私のようなしがない司祭にお力添えできることがございましたら、ぜひともお伺いしたく存じます」

「ありがとうございます。では、単刀直入に言うと、私はミレオン聖教伝道会が保有する『天使の蜜』の原液を欲しています」

世俗とは一定の距離を置いて歴史を重ねてきた伝道会は、主に薬品などに関して、独自の技術をいくつか持っている。それらの中には有用だが使いようによっては危険なものもいくつかあり、極端な乱用による社会の混乱を防ぐため、王家も伝道会に技術の秘匿を許している。

そんな技術のひとつに、『天使の蜜』と呼ばれる薬の製造術があった。

それは、ロードベルク王国北東部にある伝道会の総本山でのみ栽培されている、特殊な魔法植物を原料とした薬品。薄めて使うのが一般的であり、ごく薄いものは痛み止めとして、それより少しだけ濃いものは麻酔として、あるいは非殺傷性の麻痺薬として、医療や治安維持のために活用されてきた。

寄付と引き換えに各貴族領に卸されている『天使の蜜』は、伝道会の重要な収入源でもある。

そんな『天使の蜜』には、原液のままだと効果が強すぎて凶悪な毒になるという一面もあった。

この原液が体内に入ると、まず数時間ほど身体に力が入らず、立つことはおろか指を動かすことすらままならなくなる。

全身の痺れは数時間で解けるが、その後も身体の一部——腕か、足か、あるいは顔か、個人差はあるがどこかしらに麻痺が残る。そして、この麻痺は十年単位で、下手をすれば一生涯続く。

場合によっては食らわせた相手を死ぬまで寝たきりにさせることさえできる劇薬だが、だからこそ貴族間の政争などで悪意をもって使われることはほぼない。報復の応酬が始まれば収拾がつかなくなり、そのような泥沼の状況を引き起こすことは誰もが嫌がるためだ。

原液のまま人体に使うのは、罪人に死刑よりも一段軽い刑罰を施す場合などに限られる。

「……なるほど。原液のかたちでご所望ということですが、どの程度の量をお求めでしょうか？」

運搬や保存の利便性から、『天使の蜜』を原液で求める貴族は珍しくない。そのこと自体には大きな違和感を抱いた様子はなく、ハセル司祭はノエインに尋ねた。

それに対して、ノエインは微笑みを作りながら、手振りで円を作った。

「これくらいの壺に一杯ほどいただきたいと思っています」

「っ！　そ、それは……またなんとも、多くの量をお求めになるのですね……」

ハセル司祭はやや慄きながら言った。

医療用に『天使の蜜』を用いる場合は、数十倍に薄め、しかもそれを少量だけ患者に飲ませたり患部に塗ったり、針に塗って患部の近くに打ったりする。原液のまま罪人などに打つ場合も、使う量はごく僅かだ。

アールクヴィスト領の人口規模を考えると、壺一杯も原液を備蓄するのは明らかに過剰。単に医療用や刑罰用に用いるだけとは思えない。

ハセル司祭の表情は、そう語っていた。

「壺一杯もの原液を取り寄せるとなると、総本山が納得する用途の説明が必要となります。畏れながら、それほどの原液を閣下がどのようにお使いになるのか伺わなければ……」

「ええ、もちろん説明させていただきます」

恐縮しながら尋ねるハセル司祭を前に、ノエインは微笑みを崩さない。

「私も神の子の一人。神の恵みである魔法薬を、神のご意思に反して悪用するつもりはありません。私が『天使の蜜』の原液を求めるのは、偏に領民と領地を守るためです……ハセル司祭は、昨年にこの領でオークが出現したことや、この領が盗賊団の襲撃を受けたことはご存知ですか？」

「もちろん存じております。オークの件に関しては領民の皆さんから教えていただきましたし、閣下が盗賊団を見事討伐した話は、王国北西部の誰もが知るところです」

「であれば、話は早いですね。私は同じような事態が再び起こることを憂慮し、そのような場合に確実に領民と領地を守るためにこそ『天使の蜜』の原液を欲しています」

やましいことなど一切ない。そう表情で物語るように、ノエインは微笑みを維持する。

「ベゼル大森林の中に領地がある以上、魔物との戦いはアールクヴィスト領の宿命です。オークほどの強敵が現れることは少ないとしても、その他の手強い魔物と遭遇する可能性は常にあります。森を切り開いて開拓を進めていくほどに、そうした危険性は高まるでしょう」

魔物は体内に魔石を有し、普通の動物よりも多くの魔力を持つ以上、薄めた『天使の蜜』を食らわせても効果が薄いこともある。

強力な魔物が出現したときに、ゴーレムを操れる自分が常に領地にいるとも限らない。臣下や領民たちだけでも十分に対処できるよう、切り札として『天使の蜜』の原液が欲しい。ノエインはそう語った。

「また、先の盗賊団との戦いでは、結果的に賊の多くを殺す結末となりました。とはいえ、彼らも生まれたときから悪人だったわけではありません。彼らに贖罪の機会を与えることなく一方的に殺戮をくり広げたことは、神の子の一人として心苦しくもありました」

ノエインは沈痛な面持ちを作りながら語る。

「西のランセル王国との関係は年々悪化し、戦争が近いとも噂されています。戦争の前後には混乱がつきもの。食い詰めて盗賊に落ちる者の出現や、同じ王国貴族同士での争いの勃発が考えられます。アールクヴィスト領が再び争いに巻き込まれる可能性もあります。そのような場面で、私はできる限り相手を殺したくないと思っています」

穏やかに淡々と語るノエインの言葉に、ハセル司祭もじっと耳を傾ける。

「『天使の蜜』があれば、それが叶います。もちろんこの場合は原液のままではなく、薄めて使います。『天使の蜜』を麻痺薬として使えば、相手を殺めずに無力化できる場面が増えるでしょう」

麻痺薬としての『天使の蜜』を戦いに用いる事例は、ないわけではないが、数としては少ない。『天使の蜜』は武器として惜しみなく使うには高価すぎる上に、命の奪い合いの場で、相手の身を案じる余裕など普通はないためだ。

それでも、同胞との不幸な争いでは、可能な限り相手を殺めたくない。ノエインは切実な声色と表情でハセル司祭に訴えた。

「それとは別で、単純に医療用として用いたいというのもあります。先の盗賊団との戦いでは、こちらにもそれなりに負傷者が出て、手元に『天使の蜜』がなかったために長い時間痛い思いをさせてしまいましたから……戦いの場で麻痺薬や麻酔薬として用いるとなるとある程度の量が必要になりますが、薄めてから壺に何十も分けて保存するのは管理の手間が増えすぎる。そのため、原液の状態で備蓄しておきたいと考えています」

「なるほど、そのようなお考えで……」

ノエインの説明を聞き終えたハセル司祭は、納得した様子で頷く。

「……相手の命をも思いやる閣下のお心、ミレオン聖教の教えにも通ずる部分があります。閣下はこの教会の設立をはじめ伝道会の活動に多大な理解を示してくださいますし、常に民を思い、正義を成しておられる。閣下のような御方(おかた)であれば、総本山も壺一杯の原液提供を認めるでしょう」

アールクヴィスト領民と普段から接しているハセル司祭は、ノエインのことを、素晴らしく清い心を持った善良な貴族だと思っている。だからこそ司祭は、ノエインの言い分を全面的に信じ、ノエインの要求に応える旨を示した。

「それはよかった。ハセル司祭と伝道会のご理解に感謝し、神の子としてさらなる信仰心を示すためにも、心ばかりの寄付を約束します」

まったく裏のなさそうな、信徒として模範的な笑顔で、ノエインは言った。

嘘はついていない。『天使の蜜』の原液の用途について、全ての考えは語らなかっただけだ。内心でそう言い訳を呟きながら。

七章　進展

HINEKURE RYOSHU NO KOFUKU-TAN

八月の下旬。アールクヴィスト領軍への志願者の選抜は完了し、訓練が進んでいた。

定員三十人に対し、志願者は五十人に達した。そこから、身体能力や性格に問題のない者が選ばれた。年齢は十代後半から三十代半ばほどまで。女性も二人いる。

貧富の差がほとんどないアールクヴィスト領なので、生活苦や仕事がないことを理由に入隊した者はいない。三十人全員が、家と土地と家族を守り、大恩ある領主に忠誠を尽くすために軍人になる道を選んだ。なかには自作農家の長男でありながら、家督を継ぐ権利を弟や妹に譲って軍に入った者もいた。

訓練兵は皆、領主ノエインを心から敬愛している。そして、先の盗賊団との戦いでは大切なものを失うかもしれない恐怖を味わった。だからこそ士気は高い。新たな人生を与えてくれたノエインのために、そして守るべき大切なもののために、強く立派な軍人になろうと意気込んでいる。

しかし、意気込みだけではどうにもならないこともある。

「はあっ、はあっ、くそっ」

「くっ……ぜえっ、ぜえっ」

領都ノエイナの市街地の一角、領軍の訓練場。その中を、訓練兵たちは息を切らしながら走っていた。装備一式はまだ製造中なので、代わりに重りとなる農具やら木材やらを担ぎ、戦場での行動をイメージした走り込みを行っていた。

速度はそれほど出していないとはいえ、既に訓練場を何周も走り続けているので、その足取りは遅い。ほとんどの者が兵士としての身体がまだ出来ておらず、日々の訓練内容についていくのが精いっぱいだった。

のろのろと進む訓練兵たちの後ろを、自身の装備を身につけたユーリが追いかける。

「足を止めるな！　戦場で軍からはぐれたら死ぬぞ！　いいか、お前たちは兵士になるんだ！　兵士に疲れを感じる心などいらん！　無心で足を動かし続けろ！」

全体に呼びかけたユーリは、最後方を走る数人に励ましの声をかける。かと思えば、一気に先頭集団のもとまで駆け抜け、今度は彼らと並走しながら励ます。

そんな訓練がくり広げられている場に、ノエインはマチルダを連れて視察に来た。

「ラドレー、教官役を代われ！　あと四周だ！」

「へい、お任せくだせえ……おらおらおらぁ！　ちんたら走ってんじゃねえぞ！　ノエイン様の御前だ！　気合い入れやがれ！　このウジ虫どもが！」

領主の到着を認めたユーリは訓練兵たちをラドレーに預け、ノエインのもとへ歩み寄ってくる。頭から額にかけて汗が浮かんでいるものの、息はほとんど乱れていない。

「完全装備で、先頭から最後方まで行ったり来たりしながら訓練兵と走り続けてたはずなのに……

さすがは元傭兵団長だね」

「軍人は戦う時間より行軍や待機の時間の方が長いんだ。長く移動したりじっと待ち続けたりした後に戦う余力が残っていないと、せっかくの軍隊も使い物にならないし、兵士は死ぬ。これくらいは軽く走れないと話にならん。俺が凄いんじゃなくてあいつらが未熟なんだ」

手拭いで汗を拭きながら、ユーリは訓練兵たちに厳しい評価を下した。その視線の先では、ユーリ曰く未熟な訓練兵たちが、ラドレーに追い立てられながら必死に足を動かし続けている。

「へえ、そういうものか……僕も走り込みをしないと駄目かな？　戦争では彼らの指揮官になるわけだし」

「ノエイン様は魔法使いだからな。兵士とは戦い方も役割も違う。行軍中も戦場でも、体力や気力を極力使わない努力をするべきだろう。走り込みをするよりも、もっと騎乗に慣れた方がいい。馬は乗り慣れていないとかえって体力を消耗するものだ」

「あはは、分かった。時間を見つけてもっと馬に乗る練習をするよ……やっぱり、訓練兵の中ではリックとダントが優秀なのかな？」

ノエインもユーリと並んで訓練兵たちに視線を向けた。

三十人の集団の先頭にいるのは、所有する農地を家人と農奴に任せて自身は職業軍人となることを決意したリックとダントだ。二人は他の二十八人を数メートル後ろに引き離しており、表情にもやや余裕がある。

「そうだな。さすがに二年近くラドレーと森を歩いていただけのことはある。戦闘訓練も真面目に積んできたようだし、あの二人は即戦力だろう。リックは専任の狙撃手に、ダントはペンスとラドレーと一緒に小隊長にしようと思う」

「ユーリがそこまで褒めるほどなら頼もしいね。アールクヴィスト領の人口がもう少し増えて従士を増員することになったら、武門の従士に任命するのはあの二人かな」

「ああ、それで間違いないと思う……ところで、軍の備品に追加された『天使の蜜』の原液だが」

つい先日、ハセル司祭を経由してセネヴォア伯爵領からアールクヴィスト領に届いた魔法薬の存在を、ユーリは話題に出す。

「使用に際しては事前にノエイン様の許可が必須。実際の運用については実務指揮官の俺に一任、ということでいいんだな？」

「うん、それでいいよ。物が物だからね。原液のまま魔物に使うにしろ、薄めて非殺傷兵器として小競り合いとかで使うにしろ、もう一つの用途で使うにしろ、使用の可否は僕が責任をもって判断するよ」

「……もう一つの用途、か。あらためて聞くが、本気であんな使い方をするつもりでいるのか？」

『天使の蜜』の原液の用途について、ノエインにはハセル司祭に明かしていない考えがあった。このことを知るのは自身とマチルダ、クラーラ、そしてユーリをはじめとした武門の従士だけだ。

その用途は「敵軍、延(ひ)いては敵の社会そのものを内側から破壊する」というもの。

剣や槍（やり）、あるいは弓やクロスボウの矢に『天使の蜜』の原液を塗り、敵を攻撃する。敵は食らった攻撃による怪我（けが）自体は軽く済んだとしても、身体のどこかに麻痺（まひ）が残り、兵士としては使い物にならなくなる。

そんな負傷者を大勢抱えた敵軍は、負傷者の世話や後送のために人手を割かなければならなくなり、軍隊としての能力を大きく落とす。戦闘はもちろん、行軍などにも支障をきたすだろう。

戦友たちが不自由な身体となり、食事や用を足すのにも苦労する様を見れば、負傷していない兵士たちも次は自分がこうなるかもしれないと考える。結果、士気は大きく削（そ）がれる。

そして、敵の負担は負傷者が帰還した後も続く。むしろ増す。

十年単位で身体に重篤な麻痺の残る者が、下手をすれば百人単位で社会の中に発生する。本来は社会の働き手となるはずだった者たちを、家族で、地域社会で、国で、世話しなければならなくなる。その経済的な、そして精神的な負担は想像を絶する。

為政者は麻痺を負った者たちを弱者として切り捨てる決断もできるだろうが、そうなればまた別の弊害が生じる。王や領主の命令で従軍した結果、不自由な身体となって社会から見捨てられる未来が待っていると知れば、士気高く戦いに臨む者はいなくなる。

必然的に、敵の為政者は戦傷者をある程度助け、重い負担を抱えざるを得なくなる。

ノエインはこのようにして、『天使の蜜』の原液を、敵対した相手の社会そのものを蝕（むしば）む毒として用いることを考えていた。

このように戦略兵器として『天使の蜜』の原液を用いれば、寡兵であっても敵に甚大な損害を負わせることができる。アールクヴィスト領だけで敵の全てを退けることは難しくとも、小領としては破格の戦果を挙げることが叶う。

友軍と力を合わせ、場合によっては友軍にも同じように手持ちの『天使の蜜』の原液を使ってもらい、敵を徹底的に叩きのめす。それだけのことをすれば、大軍を退けることも、有利な条件で講和を結ぶこともできる。そう考えていた。

「もちろん、そう簡単にそんな使い方に踏み切るつもりはないよ。あくまでも、そこまでしないとアールクヴィスト領が滅びるかもしれない……っていう状況での最終手段だよ。使う相手だって選ばないといけない」

例えば、ランセル王国の軍勢がロードベルク王国の軍勢を討ち破って国土の奥深くまで迫ってきた場合。あるいは、戦後の混乱で国が割れるほどの事態が発生し、元同胞である他貴族がこちらの存続を揺るがす敵となった場合。

敵側の兵士や民に恨まれることなど気にせず徹底的に敵の社会を破壊しなければ、それだけの力があることを示さなければ、自身の愛すべき臣下や領民が殺され、自身の幸福が壊されてしまう。そんな危機的な状況に限り、ノエインはこの用途で『天使の蜜』の原液を使うつもりでいる。

「一生こんな使い方をせずに終われれば、それが一番いいんだけどね」

ノエインは軽い口調で言ったが、ユーリはそれに対して苦い笑みを返した。

「……相変わらずだな。ノエイン様は」

「誉め言葉として受け取っておくよ」

自身の庇護下にある、自身の愛する者たちを守るためなら、庇護の外にある者がどうなろうと一切顧みない。それがノエインの価値観であり、残酷なまでの優しさだった。

・・・・・

九月の中旬。ノエインは知識人奴隷のクリスティから、ジャガイモや大豆の栽培実験に関する報告を受けていた。

「大豆もジャガイモと同じで、同じ土地での連作を行うと収穫量が減少するようです。予想通りの結果でした。ただ、麦との組み合わせは相性がいいみたいです。昨年大豆を植えた農地に麦を植えると、他の農地と比べて育ちが良くなりました」

「そっか。それじゃあ、大豆も他の豆類と同じように輪作に組み込めるってことかな？」

「はい、おそらくは。エドガーさんやザドレクさんも問題ないだろうと私見を語っていました」

クリスティはジャガイモや大豆の特性を摑み、効率的な栽培方法を確立するための実験を担当している。

既に屋敷の裏の実験畑では手狭になったため、領主家の所有する農地の一角も使って、農務担当の従士エドガーや領主家の労働奴隷のまとめ役であるザドレクの手も借りながら、幅広い栽培実験を続けている。

「それならよかった。素晴らしい成果だね、クリスティ」

「お褒めに与(あずか)り光栄です、ノエイン様」

自身の働きを褒められたクリスティは、嬉(うれ)しそうな表情を隠さず答える。

「昨年と今年の栽培を経て、生産できる大豆の量も大幅に増えた。特性や、他の作物との栽培の相性も見えてきた。いよいよ来年からは、主要作物のひとつとして活用していけそうだね」

「はい！　大豆油もアールクヴィスト領の特産品として商品化できそうですし、万事順調ですね」

油の原料となり、搾りかすは栄養豊富な飼料となり、いざとなったら増産の容易な非常食にもなる。そんな大豆の大規模栽培の目処(めど)が立ったことで、アールクヴィスト領の食料生産体制はさらに盤石になる見込みだった。

「次の実験作物となっている甜菜(てんさい)ですが、こちらも順調に育っています。問題なく輪作に組み込まれる予定です……それにしても、甜菜から砂糖が作れるなんて。本当に驚きました」

「あはは、試作品の出来はあんまり良くなかったけどね。商品化するにはもう少し作り方を研究して、洗練させないと」

「それでも、ちゃんと砂糖にはなってましたからね……商品化できればすごく大きな利益を生みそうです」

開拓三年目の今年、ノエインが新たに目をつけたのが甜菜だった。

主に飼料や野菜として栽培されている甜菜だが、これが砂糖の原料にもなることを、ノエインは子供の頃に生家の古い書物から知った。今年に入って領外から甜菜を取り寄せ、実際に砂糖が作れるのを確認し、現在は他の作物との相性を見る意味も兼ねて実験栽培を行っている。

砂糖は高価な嗜好品。アールクヴィスト領で甜菜栽培が本格化し、砂糖への加工手順が洗練されれば、油と共に領の特産品になる見込みだ。

「栽培実験の結果がまとまれば、来年にも麦とジャガイモ、大豆、甜菜での輪作体制が確立できそうですし、引き続き頑張ります」

「うん、よろしくね……栽培実験の管理と鍛冶工房の事務で大変だと思うけど、来年か再来年くらいからは内務の人手も増やせると思うよ。学校で学んでる子供たちの中から、希望者を文官として採用するつもりだから」

ノエインが学校設立による人材育成を急いでいる理由には、アールクヴィスト領の規模が拡大するに連れてアンナとクリスティが多忙になっていくことへの対応もあった。

「ご配慮いただきありがとうございます。ですが、働きすぎて体調を崩さないよう気をつけていますし、何より仕事は手応えがあって楽しいですから。私は全然平気です！」

両手の拳をぐっと握りながら力強く笑うクリスティに、ノエインも笑い返す。

「それなら安心だね。じゃあ引き続き、無理のない程度に頑張って。甜菜栽培からの砂糖生産はそこまで急ぐわけじゃないし」

「分かりました。それではノエイン様、失礼いたします」

報告を終えて次の仕事へと向かうクリスティを見送り、ノエインもマチルダと共に執務に戻る。

・・・・・

九月の下旬。外務担当の従士バートは、いつものようにレトヴィクを訪れ、取引のある商会や工房を回って用件を済ませていた。

ノエインが戦争やその後の混乱に備えて様々な施策を講じると決定したことに伴い、バートは新たな仕事を任された。その仕事とは、領内に備蓄するための重要物資の確保だった。

「こんにちは、イライザさん」

「あらバートさん、いつもご苦労様」

この日の最後の用件を済ませるために、バートが訪れたのはクレーベル商会。アールクヴィスト士爵家の得意先のひとつで、従士アンナの実家でもあるこの商会の長イライザは、いつものように朗らかな笑顔でバートを迎える。

「こんにちは、バートさん。妹はアールクヴィスト領で元気にやってますか？」

「やあ、マルコ。アンナは相変わらず、従士として元気に活躍してるよ。エドガーさんとの夫婦仲も良好みたいだよ」

アンナの兄であり、いずれクレーベル商会を継ぐ立場である青年マルコから声をかけられ、バートは笑顔でそう答えた。

そして、用件を伝えるためにイライザに向き直った。

「今月の依頼分を受け取りに来ました。お願いした量は確保できていますか？」

「ええ、もちろんですよ。すぐに積み込ませますね」

「ありがとうございます。裏に荷馬車を待たせていますので、そちらにお願いします」

バートはイライザとマルコと共に、クレーベル商会の店舗の裏手に向かう。そこにはアールクヴィスト士爵家の保有する荷馬車が停められ、バートの手伝い役の領民が待っていた。

イライザの指示でマルコやその他の従業員たちが動き、店舗の裏口から袋がいくつか運び出され、荷馬車に積まれていく。

袋の中に入っているのは、塩だ。

領内の食料生産体制をさらに安定させ、鉄の採掘を実現し、砂糖生産さえ実現を見込んでいるアールクヴィスト領だが、必需品のひとつである塩だけは輸入に頼らざるを得ない。

社会情勢が悪化すれば、塩は麦や鉄と共に真っ先に高騰する。そのため、ノエインは今のうちからできるだけ多くの塩を領内に備蓄しようとしていた。

「目標は五百人の一年分の塩でしたっけ？　ノエイン様も大変ですねぇ。それを買い集めて運ぶバートさんも」

「ははは、これが私の仕事ですから。戦争が起きて世の中が荒れたら、アールクヴィスト領が塩不足で困るのは目に見えてますからね。ノエイン様も私たち臣下や領民を思えばこそ、私にこの役割を命じられたんです。責任ある役割を任せられて嬉しいくらいですよ」

「はあ～、偉いわねぇ。そうやって娘の住む貴族領が守られるなら安心だし、うちの商会もこうして儲けさせてもらってありがたいわ」

アールクヴィスト士爵家は塩の備蓄を進めるにあたり、購入先としてマイルズ商会とクレーベル商会を頼っている。

本来はマイルズ商会だけに依頼してもよかったが、アンナの実家ということで信用のおけるクレーベル商会との繋がりをさらに深め、大口の取引で儲けてもらって今よりも力を持ってもらうために、あえて一部の依頼を割り振っていた。

御用商人のフィリップではなく従士のバートが自ら塩の受け取りに来ているのも、イライザにアールクヴィスト士爵家とクレーベル商会の結びつきの強まりを実感してもらうためだ。

「備蓄した塩に頼らずに済めば、その方がいいんですけどね。ノエイン様もそう仰っていました」

「そうねぇ。塩は使わなかったらそのまま備蓄しておくなり、外に売ってしまうなりすればいいものねぇ……私としても、戦争のせいで世の中が荒れたら商売に支障が出るし。できれば穏やかなままであってほしいわ」

「戦争が起きても、お互いあまり影響を受けずに済むことを祈りましょう。私も戦場を知っていますが、やっぱり平和が一番です」

現時点でも、国境紛争の影響はこの王国北西部にまでじわじわと響いている。それがこれ以上酷いものにならなければいいと、バートもイライザも思っていた。

・・・・・

春頃から始まったレスティオ山地での鉱山開発は順調に進み、山地の麓で建設が進んでいた鉱山村も、少しずつ村としての形を成してきた。

作業場や倉庫など、鉱山開発に関わる設備が優先的に建設されたこともあり、ラピスラズリと鉄の採掘・加工体制はある程度整い、職人や肉体労働者たちが日々勤勉に働いている。

領内で鉄鉱石を採掘し、鉄へと加工できるようになったことで、アールクヴィスト領において鉄は他領よりも安価かつ迅速に手に入れられる素材となった。その恩恵を最も受けているのが、領主直営の鍛冶工房を任されている従士ダミアンだった。

鍛冶工房で働いた経験のある奴隷数人をノエインから貸し与えられ、さらに難民としてアールクヴィスト領に流れてきた鍛冶師を部下に迎えたことで、ダミアン自身は以前ほど忙しくはなくなった。農具などの製造・修繕は部下に任せ、クロスボウの製造においても細かな仕上げ作業のみを手がけるようになった。

そうして生まれた時間と、以前より量を得られるようになった鉄を使って新たな開発に取り組んだ結果、ダミアンはひとつの新兵器を作り出した。

「――という感じで、構造を洗練させて部品の数を減らしたことで、組み立てはより簡単になりました！　動作不良や故障も少なくなったはずです！」

「へえ、確かに最初の試作品よりもすっきりした見た目になったね」

「弓の大きさや弦の太さを見るに、威力は落ちていないようだが……後は命中率か」

領都ノエイナの外れにある空き地で、ノエインやマチルダ、武門の従士たちを前に力説するダミアンの隣に置かれているのは、クロスボウを巨大化させて台座に据えつけたような兵器だ。

とある英雄譚に登場した伝説的な魔物の名前をとって「バリスタ」と名づけられている。

「もちろん命中精度も改善しました！　台座への設置の仕方を改良して、狙いの微調整もできるようにしたんです！　実際に射撃の様子をご覧に入れますねー！」

バリスタは大きすぎてダミアン一人で操作することは難しいため、リックが手伝いに駆り出されている。二人がかりで取っ手を回すことで弦の巻き上げ装置が機能し、発射準備が整う。

もはや短槍とでも呼ぶべき極太の矢をダミアンが装塡し、リックがバリスタの後方、引き金のある位置に立つ。

射線上には木製の大きな的が置かれており、その後方に広がるのは森だ。バリスタはあまりにも

威力が高いため、試射ではかならず西側、ベゼル大森林の奥地を向いて撃つことになっている。

「それじゃあ撃ちますねー！」

ダミアンはノエインたちに向けて笑顔で宣言するが、実際に射撃を担当するのはリックだ。狙撃の名手であるリックは的の中心を狙うようにバリスタの向きを微調整し、引き金を引いた。

その瞬間。クロスボウとは比べ物にならないほど重く鋭い音と共に弓が開き、極太の矢が撃ち出される。

人間の目では追えない速さで飛んだ矢は、木製の的のほぼど真ん中に着弾。的はある程度の厚みがあったが、矢はそれを真っ二つに破壊し、その後方にあった木の幹に突き刺さって止まった。

「うわあ……凄い……」

「ちょっとした攻撃魔法並みの威力だな」

ノエインが感嘆の声を漏らす横で、ユーリは腕を組みながら感心したように呟く。

「最初の試作品より威力上がってるじゃねえか。これ、戦闘では人間に向けて撃つのか……ぞっとしねえな」

「ああ。こんなもん食らったら金属鎧も盾も役に立たねえ。下手すりゃ身体が真っ二つだ」

ペンスが半ば呆れた表情で言った隣で、ラドレーが頭をかきながら同意を示す。

バリスタを撃ったリックも、その常識外れの威力を見て強張った笑みを浮かべていた。

「ノエイン様！　どうでしたか!?」

「うん、性能的には十分以上だね。ユーリはどう思う？」

「……問題ないかと。これだけの威力であれば一射で数人の敵を倒せるでしょうし、敵の隊列に撃ち込むだけで士気を削ぐ効果が期待できます。木製の門や壁、物見台なども貫通できるので、攻城兵器としても有用でしょう」

ロードベルク王国において、攻城戦の機会は少ない。

かつては地方貴族閥や、ときには同じ派閥内の隣り合う貴族領で死者が出るほどの紛争が起こり、領境の砦や領主の城館などが攻められることもあったが、それも百年近く昔の話。王国貴族は皆が同胞であるという意識が育ちつつある今では、そこまでの争いはほぼ起こらない。

大型投石機などの攻城兵器もないことはないが、王国軍や国境地帯の貴族領軍など、ごく一部が保有するのみ。そもそも近年の攻城戦では、かさばる上に故障も多い投石機よりも、魔法使いによる攻撃魔法の方が効果的で効率も良いものとして重要視されている。

このバリスタは下手な攻撃魔法に匹敵する威力があり、製造も運搬も狙いを定めることも大変な投石機より遥かに使い勝手がいい。運用に必要な人数も少なくて済む。

クロスボウと並んで優れた兵器だと、ユーリは評した。

「これならアールクヴィスト領で保有するのはもちろん、クロスボウのように他領に売り込めば相当な利益を生み、貴族社会における閣下のお立場もさらに盤石なものとなるでしょう。量産に移る価値は十分にあると考えます」

「ユーリがそう言うなら間違いないね……ダミアン、これでひとまず完成ということにしよう。うちの領軍の保有分と他の貴族に披露する見本の分で、合わせて……ひとまず、あと二台くらい作ってほしい」

「完成ですか!? やったあああっ! ありがとうございます! 早速増産します!」

主君にバリスタの価値を認められたダミアンは、飛び跳ねて喜びを表しながら言った。

「増産分は今年中に完成すると嬉しいけど、時間と人手は足りるかな?」

「全っ然問題ありませんよ! バリスタは木製部品も多いので、俺たち鍛冶職人の負担はそこまで大きくはありません! それに、クリスティのおかげで細かい金属部品を作る時間が大幅に短縮されたので、今はクロスボウの製造にかかる時間も短縮されてます! バリスタにかける時間は十分あります!」

「そっか、よかった……クリスティのおかげ、か。彼女があれほど斬新な発想を見せてくれるとはね。最初に聞いたときは僕も驚いたよ」

王国北西部の各貴族領で複製されたものより作りが良いアールクヴィスト領製のクロスボウは、今でもある程度の数が輸出用に製造されている。それとは別で、アールクヴィスト領の防衛用、そして領軍の装備用にも製造が進んでいる。

それだけの製造ペースを実現しているのが、クリスティの提言から生まれた技術だった。

鉄製の武器や農具、そしてクロスボウの部品などを製造する際は、鍛造が行われる。鍛造とは熱した鉄を叩き、文字通り鍛えながら形を整えていく作業。この作業が、鍛冶師の一般的な仕事風景として連想されることも多い。

この作業の本質は鉄に圧力を与えることにあるが、クロスボウの部品など細かいものを製造するには非常に時間がかかる……という話を、ダミアンは雑談の一環でクリスティに語った。

「それじゃあ……圧搾機のような道具を作って、それで一気に圧力をかけるように部品を作るのはどうですか？　できませんか？」

鉄に圧力を与えるのが作業の本質、と聞いて、クリスティはそう言った。あらかじめ部品の型を作っておいて、そこへ熱した鉄を置き、上から型のもう半分を押しつけて一気に成型し、同時に圧力をかける方法を提言した。

これは大豆の栽培実験を手がけた流れから、大豆油の商品化に向けた実務で圧搾機に触れる機会の多いクリスティならではの発想だった。

この提言を受けて、ダミアンは即座に部品の型を試作し、この型による鍛造――すなわち型鍛造の手法を実現。この手法だと出来上がった部品は精密性に欠けるため、最後には職人の手による細かい仕上げ作業が必要になるが、それでも部品一つあたりの製造の手間は劇的に短縮された。

「人力だと加えられる圧力に限界があるせいで、今のところ小さい部品しか作れませんけど、それでも手でちまちま作ってたときと比べるとかかる時間が段違いですからねぇ！　俺も『鍛冶は手で鉄を叩いてやるもの』っていう考えに囚（とら）われてましたよ！　鍛冶師じゃないクリスティならではの

「発想ですよねぇ！　いやーほんと助かった！」

「あはは。　栽培実験での成果もそうだし、クリスティの活躍は本当に目覚ましいね」

この分だと、彼女が自由な身分を手にする日も近いだろう。まだ誰にも言っていないが、ノエインは最近そう考えている。


こうしてノエインがバリスタの完成を認め、増産を指示した日の夕刻。屋敷の領主執務室で書類仕事を片づけていたノエインのもとに、外務担当の従士バートがやって来た。

「失礼します。先ほどレトヴィクから戻りました」

「お疲れさま、バート。あっちで何か変わったことはあった？」

ノエインが何気なく尋ねると、バートは苦笑とも困り顔ともつかない表情になる。

「ひとつ報告するべきことが……妙な人物に声をかけられました。レトヴィクの人たちに聞いたのか、俺がアールクヴィスト士爵家の従士だと知った上で声をかけてきたみたいで」

「妙な人物？」

ノエインが小さく首を傾げると、バートは頷く。

「はい。キヴィレフト伯爵領からはるばる王国北西部までやって来た移住希望者だそうで、ノエイン様のことを知っていると語っていました。女性で、歳は二十代半ばくらいでしょうか」

「……キヴィレフト伯爵領か。確かに妙だね」

自身がもう二度と帰ることのないであろう生まれ故郷の名前が出てきて、ノエインは怪訝な表情を浮かべた。

「クソ父上は僕の消息を隠して世間に庶子の存在を忘れさせたがってたから、キヴィレフト伯爵家の庶子がアールクヴィスト領で領主をやってることは、伯爵領でもごく少人数しか知らないはず。それも伯爵家に近しい人だけ……そんな立場の人で、わざわざアールクヴィスト領に移住したい人なんていないと思うけど。正直言って、クソ父上の間諜じゃないかと疑っちゃうよね……ああ、でも間諜ならわざわざ自分がキヴィレフト伯爵領から来たなんて言うわけないか」

「あちらも自分がキヴィレフト伯爵領出身であることを気にしているみたいでした。いきなりアールクヴィスト領まで出向いてはノエイン様をご不快にさせるかと気を遣って、あえてレトヴィクに留まって従士の俺に声をかけたそうです」

怪訝な表情のまま考え込むノエインに、バートはそう答える。

「その人、名前は言ってた？」

「ダフネ・アレッサンドリと名乗っていましたが……姓があるということは貴族家か豪商家の関係者ですかね？」

「えっ」

それを聞いたノエインは目を丸くした。ノエインがマチルダの方を見ると、彼女も片眉を小さく上げて驚きを示しながらノエインを見返す。

「ご存知でしたか？」
「うん。その人は……ダフネさんは、僕のゴーレムを作ってくれた魔道具職人だよ」

ノエインの命を受けたバートは、翌日には再びレトヴィクに赴いた。そして、その日のうちにダフネ・アレッサンドリを連れて領都ノエイナに戻り、彼女を領主家の屋敷へと案内した。

屋敷の応接室にダフネを迎えたノエインは、彼女に笑顔を向ける。
「初めまして……そして、お久しぶりです。ダフネさん」

ノエインがダフネと直接顔を合わせるのは、これが初めてだった。

十歳で「祝福の儀」を受けて傀儡（くぐつ）魔法の才に目覚めたノエインは、ゴーレムを購入するため、キヴィレフト伯爵領の領都ラーデンで評判の良い工房を探した。

自身はキヴィレフト伯爵家の屋敷の離れを出られないため、マチルダに情報収集を頼み、その結果見つかったのが「アレッサンドリ魔道具工房」だった。

若い女性職人が一人で営んでいるというこの工房は、丁寧な仕上がりの魔道具に定評があった。ノエインはここからゴーレムを購入し、それを自分が使いやすいよう少しずつ改良してもらい、さらに二体目のゴーレムを注文し、その過程でダフネと交流した。マチルダに届けてもらう手紙を介してではあったが。

十五歳になったノエインは伯爵家の屋敷から放逐されたが、その後も伯爵領内では父の手下に尾行されていたため、下手に顔を出してダフネに迷惑がかからないよう、ついには彼女と会うことなく故郷を去った。

そのため、ノエインはダフネが真面目で誇り高い魔道具職人であることは知っていても、その容姿や声は知らなかった。

「ええ、お久しぶりです。ノエイン様……ではなく、今はアールクヴィスト閣下でしたね。失礼しました」

「臣下や領民たちからは今も『ノエイン様』と呼ばれていますので、ダフネさんも是非そう呼んでください」

「ありがとうございます。では、そうさせていただきますね」

そう言って穏やかに微笑(ほほえ)む彼女は、手紙で言葉を交わした際の印象通りの、落ち着いた聡明(そうめい)そうな女性だった。

「そして、あなたも久しぶりね、マチルダ……だったかしら？」

「憶(おぼ)えていていただき光栄です。お久しぶりです、ダフネ様」

ノエインと違って、マチルダはダフネと初対面ではない。ダフネから声をかけられて、ノエインの後ろに控えていたマチルダも答える。

かつてはノエイン以外の人間とほとんどまともに言葉を交わせなかったマチルダが、滑らかな受け答えを見せたためか、ダフネは少し驚いたような表情を見せる。そんな表情もすぐに隠し、また微笑みを浮かべる。

魔道具職人としての実績を考えると少なくとも三十代にはなっているはずのダフネは、しかし容姿は二十代にしか見えないほど若々しい。どこか優雅さを感じさせる微笑みも合わさって、彼女の纏う雰囲気には気品があった。

その気品も、ある意味では当然のもの。彼女は貴族の血を引いている。

「僕のことを知っている人間がキヴィレフト伯爵領からやって来たと聞いたときは、正直に言うと少し警戒してしまいました。ですが、ダフネさんなら納得です。僕の消息は伯父上から？」

「ええ、聞いていました。ノエイン様が辺境の領地とほとんど名ばかりの士爵位を与えられ、キヴィレフト伯爵家から放逐されたと。キヴィレフト伯爵閣下はご自身の臣下にも秘密でノエイン様を放逐したかったようですが、さすがにそこまでは叶わなかったようです」

ノエインが尋ねると、ダフネはクスッと笑いながら答えた。

ダフネの伯父、つまり父親の兄はキヴィレフト伯爵家に武官として仕えている士爵だと、当時ノエインも手紙で聞いていた。

「その後、私の手がけたゴーレムたちはどうでしょうか？　お役に立っていますか？」

「ええ、それはもう。開拓の様々な場面で力を発揮しているのはもちろん、昨年には盗賊団の襲撃から民と領地を守るためにも大いに活躍してくれました」

ゴーレムは手がける職人によって細部が異なる。また、同じ職人が手がけたものでも、一体ずつ個体差がある。

　現在のノエインのゴーレムは、術者であるノエインの操作の癖まで考慮したバランス調整がなされ、ノエインにとって最も使いやすい形となっている。かつてダフネとまめに手紙のやり取りをしながら、細部まで自分好みに仕上げてもらった結果だ。

「それは何よりです。あのゴーレムたちは私にとっても特にお気に入りの作品でしたから……それにしても、盗賊団の討伐ですか。実戦でゴーレムを使いこなせるなんて、素晴らしい魔法のご才覚ですね。その上、三年もかからずにこれほどのご領地を開拓されるなんて。ご手腕に心から敬服します」

「ありがとうございます。ですが、これもダフネさんのおかげです。確かに僕は傀儡魔法使いとしてそれなりに努力をしてきたつもりですが、自分の力を最大限に引き出せているのは、あなたに作ってもらったゴーレムたちがいるからこそです」

「……光栄です。そう仰っていただけると職人冥利に尽きます」

　ダフネの作ってくれた高品質なゴーレムがなければ、今のアールクヴィスト領はない。そう考えているノエインが本心から称賛すると、ダフネは嬉しそうな表情を見せた。

「ところで、ダフネさんはアールクヴィスト領への移住を希望しているとのことですが……キヴィレフト伯爵領では、アレッサンドリ魔道具工房は高く評価されて支持を集めていたと記憶しています。それなのに、どうして伯爵領の真逆、北西部の端の端にあるアールクヴィスト領に？……伯爵領で何かありましたか？」

「ええ、仰る通りです……言葉を選ばずに申し上げると、キヴィレフト伯爵領の現状に嫌気がさしました」

苦笑しながら穏やかでない言い方をしたダフネに、ノエインは少し驚く。

「ノエイン様は、キヴィレフト伯爵閣下が……その、あまり民にお優しくない領主様でいらっしゃることはご存知でしたか？」

「ええ、それはもちろん。屋敷の離れに軟禁されていても、彼の領主としての評判は十分に聞こえてきました。大商人とばかり仲良くして私腹を肥やし、下々の人間を顧みない悪徳領主だと」

キヴィレフト伯爵領の経済は、領都ラーデンの貿易港に支えられ、そこを拠点にする大商人たちによって牛耳られている。ロードベルク王国でも五指に入る経済大領として栄えているものの、富むのはそうした既得権益層ばかりで、貧富の差は他領と比較しても激しい。

キヴィレフト伯爵家は代々そうした大商人たちと深く繋がっており、マクシミリアンもその例に漏れず、大商人たちを優遇する見返りに賄賂を得て、下々の者たちには重税を課していた。そんな領主が、領民からの評判がいいはずもない。

「そうでしたか。では、私の説明も短く済みますね……キヴィレフト伯爵領はそういう土地柄でしたが、私は当代アレッサンドリ士爵の姪であることと、ありがたいことに魔道具職人としての腕を世間に認められていたことで、工房の運営はそれなりに順調でした」

キヴィレフト伯爵領の領都ラーデンでは、中小の工房は大商人たちの手先からみかじめ料を徴収されるようなこともあるが、ダフネの工房はそのような理不尽な目に遭うこともなかったと、彼女は語る。

「ですが、ノエイン様がキヴィレフト伯爵領を旅立たれてから半年ほど経った頃に、大きな変化がありました」

「大きな変化？」

「はい……南方のベトゥミア共和国、そこの大手の魔道具商会に、キヴィレフト伯爵閣下が領都ラーデンでの工房設立を許しました」

「……っ」

ベトゥミア共和国は、ロードベルク王国にとって主要な貿易国のひとつ。このアドレオン大陸よりも遥か南のグランドール大陸に国土を持ち、ロードベルク王国とは違って遠洋航海の技術を持つために、定期的に商船が外海を越えてやって来る。

ロードベルク王国側から見れば、ベトゥミア共和国側の船を迎えるという受け身のかたちではあるが、百年近くに亘って一定規模の貿易が続いている。

「ベトゥミア共和国は、国力も工業力もロードベルク王国を上回っています。そんな国の大規模な商会が魔道具工房を設立してしまえば、もともとキヴィレフト伯爵領で工房を営んでいた私たちのような魔道具職人では太刀打ちできません。私も魔道具の質はともかく、製造の早さや価格では勝負になりませんでした」

「領内の魔道具職人や工房の保護政策は……いえ、あのキヴィレフト伯爵がそんなことをしてくれるはずがありませんね」

「はい、保護はまったくありませんでした。その結果、圧倒的な大資本を武器にしたその魔道具商会を前に、私たち地元の職人の工房は為す術もなく潰れていきました」

ため息をつきながら語るダフネを前に、ノエインは唖然としていた。

考えなしに外国の大商会を国内の市場に参入させたら、地元の小さな店や工房は死ぬ。領内の商人や職人は仕事を失い、彼らの持つ繋がりは途切れ、技術の継承は途絶える。

マクシミリアンの行為は、自領の魔道具製作の産業を丸ごとベトゥミア共和国に明け渡したことと同じだ。キヴィレフト伯爵領の経済において魔道具市場は必ずしも大きなものではないが、だからといって安易に潰していいわけがない。

「あのクソ父上……ああ、失礼しました」

「いえ、お気持ちは分かります」

思わず下品な悪態をついたノエインを、ダフネは苦笑して許した。

「私は伯爵家の重臣の親戚にあたりますが、それでも伯爵閣下からは顧みられませんでした。伯父も私の工房と仕事を守るために努力はしてくれましたが、最終的には、伯爵閣下の決められたことだからとても止められないと言われてしまって……」

ダフネは沈痛な面持ちで目を伏せる。

職人は工房という一城の主。それなのに、愛着のある工房を領主の愚かな決定のせいで失ったのだ。ノエインから見ても、彼女の心中は察するに余りある。

「結果的に、私たちキヴィレフト伯爵領の魔道具職人は、自分たちの工房を潰したベトゥミアの魔道具商会に安い給金で雇われるか、伯爵領を捨てるかの選択を迫られました……家族を養うために前者を選んだ者もいましたが、独り身で身軽な私は新天地を探すことにしました」

「それで、アールクヴィスト領を新天地に選んだ、ということですか？」

「ええ、そういうことになります。ノエイン様はゴーレム製造を依頼する相手として私を選んでくださり、製造に際しては真摯にやり取りをしてくださいました。そして、完成したゴーレムを非常に高く評価してくださいました。そのことを憶えていたからこそ、叶うならばノエイン様を頼らせていただきたいと考えました」

真っすぐに視線を向けてきたダフネを前に、ノエインはしばし思案する。

「……ダフネさんがとても優秀な魔道具職人であることは疑いようもありません。あなたのような方が移住してくれたら、この地の領主として嬉しく思います。ですが、ここはキヴィレフト伯爵領とは比べ物にならないほどの小領です。本当に我が領でいいんですか？」

「ええ、もちろんです。領地の規模は関係ありません。私の職人としての価値を認めてくださり、矜持（きょうじ）を理解してくださる領主様のもとで仕事をすることが、私にとって最大の喜びです」

ダフネは背筋を伸ばし、笑顔で言い切った。それを受けて、ノエインの頬も緩む。

彼女もかつてのノエインのように、マクシミリアンによって人生を壊された一人となったのだ。

そんな彼女を自身の庇護下に迎えない理由はない。

「分かりました……いや、分かった。領主として君の移住を歓迎する。アールクヴィスト領で新しい人生を、新しい幸福を手にしてほしい」

「ありがとうございます……よかった」

落ち着いた態度とは裏腹に移住の可否を気にしていたのか、ダフネは安堵の表情で胸をなでおろした。

「この領都ノエイナには常に空き家がいくつかあるからね。君が望む家を一軒あげるよ。僕からの移住祝いとして受け取って」

「えっ？」

あえてダフネが気を抜いているこのタイミングでノエインが言うと、案の定彼女は目を見開いて驚いた。

「それと、君が仕事をするための工房もアールクヴィスト士爵家のお金で作ろう。どんな建物にしてほしいか、遠慮なく希望を言ってほしい」

「そ、そんな、さすがにそこまで甘えさせていただくわけには……」

恐縮し、先ほどまでとは一転して慌てた様子を見せるダフネに、ノエインは慈愛に満ちた笑みを作ってみせた。

「僕はね、僕の庇護下で生きる全員を領主として愛したいと思ってるんだ。僕の庇護下にいる全員に幸福を与えて、そうすることで僕自身も幸福になりたい。だから、他の移民たちにも家や仕事、農地を与えてきた。魔道具職人の君には、家と工房を与えたい。どうか僕の慈愛を受け取ってほしい……ここを愛に満ちた豊かな領地にして、ここで幸福に生きて、それをもって僕たちの人生を壊したマクシミリアン・キヴィレフト伯爵への復讐(ふくしゅう)としよう」

「……ありがとうございます。この御恩は生涯忘れることはありません。いただいた御恩に応えられるよう、ここで魔道具職人として力を尽くします。復讐しましょう」

ノエインとダフネは、互いに笑みを向け合う。

居場所を失った者を自身の庇護下に優しく迎え入れ、相手が最も驚くタイミングで、相手の予想を上回る待遇を示してその心を掴む。これは、開拓初期からノエインが移民の心を掴むために行っている手法だ。

これで彼女も、自分に大恩を感じ、多大な敬愛を示してくれるだろう。いたずらっぽい笑みの裏で、ノエインはそう考えていた。

八章　結実

HINEKURE RYOSHU NO KOFUKU-TAN

優秀な魔道具職人であるダフネを迎えたノエインは、将来に備えて領軍のさらなる重武装化を成すために、彼女の力を借りて新たな兵器の開発を試みた。

技術的にはそう難しくないこの兵器はすぐに形となり、十一月の中旬にはその試射が行われようとしていた。

場所は例のごとく、領都ノエイナの市街地の外れにある空き地。そこには一台のバリスタが置かれ、森だけが広がる西の方角を向いている。

しかし、今回はその森の手前に、厚い盛り土が築かれている。試射した兵器が狙いを外れた場合に、森へと飛び込むのを防ぐための措置だ。

バリスタの射手を務めるのは狙撃の名手リック。射撃準備を手伝うのは、バリスタの生みの親として今回の兵器開発にも関わっているダミアン。二人の後方、やや離れた位置には、試射を見守るためにノエインやマチルダ、武門の従士たち、そしてダフネが立っている。

さらに、ダントをはじめ一部の領軍訓練兵たちも、野次馬として集まっていた。

「装填よーし！　周囲と前方の安全確認よーし！　ノエイン様、撃っていいですかー!?」

「はーい。いつでもいいよー」

バリスタの横から元気よく尋ねるダミアンに、ノエインは軽く手を振りながら答えた。

バリスタに装填されているのは、通常の矢ではない。その先端には丸い陶器製の壺（つぼ）が取りつけられている。壺には魔法塗料によって魔力回路が刻まれているため、一目見ただけでそれが魔道具だと分かる。

その陶器製の魔道具の、蓋の部分にある窪（くぼ）みに、ダミアンが小さな魔石をはめ込んだ。魔石の魔力に反応して、壺に刻まれた魔力回路が一瞬だけ光る。

ダミアンから「それじゃあよろしく！」と肩を叩（たた）かれたリックが、苦笑交じりにバリスタの照準を調整する。

そして、引き金を引いた。

空気を切り裂く重く鋭い音はそのままに、しかし壺の初速は遅い。射角が水平に近いせいもあるが、射程も短い。ごく浅い弧を描いて飛んだ壺は、バリスタから三十メートルほど離れた位置に並んだ数体の案山子（かかし）の中に落ちた。

陶器製の壺は落下の衝撃で砕け散り——その瞬間、爆炎が巻き起こる。

壺の中に収められていたのは、「燃水」と呼ばれる液体。ロードベルク王国の北部と南部の境界あたりで少量湧き出る「黒水」と呼ばれる液体を蒸留したもので、独特の臭いがあり、油よりも燃えやすく、さらには揮発しやすい性質で知られている。

一歩間違えれば容易に火災を引き起こす性質のために使いづらく、都市の市壁外で大量のごみを燃やすための燃料として用いたり、戦場で布にしみ込ませて矢の先端に巻きつけ、火矢を作ったりと、その用途は限られる。

そんな燃水と、『火種』の魔道具に用いる魔力回路を応用したのが、ノエインの考案したこの壺型の兵器だった。

魔力回路が壊れた瞬間に火が生まれるよう設定することで、着弾によって壺が割れると同時に種火が熾り、それが周囲に飛び散った燃水に引火して爆発的な炎を生む。

爆炎が巻き起こるのは僅かな時間だが、周囲に燃えやすいものがあれば容易に引火し、炎が広がる。現に今、ノエインたちの前では、木の枠に藁と布を纏わせた案山子たちがめらめらと燃え上がっている。

「「「おおぉ……」」」

「へえー、なかなか派手だねぇ」

野次馬の訓練兵たちの間でどよめきが起こる横で、ノエインは笑みを浮かべて言った。

ノエインの隣ではマチルダがごく僅かに表情を動かして驚きを示し、ユーリをはじめ武門の従士たちは分かりやすく驚いた表情を浮かべる。兵器を開発した当事者であるダフネも、燃え上がる案山子たちを前に目を見開いていた。

「ノエイン様からこの魔道具の構想を聞いたときも驚かされましたが……実際に炎が広がるのを見ると、また衝撃的ですね。こんな単純な仕組みの魔道具が、こんな威力を見せるとは自分でも思いませんでした」

「昔読んだ書物に、この燃水を壺に詰めて布製の導火線を取りつけて、着火して敵に投げつけるっていう兵器の記述があったんだよね。当時はまだ蒸留の知識がなかったみたいで、黒水のまま使ってたらしいけど」

感想を語るダフネに、ノエインはそう解説する。

「その兵器は投げ損ねて自陣に落ちたり、手元で黒水に引火して炎上したりで、事故が絶えなくてすぐに廃れたらしいんだけど……バリスタで射程を伸ばして、着火の仕組みを導火線から魔道具に変えたら、より効果的で安定した兵器になると思ったんだ。どうやら成功みたいだね。これもダフネとダミアンのおかげだ」

ノエインが功績を認めると、ダフネは小さく頭を下げる。

「いやーほんと、すっごいですよ！　俺の作ったバリスタがこんな風に化けるなんてびっくりです！　感動です！」

「バリスタの通常の矢でも軽い攻撃魔法並みの威力があったが、この兵器はそれ以上だな。火魔法の『火炎弾』と遜色ない効果だ」

バリスタの横でダミアンが興奮しながら語り、感心した表情のユーリがそれに頷く。

ユーリの言った『火炎弾』は、着弾と同時に火を飛び散らせる火球を撃ち出す技で、戦争で特に有用な攻撃魔法として知られている。戦況によっては『火炎弾』を使える火魔法使いがいるかどうかで勝敗が決まる、と言われるほどだ。

「こりゃあ相当にえげつない代物だな……木製の防壁や城門を焼くのにも使えるし、密集隊形をとってる敵にこんなものを撃ち込んだら凄いことになる」

「ああ、風向きや風の強さによっては一発で数十人が丸焼けだ。魔法使いもなしにこんなもんをぼこぼこ撃ち込まれたらたまんねえ。俺だったら死んでも敵に使われたくねえな」

ペンスは顔を少し強張らせて、ラドレーは顔をしかめながら、それぞれ感想を呟く。

「あはは、撃たれる敵にとっては災難だよねぇ……だからこそ、使う側としては頼もしいけど」

この兵器があれば、わずか数台のバリスタで数百の敵を怯ませ、場合によっては退けることさえできる。領地の防衛にはもちろん、戦場でも敵拠点の攻撃や味方の援護に役立つだろうと、ノエインは考えている。

敵陣まで飛翔して爆炎を巻き起こすこの兵器は、爆炎矢、と呼ぶことが決まっている。

「ユーリ、これは実戦に備えて量産ってことで大丈夫かな?」

「問題ないかと。威力は十分ですし、魔石を外しておけば割れても発火しないので安全性も高い。陶器製なので運搬には気を遣いますが、その難点を含めて考えても、ある程度の数を備蓄しておく価値があると考えます」

「よかった。それじゃあ……そう遠くないうちに戦争が起こりそうだし、ひとまず今年中に五十発分、用意することはできるかな？　試作品と同じで、壺は領外から仕入れるとして」

ノエインが尋ねると、ダフネはすぐに頷く。

「この魔道具の魔力回路は単純なので、製造に時間はそうかかりません。五十発分なら十分間に合うと思います」

「ありがとう。お願いするね」

バリスタと爆炎矢。新たな兵器の完成によって領軍の重武装化が叶い、ノエインは満足げな表情を浮かべた。

・・・・・

領主家直営の学校の校舎は、作りが簡素なこともあり、夏のうちに完成した。一年で最も多忙な麦の収穫期が既に終わっていたこともあり、校舎の完成と同時に学校の運営も始まっていた。

今のところ、学校に通っている子供は基礎授業と応用授業を合わせて五十人ほど。授業はそれぞれ週に二日、朝から正午まで、あるいは午後から夕方まで行われている。

読み書きや計算など、授業の中心的な内容については、校長を務めるクラーラが自ら子供たちに教えている。嫁いできた当初はやや時間を持て余し気味だったクラーラは、将来を担う領民の子供たちに知識と教養を授けるこの役目に、領主夫人としてやりがいを見出していた。

「あなた、少し相談があるのですが、聞いていただいてもよろしいでしょうか……」

学校設立から数か月が経ち、子供たちが元気に学校へ通う光景が領都ノエイナの日常となった初冬のある日。夕食の席で、ノエインはクラーラから切り出された。

「もちろんいいよ。どんな話？」

「ありがとうございます。実は、学校に通っている子の中に、セルファース先生の授業を受けて医師の道に興味を持った子がいて……」

応用授業の教室では、クラーラが読み書き計算を教える以外にも、エドガーやクリスティ、ユーリ、ドミトリなど、各種の専門知識を持った者が教鞭をとっている。クラーラ自身もその一環で、歴史の授業を行っている。

そして、領都ノエイナに診療所を構えるクォーターエルフの老医師セルファースも、教師の一員として医学の基礎——怪我や風邪への対処法、簡単な薬草の見分け方などを教えている。

「へえ、そうなんだ。各分野の次世代を担う人材を見つけるのも学校の目的だし、喜ばしいね」

「ええ、素晴らしいことだと思います。セルファース先生も喜んでいらっしゃいます……ですが、その子は女の子ということもあって、医師の道に進むことを両親から強く反対されているそうなんです」

「……なるほど。そういうことか」

困り顔で語ったクラーラの言葉を聞いて、ノエインは小さくため息をついた。

ロードベルク王国では、医師は男性の方が圧倒的に多い。特に農村部ではその傾向が顕著で、女性医師はほぼ皆無であり、医師は男の仕事と考えている者が多いと言われている。

　また、農村部では「女はいつか他の農家に嫁に行くか、婿をもらうもの。それこそが女の正しい幸福」と考える価値観が根強い。困窮して逃げ込んできた農民が多いアールクヴィスト領で、娘が医師の道に進みたいと言って賛成する親は少ないだろう。

「両親が反対しているとなれば、セルファース先生としてもその子を弟子にとることもできず、私に相談されました。ただ、その子の両親を説得するとしても、アールクヴィスト領に来てまだ数か月の私より、あなたから話をしていただく方がいいかと思って……」

「……そうだね。領民たちは僕に揺るぎない敬愛を捧げてくれてる。僕の言葉なら、聞こうともしないってことはないはずだね」

　子供が将来のことで親と揉めるのは、どんな時代、どんな場所でもよくある話。身分や立場のある家柄でもなければそうした問題は基本的に家族のものであり、この件についても単に自作農家の娘の将来に関する話である以上、本来は外部が口を出すべきことではない。

　しかし、見方を変えればこれは、アールクヴィスト領に医師が増えるかどうかを決める話だ。学校の授業をきっかけに、専門職を志す最初の一人が誕生するか否かの話でもある。単なる親子の喧嘩を超えて、領全体の利益を左右する問題であるとも言える。

「まあ、さすがに領主の権力でその子の両親を押さえつけて言うことを聞かせるような真似まではしないけど、説得して意見を変えてもらうことができれば、それに越したことはないよね。僕が話をしてみようか」

「ありがとうございます。その子は志がとても高いみたいなので、もし願いを叶えてあげられたら私も嬉しいです……まずは一度、その子と会っていただいてもいいですか？」

「うん、そうしよう。明日は応用授業の教室が開かれる日だったよね？　今は僕の仕事も余裕がある時期だし、学校に顔を出すよ」

翌日の正午過ぎ、授業が終わった後に件の少女と面会して詳しい話を聞くことを、ノエインは決めた。


そして翌日。ノエインはクラーラとの約束通り、学校を訪れた。

帰宅する子供たちとすれ違って挨拶を交わしながら、事務室と教室が一つずつあるだけの簡素な校舎に入り、クラーラと合流する。

「お待たせ、クラーラ」

「ご足労をおかけしました、あなた」

「いいよ、これも君と領民の子のためだからね……それで、例の子は？」

「事務室で待ってもらっています。今日はちょうど医学の授業もある日だったので、セルファース先生も同席したいと仰って、その子と一緒にお待ちいただいています」

「そっか。それじゃあすぐに会おう」

自身にとってもアールクヴィスト領にとっても恩人であるセルファースを待たせるわけにはいかない。そう考えたノエインは、足早に事務室に入る。

事務室——と言っても執務用の机がいくつかと応接席があるだけの小さな部屋に入ると、そこにはセルファースと、件の少女が並んで座っていた。領主の入室にセルファースは立ち上がって頭を下げ、少女は少し慌てた様子でそれに倣う。

「お久しぶりです、セルファース先生」

「ご無沙汰しております、ノエイン様。この子のためにお時間をいただき、この子に医学の授業を行った身としても感謝いたします」

「領民のために動くのが領主の務めですから。それに、セルファース先生の役に立てるのであれば僕も嬉しく思います」

セルファースと笑顔で挨拶を交わしたノエインは、少女の方に視線を移す。領主を前にしているからか、少女は分かりやすく緊張していた。

「ノエイン様、この子は——」

「リリス、ですね」

ノエインが先んじて少女の名前を言うと、セルファースは驚いた表情を浮かべる。

「この子のことをご存知でしたか」

「ええ、憶(おぼ)えています。彼女はアールクヴィスト領の開拓一年目に移住してきた、古参の領民の一人です」

　父スヴェンと母アドミアと共にアールクヴィスト領へと移住してきたリリス。昨年のベンデラが巻き起こした暴力沙汰に巻き込まれた被害者でもある。最初期からの領民であり、印象的な事件に関わっていたこともあり、ノエインは彼女のことをよく憶えていた。

「それに、彼女の父親のスヴェンは、先の盗賊団討伐で重傷を負いながらも果敢に戦ってくれた英雄です。英雄の家族のことを忘れるはずもありません」

　ノエインが優しく微笑みかけると、リリスは感極まった様子を見せた。

　昨年の盗賊団との戦いでは死者こそ出なかったものの、重傷者は数人出た。その中には片足を失った者がおり、それがスヴェンだった。

　ノエインは勇ましく戦って名誉の負傷をしたスヴェンに、彼に代わって農作業を行う農奴を買えるだけの見舞い金を送った。また、今は家で暇しているという彼のために、いずれは何か座ったままできる領内の仕事を任せるつもりでいる。

「とりあえず、詳しい話を聞きましょう」

　ノエインはテーブルを挟んだ反対側の椅子に腰を下ろした。

　その隣にクラーラが座り、二人の後ろにマチルダが控える。ノエインに促されて、セルファースとリリスも着席する。

「リリスも学校に通っていたんだね。それも応用授業の教室だなんて。凄いじゃないか」

「彼女は両親から一通りの文字と、足し算、引き算を教えられていたんだそうです。最初は基礎授業の教室に通っていたんですが、あっという間に基本的な読み書き計算は習得してしまったので、応用授業を受けるよう勧めました」

「そうなんだ。リリスは賢いんだね」

クラーラの説明を聞いたノエインが褒めると、リリスは緊張した表情を和らげる。

彼女の緊張が多少なりとも解けたところで、ノエインは本題に入る。

「クラーラからは、リリスが医師の道に進みたいと考えていて、それをスヴェンとアドミアに反対されていると聞いているけど、それで間違いないかな？」

「は、はい……どちらかというと、お父さんが反対しています。お母さんは、お父さんの言うことを聞きなさいって」

尋ねられたリリスは頷き、その表情が暗くなる。

「リリスはどうして医師になりたいと思ったの？」

「わ、私、去年お父さんが盗賊団との戦いで足を失くしたとき、お父さんの傷の手当てを手伝いました。傷口から血がたくさん出て苦しんでるお父さんを見て、お父さんはもう死んじゃうのかもしれないと思って、すごく怖くて……」

リリスは言葉をつかえさせながらも、懸命に語る。

「だけど、レトヴィクから駆けつけたセルファース先生が治療をしてくれて、お父さんは助かりました。先生はお父さんの命の恩人です……学校ができて、そこに通うようになって、セルファース先生の授業を受けて……私も先生みたいに、怪我や病気をした人を助けられるようになりたいなって、思うようになったんです」

話しているうちに、リリスは涙を流し始める。声を詰まらせ、黙り込んでしまう。

クラーラが席を立ち、リリスの隣にしゃがみ込む。リリスの手に自身の手を重ね、もう片方の手でリリスの背中を撫でる。

それで少し落ち着いたのか、リリスは何度か深呼吸をしてまた口を開く。

「だけど、私がお医者さんになりたいと言ったら、お父さんはすごく怒りました。私は真剣に言ってるのって伝えても聞いてくれなくて……私がお医者さんになりたい理由を話そうとしても、その前にお皿やコップを壁に投げて怒鳴るんです。二度とその話をするなって……もう、どうすればいいのか分からないです」

そう言って、リリスはまた泣き出してしまう。

「……確認ですが、セルファース先生はリリスに医学を教えることには？」

「私としては歓迎しております。私はエルフの血を引いていますので、彼女を弟子とすることにも何ら違和感はありません」

「なるほど、そうですよね」

エルフは男女で体格や身体能力の差がほとんどない。そのこともあって、エルフの共同体では男女が完全に対等な立場を築いていると言われている。親族にエルフを持つセルファースが、女性であるリリスを医師とすることに全く抵抗がないのも、納得できる話だった。

「それに、彼女はとても勉強熱心で理解も早い。授業の内容について積極的に質問などもしてくれます。私はこれまでに何人も弟子を持ってきましたが、過去の弟子たちの幼い頃と比べても彼女は見込みがあるように思えます。私ももう老い先短い身です。許されるのなら彼女を弟子にして、この身が元気なうちに私の持っている知識を授けたい」

セルファースにそう評されたことで、リリスの涙は止まった。褒められて嬉しかったのか、ようやく子供らしい表情を見せた。

そんな彼女に、ノエインは笑顔で言葉をかける。

「リリス、君はとても優しい子だ。セルファース先生もこう仰ってるし、僕も領主として君の志の後押しをしたい……僕から君のお父さんとお母さんに話をしてみよう。考えを変えてくれるかもしれない」

リリスが医師の道に進めば、学校教育がアールクヴィスト領の発展に寄与したことを明確に示す最初の成果となり、古い社会慣習による制約もひとつ打ち破ることができる。

リリスの両親の説得に成功すれば、将来のアールクヴィスト領の医療を担うかもしれない彼女から大きな敬愛を受けることができる。他の領民たちからも、領主ノエインは一人の少女のために自ら動く心優しい人物であると見られて、一層大きな敬愛をもらえる。

これは愛する領民をさらに幸福にして、自身の幸福もさらに高めることのできる素晴らしい行いだと、ノエインは内心で喜んでいた。

「ノエイン様……本当にありがとうございます」

「感謝いたします、ノエイン様」

ノエインの内心までは知らないリリスはまた涙ぐみながら言い、その隣でセルファースは深々と頭を下げた。

その日の夕方、ノエインはマチルダとクラーラを連れ、リリスの家を訪ねた。

領主が娘の将来のことで説得に訪れるなど、スヴェンとアドミアには事前に知られていない方が話しやすい。そう考えたノエインは、自分たちが来ることを両親には黙っておくようリリスに言っていた。

「まあっ、ノエイン様！　それにクラーラ様まで！」

そのため、突然訪ねてきた領主夫妻を前に、まず扉を開いたアドミアが驚愕（きょうがく）の表情を見せた。

「何だと!?……なっ、どっ、どうなされたのですか!?」

妻の声を聞き、杖（つえ）をつきながら扉の方へ歩いてきたスヴェンも、ノエインたちが立っているのを見て目を丸くする。

予想通りの反応を受けて、ノエインは苦笑しながら口を開く。

「二人とも、驚かせてごめんね。スヴェン、どうか座ったままで……少し君たちと話したいことがあってね。お邪魔してもいいかな？」

「も、もちろんです……」

家主であるスヴェンの許しを得てから、ノエインは彼らの家に入る。

平民の一般的な家の作りは単純。台所と居間と寝室を兼ねた大きな一間に、洗濯場や厠(かわや)があるのみだ。

アールクヴィスト領民の家は他領の庶民の家よりも広めではあるが、作りは変わらない。屋内がいくつもの部屋に分かれているのは、従士の家などに限られる。

ノエインは玄関から十歩とかからずテーブルに辿(たど)り着き、スヴェンから薦められた椅子に座る。その隣にクラーラが座り、二人の後ろにマチルダが立った。

部屋の隅に所在なげに立っているリリスと目が合い、ノエインは彼女に微笑む。そして、スヴェンに向き直る。

「さあ、スヴェンも座って。ここは君の家なんだ。楽にして」

ノエインに二度促されたことで、スヴェンもようやくテーブルについた。

ノエインとクラーラの前に、アドミアが水の入った木のコップを置く。

「申し訳ございません。何もおもてなしができず……」

「突然訪ねてきたのは僕たちなんだから、本当に気にしないで。それで、話というのはリリスのことなんだけど」

　ノエインが切り出すと、スヴェンとアドミアの目が見開かれた。

「う、うちの娘が何かしたんでしょうか？」

「ちょっとリリス、あなたもこっちに来なさい」

　スヴェンは不安げな表情でノエインに尋ね、アドミアはリリスを呼びつけてスヴェンの隣に座らせた。

「あはは、別に何か叱りに来たわけじゃないよ。ただ、リリスが医師を志しているという話を、セルファース先生から聞いてね」

「そ、それは……申し訳ございません！　娘が農民の女の身で分不相応なことを……世迷い言は止めるよう言い聞かせていたのですが、ノエイン様にまでご迷惑をおかけするとは」

「いや、本当に叱責のために来たわけじゃないんだ」

　怯えた声を出しながら頭を下げ、リリスにも頭を下げさせようとするスヴェンに、ノエインは慌ててそう返した。

「むしろその逆でね、リリスが医師を目指したいのなら、僕は彼女に医学の勉強に励んでほしいと思ってる。ゆくゆくは医師になってほしいとね。セルファース先生も、リリスを弟子にすることに賛成してくれてる。ただ、父親であるスヴェンがそのことに反対していると聞いたから、君と一度話がしたいと思ったんだ」

ノエインの言葉を聞いたスヴェンは呆けた表情でしばらく黙り込み、その表情が次第に苦いものになる。

「……ノエイン様のご命令とあらば、私も娘が医師を目指すことを認めないわけにはいきません」

そう答えるスヴェンの声は硬い。彼が不本意ながら言っていると、ノエインにも分かった。

「僕は何も、領主の権限を振りかざして君に命令しようというわけじゃないんだ。そんなことをしても君たち親子の間に溝を作ることになるだけだし、誰も幸福にはなれないからね」

スヴェンの態度を咎めることもなく、ノエインは語った。

「何から話そうか……スヴェン、君はどうしてリリスが医師になるのに反対なのかな？」

「そりゃあ……女が医師になるなんて私は聞いたことがないので……女の医師を見たこともありません。うちの娘が医学を身につけることができたとしても、とても幸せに生きていけるとは思えません」

スヴェンはやや遠慮がちに、それでも本音を語り始める。

「父親の自分がこんな身体になってしまったからこそ、リリスには自作農家の娘として、普通に婿を迎えて安定した人生を送ってほしいんです。女で医師なんかになって、周りから変な目で見られて、結婚にも支障が出たらと思うと……」

「……なるほど。つまりスヴェン、君はリリスの幸福を思えばこそ、彼女が医師の道を志すことに反対しているんだね？」

「は、はい。そういうことになります」

ノエインが確認すると、スヴェンは頷いた。

「君の気持ちは分かるよ。確かにロードベルク王国に女性の医師はとても少ない。君たちがここに来る前に生きてきた農村部なら尚更そうだったと思う。君たちにとって、女性が医師になるというのはとても奇異なことに思えるかもしれない」

ノエインはスヴェンの考えに理解を示し、「だけどね」と続ける。

「ここは君たちの生まれ故郷とは違う。アールクヴィスト領だ。ここの領主は僕だ。領主の僕はこう考えている。ここに暮らす誰もが、自分の望むかたちで幸福を得てほしいと」

自分が責められているとスヴェンが思わないよう、ノエインは努めて優しい声色で語る。

「他の誰かの幸福を壊さない限り、ここではどんなかたちの幸福を選ぶのも、その幸福を得るためにどんな道筋を歩むのも自由だ。そういう場所にしたいと僕は考えている。だからこそ、ここでは様々な出自の者たちが貴族家に仕える従士を務めている。獣人が自分の商会を持っている。女性が婦人会という互助組織を作り上げて支え合っている。このマチルダは獣人奴隷だけど、僕の従者を務めている……そんな風に、リリスの望む幸福も、僕は守りたいんだ」

ノエインにとって最優先事項は、ただ民から愛されること。そのためにはできる限り民の望む幸福を与えなければならないと考えている。少なくとも、無意味な過去の慣習だけを理由に夢を諦めさせることなどしたくないと、ノエインは思っている。

「普通なら、女性医師というとても珍しい生き方を歩むリリスには、色々と不便なことがあるかもしれない。だけど、アールクヴィスト領ではそれはない。リリスは領民たちを支え助ける医師として、感謝と敬意を集める人物になる。そうなるよう僕が全力を尽くす。そういう社会を作って、僕の子や孫にも受け継がせていく」

子供時代を社会から切り離されて過ごしたノエインは、生まれ持った立場によって人を区別し差別する社会慣習に馴染めていない。

民の感情や他の貴族領との調和も重視しなければならないため、いきなり社会の何もかもを変えることはできない。それでも、リリスの志を守ることを、変化の第一歩にしたい。第一歩にしてみせる。領内社会の幸福をより大きなものにするために。それがノエインの決意だった。

「スヴェン、君は生まれ故郷を離れるという大きな決断を乗り越えて、このアールクヴィスト領で新しい人生を得た。君にはその勇気があった。だから今回も勇気を出してほしい。どうか僕を信じて考えを新しくしてほしい」

ノエインがスヴェンの目を見据えて訴えると、スヴェンは迷うようなそぶりを見せた。

あと一押しだ。そう考えたノエインはリリスの方を向く。

「リリス、君はどうして医師を志そうと思ったのかな？」

「それは……セルファース先生が、お父さんを助けてくださったからです」

リリスが医師を目指す理由を今初めて聞いたスヴェンとアドミアは、驚いた表情で互いに顔を見合わせ、そしてその視線を娘に向けた。

「盗賊団との戦いでお父さんが大怪我をしたのを見て、せっかく新しい土地で暮らせるようになったのに、お父さんが死んじゃってもう会えなくなるかもしれないと思いました。でも、セルファース先生がお父さんを助けてくださいました」

皆の視線を集めて緊張しながらも、リリスは一生懸命語る。

「先生のおかげで、私は今もお父さんと一緒にいられます。だから、今度は私が医師になって、この領の人たちを助けたいんです。この領の人たちが家族をなくして悲しい思いをすることがないように、私が頑張りたいんです」

リリスの言葉を聞いたアドミアは目に涙を浮かべながら彼女の頭を撫で、スヴェンは涙をこらえながら顔を伏せる。

「スヴェン、リリスのこの真っすぐな志を、僕が必ず守ると約束する。リリスが医師として幸福になれる社会を作ると約束する。だから、彼女の決意を認めてあげてくれないかな?」

「……はい。ノエイン様、娘が医師として活躍できる場を与えてやってください。どうかお願いします」

深々と頭を下げながら、スヴェンは言った。

スヴェンの説得を終えたノエインは、マチルダとクラーラと共に屋敷へと帰った。

居間のソファに腰かけると、その左隣にクラーラも座る。三人分のお茶を淹れたマチルダがノエインたちの前にカップを置き、自分のカップを手にノエインの右隣に座る。家族が増えることを見越して大きめに作ってあったソファは、三人並んで余裕をもってくつろぐことができる。

夕食前のお茶をひと口飲んだノエインは、ほっと息を吐いた。

「なんとか説得できたね。これでリリスの望みも叶うし、セルファース先生の跡を継ぐ医師も誕生するし、学校設立の成果が一年目から生まれたことになる……一安心だ」

「素晴らしい語りかけでした。隣で聞いていて感動しましたわ。ねえ、マチルダさん？」

「はい。ノエイン様の慈悲深さにあらためて敬服いたしました」

両隣からノエインに寄り添いながら、クラーラとマチルダが言った。

「あはは、それならよかったよ。だけど、結局決め手になったのは言葉を尽くした僕の説得じゃなくて、リリスの飾らない言葉だったね。心を動かすのは理屈よりも愛か」

微苦笑交じりに呟いて、ノエインはまた一口お茶を飲む。

「いいものだね、親子の愛って。父親が自分のことで涙を流してくれるなんて、僕には一生経験がないことだろうなぁ……いや、僕がアールクヴィスト領の開拓を成功させて幸福に暮らしてるのを知ったら、悔し涙なら流してくれるかもしれないね。あのクソ父上は」

皮肉な笑みを浮かべたノエインは、何気なく天井を眺めてまた息を吐く。今度は安堵の息ではなく、ため息だった。

そんなノエインの様子を見て、マチルダとクラーラは顔を見合わせる。そして、二人ともノエインにより一層身体を寄せた。

「あなたにはマチルダさんと私がいます。私たちはあなたの家族です。それはこれからもずっと変わりません」

「私たちはノエイン様を心から愛しています。生涯ノエイン様のお傍にいます」

「……そうだね。二人ともありがとう。僕も愛してるよ」

皮肉めいた表情の裏に感傷を抱えていたと二人に気づかれてしまったノエインは、小さく笑って答える。そして、二人の腰に手を回し、二人を抱き締める。

夕食の時間になるまで、ノエインとマチルダとクラーラはそうして寄り添い合っていた。

・・・・・

アールクヴィスト領軍の訓練場に併設された詰所は、現在はまだテントが立ち並ぶだけの簡素極まりない造りをしている。

テントはかつて領主ノエインや元傭兵の従士たちが寝起きするのに使っていたもの。当面の詰所として使うだけであればこのテントで十分だと従士長ユーリが判断したため、本格的な詰所の建設は後に回され、今は家屋や他の施設の建設が優先されている。

十二月の初頭。テントの詰所と平地の訓練場があるだけのこの場所で、三十人が整列をしていた。その多くは男の普人。ごく少数だけ、女性や獣人がいる。

この三十人は、職業軍人となることを決意して領軍に入隊し、日々懸命に訓練に励んでいる者たちだった。この日も午前中は座学の、午後は体力づくりや実技の訓練を受け、一日の終わりに教官である従士長ユーリの訓示を受けようとしていた。

皆疲れた様子ではあるものの、座り込む者も、倒れ込む者もいない。この数か月、真面目に己を鍛え続けたことで、全員が入隊当初と比べると見違えて逞しくなっている。

そんな三十人の前に、ユーリは立っていた。その傍らにはユーリと同じく教官を務めてきたラドレーと、二人ほどの頻度ではないが偶に教官を務めていたペンスも控えている。

整列する三十人は、教官役の三人全員が揃っていることをやや奇妙に思いながらも、そんな内心は微塵も表情に出さない。一切の感情を殺し、直立不動を保っている。

「全員休め！」

ユーリが声を張ると、三十人は足を肩幅に開き、両手を後ろで軽く組んだ。一糸乱れず、と呼んでも差し支えない程度に揃った動きだった。

「まずは、今日の訓練もご苦労だった。今日はいつも以上に厳しく貴様らを鍛えたが、一人も潰れる者はいなかった。それどころか、全員がふらつくことなく今も立っている。殊勝なことだ。褒めてやる」

厳しい教官であるユーリが珍しく称賛の言葉をかけても、浮かれて表情を動かすような者は一人もいない。

「……この一週間ほど、俺たちはただ貴様らを鍛えるだけでなく、貴様らの成長具合を見ていた。貴様らが未だに訓練をこなすのもやっとの無能なただ飯食らいなのか、それとも、アールクヴィスト士爵閣下のもとでこの地を守る兵士にふさわしい存在になったのか、見定めていた」

三十人それぞれに、一人ひとりに視線を向けながら、ユーリは語る。

「そして、結論を下した……お前たちはただ飯食らいではない。お前たちは既に、兵士と呼ぶに値する存在になった！」

その言葉を聞いて、三十人の兵士たちは初めて反応を見せた。目を見開き、あるいは僅かに身じろぎをした。

彼らは領軍に入隊してから今まで、一度も「兵士」と呼ばれたことはなかった。日々ひたすら訓練だけを行いながら、それでも最低限の給金は受け取り、教官たちからは専ら「ただ飯食らい」と呼ばれていた。あるいはただ乱暴に「貴様ら」「てめえら」と。

それが今、変わった。領軍の実務指揮官たるユーリは、初めて三十人を「兵士と呼ぶに値する」と認めた。

「今日までよく頑張った！　お前たちは軟弱ではない！　お前たちは腰抜けではない！　お前たちは兵士だ！　アールクヴィスト士爵閣下に仕え、アールクヴィスト領を守る兵士だ！　兵士となったことを、今日はただ喜べ！……だが、浮かれるな！」

そこで一度言葉を切り、少しの間を置いてから、またユーリは口を開く。

「明日の休日を挟み、明後日からはより一層お前たちを厳しく鍛えてやる！　そして、兵士となったお前たちは軍務にも就くことになる！　軍務は訓練とは違う！　ただ飯食らいの頃ならば許された失敗も、兵士であるお前たちには許されない！　覚悟して臨め！」

「「「はっ！」」」

三十人の兵士たちは、揃って声を張った。

「よし、解散！」

ユーリが命じてから一拍置いて、兵士たちの間で歓声が起こる。兵士と呼ばれることを、自身を兵士と呼ぶことを許された彼らは、互いに肩を叩き合って喜びを表す。なかには感涙している者もいた。

「お前たちは兵士だ、か……従士長も俺たちも、随分と優しくなりましたね」

「これが『真紅の剣』だったらと思うとぞっとすらぁ」

微笑ましい光景を眺めながら、ペンスがため息交じりに、ラドレーが苦虫を嚙み潰したような表情で口を開く。

「そう言ってやるな。数か月前まで素人だったことを考えれば、あいつらは十分頑張っている。素人の集団を一から鍛えて新しく軍を作るとなれば、最初はこんなものだろう」

そんな二人に苦笑しながら、ユーリが言った。

訓練を受け始めてまだ数か月であることを考えると仕方のないことだが、ユーリたちの目から見て、アールクヴィスト領軍兵士たちはお世辞にも練度が高いとは言えない。

ユーリたちの古巣である傭兵団『真紅の剣』は、兵力およそ五十人とそれなりの規模があり、なおかつ精強だった。

世間一般から見れば十分に強いバートやマイでも、団内での実力は中の下程度。ペンスがようやく上程度。団で最上位の強さを誇っていたユーリやラドレーは、王国全体を見ても白兵戦で敵う者はそうそういないだろうと評されていた。

個々の強さのみならず、軍隊としても強かった。

兵を率いることに慣れた幹部陣と、命令に従って迅速に動き、互いを援護し合う兵士たち。力を合わせれば魔法戦力なしでもオークの成体を危なげなく狩り、同規模の王国軍にも負けない働きを示すことができた。

傭兵団として輝かしい歴史と功績を持っていた『真紅の剣』であれば、目の前の「兵士」たちはとてもまだ一人前とは認められなかっただろう。意味のない仮定とは分かっていても、ユーリたちの脳裏にはそんな考えが浮かぶ。

それでも、彼らを一応は兵士として認め、軍務に就かせるとユーリは決めた。最初から『真紅の剣』なみに精強な軍隊などあり得ないからこそ、今後は彼らを兵士として使いながら鍛えていくべきだと判断した。

「それに、全員が全員使い物にならないわけじゃない……リック！　ダント！　こっちに来い」

ユーリに呼ばれたリックとダントの二人は、仲間たちの間を抜けてすぐに走り寄ってくる。

二人はユーリたちの前で止まり、堂に入った敬礼を見せる。

「お呼びでしょうか、従士長」

「ああ。今後のお前たち二人の処遇についてだ……まずはダント。お前は小隊長に任命する。戦時はペンスとラドレーと並んで小隊を率いろ」

「……っ！　全身全霊で務めます！」

ダントは驚きながらも即座に答えた。

領軍は五人で一班、二班で一個小隊、三個小隊で一個中隊の編成となる。

平時は班やそれ以下の単位で臨機応変に運用されるが、戦時は総指揮官を領主ノエインが、参謀を従士長ユーリが、そして小隊長をペンス、ラドレー、ダントが務めることとなる。

「次にリック。お前は専任の狙撃兵だ。戦闘時はどの隊にも属さず、かなりの裁量を与えられて動くことになると思え。加えて、領民たちの自警訓練ではクロスボウ射撃の指導役も担ってもらう」

「了解しました。務めを果たします」

リックは覚悟を示すように、表情を引き締めて答えた。

「お前たち二人は、今後も他の兵士たちの手本になれ。俺たちはもちろん、ノエイン様もお前たちの働きに期待されている……働きをもって、ノエイン様のご期待に応えてみせろ」

「「はっ！」」

「……とはいえ、それも休日明けからだ。今日明日はしっかり休め。戻ってよし」

リックとダントは再び堂に入った敬礼を見せ、仲間たちのもとに戻っていった。

「まあ、確かにあいつら二人の出来は別格でさぁ」

「あいつらは俺が二年前から森を歩かせてんだ。別格で当たり前だ」

リックとダントの能力を認めるペンスに、ラドレーがぶっきらぼうに返す。

「教官だけじゃなく、手本になる同僚がいると兵士たちにとっても良い刺激になるだろう。軍務に就かせながら一、二年もすれば……その間に実戦経験を積む機会でもあれば、軍全体が目に見えて精強になるはずだ」

実戦経験となるような事態の発生を、総指揮官であるノエインは望まないだろうが。内心でそう付け加えながら、ユーリは兵士たちから視線を外す。

「俺はこれから、領軍が一応仕上がったとノエイン様に報告しに行ってくる。お前たち二人はあいつらに肉と酒でも出してやれ。俺の奢りだ」

ユーリが銀貨を十枚ほど差し出すと、ペンスはユーリの手から数枚だけを取る。

「新しく一人前になった奴には皆で奢ってやるのが『真紅の剣』の掟だったでしょう。今のところまだ物足りない実力でも、従士長が認めたのならあいつらは兵士でさぁ」

「ペンスの言う通りです。そういうことなんで、ここは三人で割り勘ってことに」

「……そうか」

二人の言葉を聞いたユーリは小さく笑い、その場を後にした。


領軍兵士たちの最低限の訓練が完了した。兵士たちはまだ精鋭揃いとは言えないものの、一定の体力と武芸を身につけ、ある程度は組織立った行動をとれるようになり、一応は兵士と呼べる代物になった。

従士長ユーリよりそう報告を受けたノエインは、アールクヴィスト領軍の発足式を正式に執り行うことにした。

領民たちの目がある中で領軍の発足を宣言し、領主ノエインが自ら兵士たちに言葉をかけることで、兵士たちにアールクヴィスト領の守り手としての自覚をあらためて持たせる。そして、領民たちにはこの地を守る軍隊が誕生したことを認識させる。

そのようなノエインの意図もあり、発足式は領都ノエイナの中央広場にて、真昼間に行われることとなった。

そして、十二月の上旬。既に空気はそれなりに冷たく、しかし快晴のおかげでそれほど寒々しくはないこの日、広場には三十人の兵士たちが整列していた。

革製の胴鎧と鉄製の兜を身につけ、腰に剣を、手に槍を装備して直立不動で控える彼らは、誰がどう見ても立派に兵士らしかった。数か月にわたって鍛えられていることもあり、冷えた風が吹こうと身じろぎひとつしない。

広場にいるのは兵士たちだけではない。その周囲、広場の端の方には、領民たちが集まっていた。その中には兵士たちの家族の姿もある。夫の、あるいは息子の、あるいは父親の立派な姿に、尊敬の眼差し（まなざし）が向けられていた。

また、武門以外の従士もほぼ全員が集まり、その他にも領の要人であるフィリップやドミトリ、ヴィクター、医師セルファース、さらにハセル司祭などもこの式に立ち会っている。

兵士たちが並ぶ前には、ユーリ、ペンス、ラドレーがこちらも直立不動で控える。そして、広場のちょうど中央には、木製の壇が置かれていた。

マチルダとクラーラを連れてその壇の脇に立っていたノエインが、一人で壇上に上がる。それを受けて、従士長ユーリが口を開く。

「敬礼！」

ユーリの号令に合わせて、兵士たちが一斉に右の拳を左胸に当てた。拳が革鎧を叩く乾いた音が、ひとつの塊となって広場に響いた。

その音を合図に、場の空気が張り詰める。発足式を見物していた領民たちも静まり返る。

厳かな空気の中で壇上に立ったノエインが軽く右手を上げると、兵士たちは敬礼を解いた。

視線が集まる中で、ノエインはやや間を置いて口を開く。

「……兵士諸君。まずは祝辞を。君たちは自らの意思で領軍に入隊した。命の危険を顧みず、この地の社会に、この地に暮らす人々に奉仕し貢献する生き方を、自ら選んだ。厳しい訓練に耐え、己を律し、そしてついに兵士になった。君たちはアールクヴィスト士爵領の誇りであり、アールクヴィスト士爵家の誇りであり、そして領主である僕の誇りだ。一人ひとりが僕の誇りだ」

兵士たちは微動だにせず、しかし中には涙をこらえるように目を見開いたり、口を強く引き結んだりする者もいる。

「君たちに問いたい。アールクヴィスト士爵領軍兵士の務めとは何だと思う？」

「「閣下のご命令に忠実に従うことです！」」

ノエインの問いかけに、兵士たちは答えた。間を置かず、声を揃えて行われた返答に、ノエインは満足する。

これは訓練中に、教官たちが何度も兵士たちに対して行った問答だった。

当初、この問いに対して兵士たちは「領地の敵を討つこと」「敵に打ち勝つこと」「正義の戦いをすること」などと答え、教官たちから手厳しい折檻(せっかん)を受けた。

誰が「領地の敵」かを決めるのも、どう戦うかを決めるのも、何を正義とするかを決めるのも、兵士の役目ではない。政治的な思考の末に敵味方を決め、敵対するとしたら睨(にら)み合いか小競り合いか徹底抗戦かを決め、最終的に何が正義かを決めるのは為政者たる領主だ。

兵士は領主が敵と決めたものを相手に、領主が許す範囲で、領主の命令に従って戦うのが役目であり存在意義。それを深く理解し、身のほどをわきまえているからこそ、この三十人はまさしく兵士だった。

「素晴らしい、その通りだ。君たちは兵士だからこそ、領主である僕の命令に忠実に従う。領主である僕に、自分の命をも預けて戦う……だからこそ、僕は君たちを信頼し、君たちの志を守る」

ノエインは兵士たちに向けて両手を広げ、慈愛に満ちた表情で彼らを見回す。

「領主である僕には義務がある。君たちが僕に預けた命を、君たちが捧げた志を無駄にすることなく、この地の全てを守り抜く義務が。今日ここで、僕はその義務を果たし続けると誓う。君たちの力を使って、このアールクヴィスト士爵領の全てを、君たちの家を、君たちの土地を、そして君たちの家族を守る。君たちが最後の瞬間まで尽くす献身を、僕も決して忘れない。決して裏切ることはない」

ノエインの誓いは、単なる決意表明ではない。

もし軍務の中で殉職する兵士がいれば、その遺族が困窮して路頭に迷うことがないよう、ノエインは領主として手を尽くす。遺族が当座の生活を送れるよう十分な額の見舞金を支払い、保有する農地で問題なく生活していけるよう配慮する。それを書面で一人ひとりに約束している。

「アールクヴィスト士爵領を守る。それがアールクヴィスト士爵領軍だ。今日ここに誕生する誇り高きこの軍隊は、僕のもとで、そして次代以降の全てのアールクヴィスト士爵家当主のもとで、この志を貫いていく。君たちこそが、その第一歩を刻んだんだ。君たちの示した志が、そして君たちの存在そのものが、永遠にアールクヴィスト士爵領軍と共にある」

ノエインの言葉巧みな演説は、兵士たちの心を摑んでいた。彼らの心の芯にある忠誠心をさらに強固にしてみせた。

そしてノエインは、兵士たちを囲む領民たちに向けて呼びかける。

「さあ、アールクヴィスト士爵領軍の誕生を、この地の守り手の誕生を祝福しよう。この場にいる全員で、彼らの志を称えよう」

それを合図に、広場前方の端にいた武門以外の従士たちが拍手を始め、間もなく領民たちもそれに倣う。万雷の拍手が領軍兵士たちを包み込む。

皆に称えられながら、兵士たちは誇らしげな表情で胸を張っていた。

これでいいと、完璧だと、ノエインは考える。

この発足式によって、兵士たちは自分がアールクヴィスト領全体から祝福を受けているのだと実感する。兵士たちの家族は、自分の夫が、息子が、父親が、誇るべき存在なのだと実感する。その他の領民たちは、領軍兵士が自分たちを守ってくれる存在なのだと実感する。

彼らにその実感を与えたのはノエインだ。言葉を尽くして兵士たちを称えたのも、アールクヴィスト士爵領軍の清く崇高な理念を語ったのも、この地を守る領軍という組織を作ったのも、領主であるノエインだ。

兵士たちはノエインに絶対の忠誠を誓い、他の者たちはノエインの慈愛に深く感銘を受ける。彼らはより一層ノエインを敬愛する。

ノエインは領民たちとより強固な愛で結びつき、より大きな幸福を得ることができた。それと同時に、この幸福を守る力も得ることができた。

アールクヴィスト士爵領軍の誕生を、ノエインもまた、心から喜んでいた。

終章　願わくば平和であらんことを

HINEKURE RYOSHU NO KOFUKU-TAN

開拓三年目にして、アールクヴィスト領の人口は五百人を超えた。

レスティオ山地の麓では、職人や肉体労働者たちの作業場と併せて家屋の建設も進み、既に村としての体裁を成し始めている。鉱山開発に励む者たちとその家族が生活を営み始めている。

そして、領都ノエイナは農村から小都市へと成長しつつある。市街地は徐々に広がり、農地はさらに大きくなっている。スキナー商会の店舗以外にも、今後の需要を見越していくつかの小売店や、宿屋や酒場などの建設が進んでいる。

アールクヴィスト領は既に、士爵領としては頭ひとつ抜けた発展を遂げている。

ただ領地の規模が拡大しただけでなく、その社会はこの半年ほどでより強靭になった。

今なお訓練を続けて成長し続ける領軍が守りを固め、クロスボウやバリスタ、爆炎矢といった兵器の配備も進んでいる。

安定的に食料を生み出す農業や、十分に生産体制あるいは備蓄体制を整えた各種の資源が、社会の土台をしっかりと支えている。

領民の子供なら誰もが通える学校が、次代を担う人材を育て、領地全体の教育水準を底上げしている。

ノエインの発想と手腕が惜しみなく発揮され、ノエインを支える臣下たちがそれぞれの役目をしっかりと果たし、領民たちが日々勤勉に生き、アールクヴィスト領はそこに暮らす者たちの幸福を守る理想郷となっている。

そんな理想郷にある、領主家の屋敷の執務室で、ノエインは側近のユーリと顔を合わせていた。話し合うのは、数日後に控えるノエインのベヒトルスハイム侯爵領訪問について。ノエインがアルノルドの仲介を受けて北西部閥に加わった一幕から早くも一年が経ち、今年もまた派閥の晩餐会が開かれる時期が来た。

「ノエイン様が不在の間の領主代行は、領主夫人である奥方様が担われる。その補佐を従士長の俺が務める。ノエイン様に同行するのは、護衛としてマチルダとペンス、そして領軍を一班。ノエイン様のお世話係に今回はキンバリー。馬車の御者にはヘンリク。以上のような体制をとろうと思うが、問題ないか？」

「うん、まったく問題ないよ。お疲れさま……それにしても、領主代行は僕の奥さんで、僕の護衛には領軍兵士たちか。一年前とは大違いだね」

応接席に向かい合って座るユーリに答えたノエインは、微苦笑を浮かべた。

「妻がいて領軍があることだけじゃない。アールクヴィスト領の人口も、産業も、施設も、アールクヴィスト士爵家の貴族社会での立ち位置も……本当に、色々と変わったね。良い方向に」

感慨を覚えながらそう続けたノエインに、ユーリも頷く。

「確かに、アールクヴィスト士爵家も、アールクヴィスト領そのものも、この一年で目に見えて発展したな。これもノエイン様の手腕があってこそだろう」

「へえ、褒めてくれるんだ」

「そりゃあな」

少しおどけて言ったノエインに、ユーリは小さく苦笑しながら頷く。

「もともとアールクヴィスト領はラピスラズリ鉱脈のおかげで開拓の財源には困らないし、去年討伐した盗賊団の装備や生き残りの売却金もかなりの額になったが……貴族家や領地は金があれば発展するってものじゃあない。ノエイン様が手元の資金や人材を上手く使って立ち回ったからこそ、アールクヴィスト士爵家もこの領地もここまで迅速に発展を見せているんだろう」

「あはは、嬉しいことを言ってくれるね……まあ、確かに自分でもなかなか頑張ったと思うよ。特にこの半年くらいはね」

ノエインは椅子から立ち、窓の方に歩く。

屋敷の二階にある領主執務室の窓からは、領都ノエイナの街並みが見渡せるようになっている。建物が並び、領民たちが行き交って生活を営む様を、ノエインは眺める。

領主家の屋敷が位置するのは、領都ノエイナの南端。その北側には領軍詰所や学校などの施設、そして従士たちの家が並び、さらに北には中央広場が置かれ、その周辺に領内の商会や婦人会の拠点が集まっている。さらに、広場を挟んで北側に、領民たちの家が建ち並んでいる。

ノエインはここから、西側へも市域を広げていこうと考えている。今後さらに増えるであろう領民の家、新たに設立されるであろう商会の店舗や事務所を、広場と市街地の西側に建てるつもりでいる。

また、領都ノエイナの西から南にかけて流れている川も、いずれは市域に取り込むことを考えている。川辺に並ぶ水車小屋や鍛冶工房、公衆浴場も市街地の一部とし、領主家の屋敷からそれらの施設へと続く一帯には各種の工房を並べ、工業地区を作りたいと思っている。

そして、最終的にはそれらを石の市壁で囲み、本格的な都市を完成させる。それがノエインの考えた都市計画だった。

平地を広げるための森林伐採は西の方角を切り開くかたちで少しずつ進んでおり、ノエインの計画が形になっていくのも、そう遠い未来のことではない。

豊かで平和な領都ノエイナの街並みを眺め、これからここに築かれる未来を想像しながら、ノエインは穏やかな表情を浮かべる。

「僕が戦争やその後の情勢悪化への備えを急いできたのも、この景色を守りたかったからなんだろうね……この窓から見える景色は好きだよ。この景色の中にある街並みが、アールクヴィスト領の全てが、ここに生きる臣下と領民の全員が大好きだ」

窓から広がる光景に愛(いと)しさを感じながら、ノエインは言った。

季節は既に冬だが、空がよく晴れていることもあり、また領民たちが活気に満ちていることもあり、街は暖かさに包まれている。

「……僕はさ、この地に来てから、初めて自分が自由だと思えたんだ」

ノエインは窓から離れ、執務机に軽く腰かけて呟く。マチルダとユーリから見て、ノエインの表情はどこか幼く感じられた。

「キヴィレフト伯爵家の屋敷の離れに閉じ込められて暮らしてた頃も、幸福はあったよ。マチルダが傍にいて、僕を愛してくれてたからね……だけど、あの頃の生活には自由がなかった。どこにも行けなかった。そもそも、伯爵家の敷地の外を見たこともなかった。自分にどんな未来が待っているかまったく分からなかったし、未来に期待もできなかった」

ノエインの顔を見て、ノエインの言葉を聞きながら、マチルダが膝の上で手をぎゅっと握る。

「だけど今は違う。ここには希望に満ち溢れた未来がある。どんな未来を思い描いて、そこに向けてどんな道筋を進むか決める自由がある。そして何より、君たちがいる」

マチルダとユーリに視線を向けて、ノエインは微笑んだ。

「マチルダと、クラーラと、ユーリたち臣下と、そして領民たちと。皆と愛し合って一緒に生きてる。ここには幸福がある。僕は今、たまらなく幸福なんだ」

様々な計画を実行に移し、領地の強靱化に励んだこの半年。毎日が忙しくはあったが、それと同時に幸福だった。昨日より今日が、今日より明日が、より良いものになっていく実感を噛みしめながら暮らす平和な日々が、ノエインにはこの上なく心地よかった。

「……このまま、ただ幸福なまま、ずっと生きていけたらいいのにな」

それが難しいことだと分かってはいても、ノエインはそう呟かずにはいられなかった。

ランセル王国との戦争のために出兵の用意を整えよ、という王命がアールクヴィスト領に届いたのは、その日の午後のことだった。

あとがき

この度は『ひねくれ領主の幸福譚3　性格が悪くても辺境開拓できますうぅ！』を手にとっていただき、誠にありがとうございます。こうして皆様に三巻をお届けできたことを心より嬉しく思います。エノキスルメです。

　これまではノエインたちの暮らすアールクヴィスト領内での出来事がメインだった本作ですが、この三巻より舞台は領地の外へと徐々に広がり始めました。本編最後の一文からもお分かりいただけるように、ここから更に広がっていきます。今後もどうかご注目をいただけますと幸いです。

　そして嬉しいお知らせです。本巻が刊行された二〇二三年二月より、藤屋いずこ先生によるコミカライズ版『ひねくれ領主の幸福譚』のウェブ連載が始まりました。本当に本当に素敵な作品となっています。表情豊かに、感情豊かに生きるノエインたちを是非ご覧ください。

　ここからは謝辞を。更なる物語を歩む登場人物たち――特に本巻でのキーキャラクターとなるクラーラや、彼女の横に並ぶマチルダを最高に魅力的に描いてくださった高嶋しょあ先生。いつも親身に支えてくださる担当編集様。本作の刊行に携わってくださった全ての皆様。漫画という新たなかたちでノエインたちに命を吹き込んでくださった藤屋いずこ先生。そして、ノエインたちの歩みを見守ってくださる読者の皆様。本当にありがとうございます。心よりお礼申し上げます。

　進む先に待っているのがたとえ波乱だとしても、ノエインたちの物語が続きますように。

ひねくれ領主の幸福譚 3
性格が悪くても辺境開拓できますうぅ！

発行　2023年2月25日　初版第一刷発行

著者　エノキスルメ

イラスト　高嶋しょあ

発行者　永田勝治

発行所　株式会社オーバーラップ
〒141-0031
東京都品川区西五反田8-1-5

校正・DTP　株式会社鷗来堂

印刷・製本　大日本印刷株式会社

ISBN　978-4-8240-0415-4 C0093

【オーバーラップ　カスタマーサポート】
電話　03-6219-0850
受付時間　10時～18時（土日祝日をのぞく）

作品のご感想、ファンレターをお待ちしています

あて先：〒141-0031　東京都品川区西五反田8-1-5 五反田光和ビル4階　オーバーラップ編集部
「エノキスルメ」先生係／「高嶋しょあ」先生係

スマホ、PCからWEBアンケートにご協力ください

アンケートにご協力いただいた方には、下記スペシャルコンテンツをプレゼントします。
★本書イラストの「無料壁紙」　★毎月10名様に抽選で「図書カード（1000円分）」

公式HPもしくは左記の二次元バーコードまたはURLよりアクセスしてください。
▶ **https://over-lap.co.jp/824004154**
※スマートフォンとPCからのアクセスにのみ対応しております。
※サイトへのアクセスや登録時に発生する通信費等はご負担ください。

オーバーラップノベルス公式HP ▶ **https://over-lap.co.jp/lnv/**